吉川永青《よしかわながはる》

龍の右目

伊達成実伝

角川春樹事務所

目次

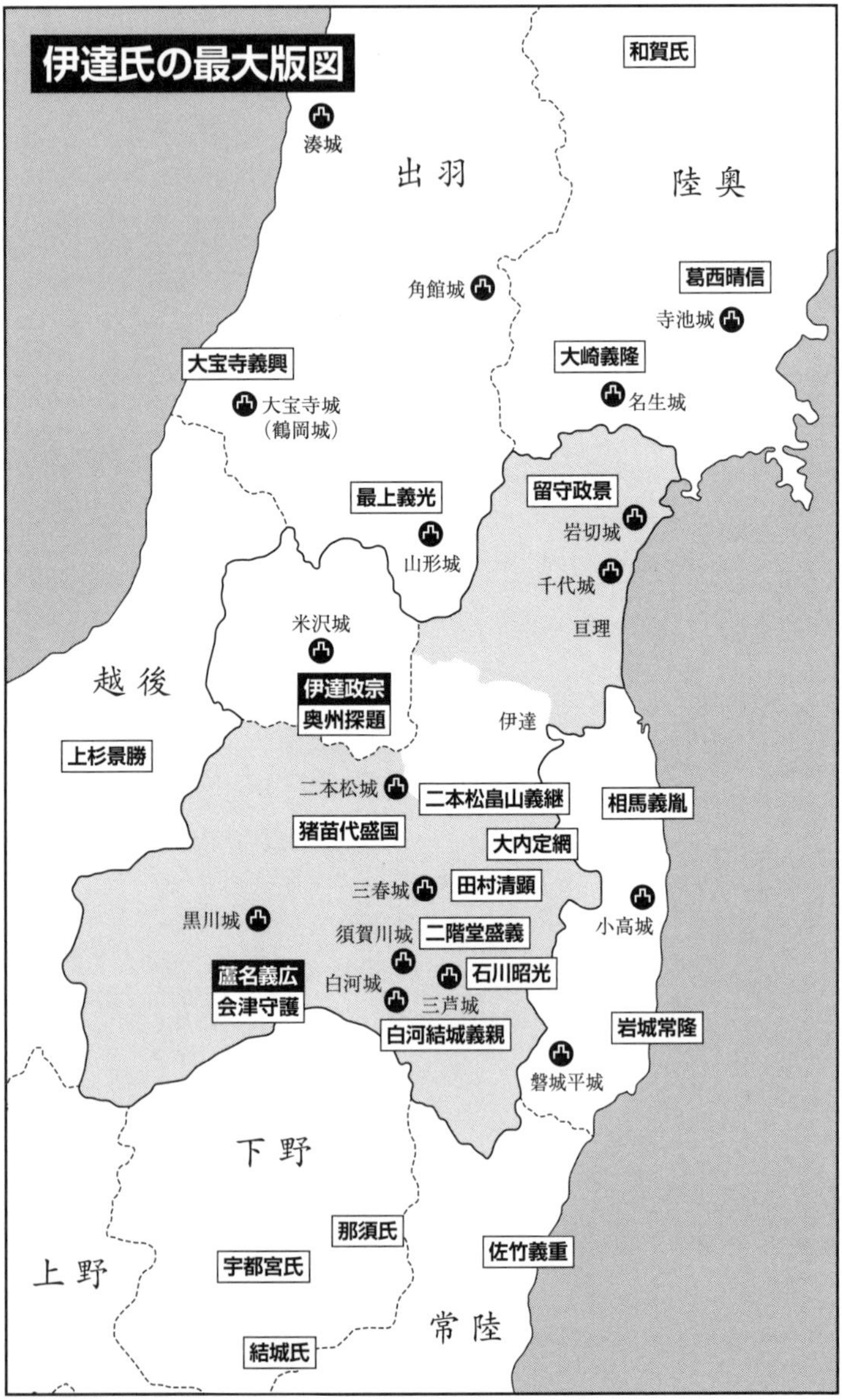
伊達氏の最大版図
和賀氏
湊城
出羽
陸奥
葛西晴信
角館城
寺池城
大宝寺義興
大崎義隆
大宝寺城
（鶴岡城）
名生城
最上義光
留守政景
岩切城
山形城
千代城
米沢城
亘理
越後
伊達政宗
奥州探題
伊達
上杉景勝
二本松城
二本松畠山義継
相馬義胤
猪苗代盛国
大内定綱
三春城
田村清顕
黒川城
小高城
須賀川城
二階堂盛義
蘆名義広
会津守護
石川昭光
白河城
三芦城
白河結城義親
岩城常隆
磐城平城
下野
那須氏
佐竹義重
上野
宇都宮氏
常陸
結城氏

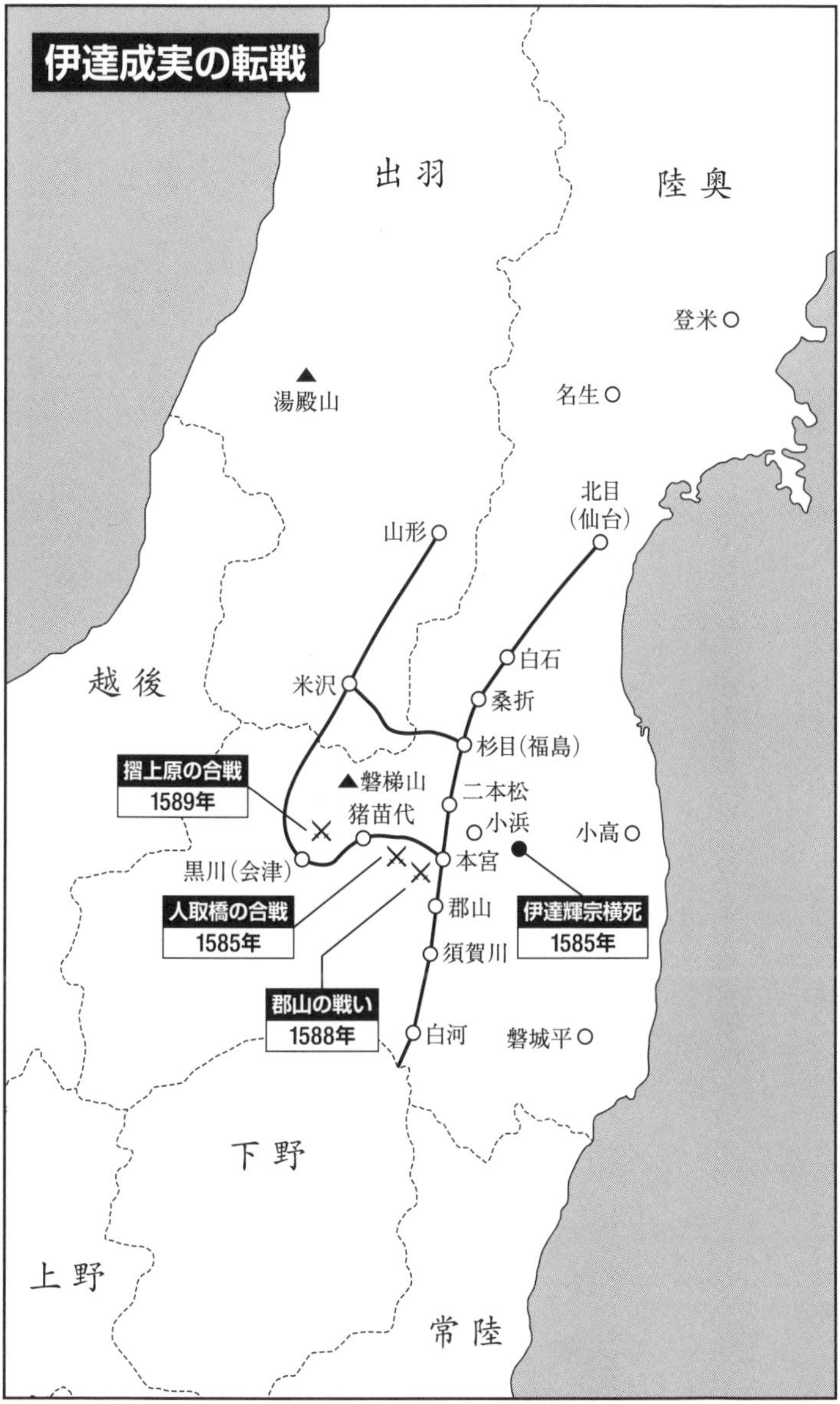
伊達成実の転戦
出羽
陸奥
登米
湯殿山
名生
北目
（仙台）
山形
白石
越後
米沢
桑折
杉目（福島）
摺上原の合戦
1589年
磐梯山
二本松
猪苗代
小浜
小高
黒川（会津）
本宮
人取橋の合戦
1585年
郡山
伊達輝宗横死
1585年
須賀川
郡山の戦い
1588年
白河
磐城平
下野
上野
常陸

登場人物紹介

伊達藤五郎成実……亘理伊達家の初代当主。幼名・時宗丸。「決して後ろに退かない」という意味で、兜に毛虫の前立を用いた勇将。政宗の従兄弟にあたる。伊達三傑の一人。

伊達藤次郎政宗……伊達十七代当主。幼名・梵天丸。天下取りの野望を捨てず、時の権力者に抗い続けた戦国大名。疱瘡で右目を失い、後世、独眼竜と呼ばれる。

伊達小次郎政道……政宗の弟。幼名・竺丸。

伊達輝宗……政宗の父。先代伊達当主。成実の烏帽子親となる。

伊達実元……成実の父。

義姫……政宗の生母。最上義光の妹。

羽田右馬介……成実の傅役《もりやく》。武辺の大男で成実に武芸を仕込む。

片倉小十郎景綱……政宗の傅役。仙台藩片倉氏初代。政宗を知謀で支える重臣。伊達三傑の一人。

鬼庭左月斎（良直）……伊達家中一の老将。

鬼庭綱元……左月斎の嫡男。秀吉に改名させられ、後に茂庭綱元と名乗る。伊達三傑の一人。

白根沢重綱……成実の家臣。後に羽田右馬介誅殺で、成実と因縁を持つ。

志賀山三郎……成実の家臣。鉄砲の名手。

大内定綱……大内備前。蘆名から伊達へすり寄ってきたが、度々裏切る。

二本松義継……二本松氏第九代当主。輝元を拉致するももろとも射殺される。

金上盛備……蘆名の重臣。その政治手腕から「会津の執権」の異名を持つ。

蒲生氏郷……伊達が明け渡した会津に転封、黒川城主として奥羽を見張る。

最上義光……出羽山形藩の初代藩主。伊達政宗の伯父にあたるも激しく対立する。

屋代勘解由（景頼）……伊達政宗の側近。留守居役として手腕を振るう。

龍の右目

伊達成実伝

装幀／芦澤泰偉
地図・年表／かがやひろし
登場人物紹介

一　幼き契り

夜明け前に降った雪が境内《けいだい》を染めている。ところどころ土が顔を覗《のぞ》かせる上で、二人の幼子《おさなご》がぶつかり合った。時宗丸《ときむねまる》は梵天丸《ぼんてんまる》の腰に組み付き、胸に頭を当てて、ぐいと押し込んだ。

「やるな」

力《りき》んだ声と共に、上から左腕を抱え込まれた。ひとつ年上だけあって梵天丸は力が強い。腰の捻《ひね》りと共にぐいと投げを打ち、こちらの体を楽々と振り回してくる。

（何の）

しかし歯を食いしばり、必死で足を踏ん張る。と、胸に当てていた頭が横にずれ、梵天丸の左肩が少し後ろに流れているのが目に入った。投げの勢いが余ったか。

どくりと胸が鳴った。全《すべ》てがゆっくりに見える。梵天丸の肩へと、ひとりでに右手が伸びた。

「どうだ！」

大声ひとつ、足から腰へ、腰から腕へと渾身《こんしん》の力を伝えた。梵天丸がたたらを踏むように、少し仰《の》け反《ぞ》る。ここだ。もっとだ。このまま倒してやる。今日こそ勝ってやる。強い思いに心が熱くなる。

「りゃっ」

体の奥底から、持てる力を超えるものが出た。同時に、二人して雪の上に転がる。傍らの庭木が揺れ、葉の上の雪が粉となって降り注いだ。息を切らして顔を上げると、梵天丸の頭が白い。

「……やった」

呆然《ぼうぜん》と発した。大きく息を吸い込む。胸中の歓喜が一気に弾《はじ》けた。

「勝った！　よっしゃあ、初めて勝ったぞ」

勢い良く立って跳ね飛び、次いで亀の子のように身を固めてしゃがみ込む。そうしなければ走り出しそうだった。

「強くなったな」

小袖《こそで》に纏《まと》わり付いた雪を払いながら、梵天丸が笑みを浮かべた。時宗丸は鼻高々で、両の拳《こぶし》を天に突き上げた。

「よし、もう一回だ。負けないからな」

しかし梵天丸は「今日はもういい」と角力《すもう》の相手を断った。

「え？　どうしたの。腹でも痛いとか」

少し案じたものの、すぐに頰《ほお》がにやりと緩んだ。

「分かった。負けて悔しいんだ。年下のおまえには負けないって、いつも言ってたものな」

「違うよ。おまえが強くなるのは嬉《うれ》しいさ。俺《おれ》の家来《けらい》になる奴《やつ》だからな」

凜《りん》とした眉《まゆ》と眼差《まなざ》しに卵の如《ごと》き頰、見栄えのする顔に浮かんだ笑みが、幾らか曇っていた。気懸かりでもあるのか――時宗丸の心に滾《たぎ》っていた熱が、すう、と引いていった。

梵天丸は軽い溜息《ためいき》と共に腰を上げ、庭木の根本に脱いであった足半《あしなか》の草鞋《わらじ》を履いて、資福寺《しふくじ》の本堂へと進んだ。飛び石の新雪に、ぐさ、ぐさ、と音が立つ。時宗丸も自らの足半を手に取り、頭半分ほど大きい背を小走りに追った。

深い庇《ひさし》の下、梵天丸は廊下に腰を下ろした。時宗丸は左隣に座り、地に着かぬ足をぶらぶらさせる。

本堂の裏手から歩み寄る音があった。落ち着いた足取りは、この寺の住持《じゆうじ》・虎哉宗乙和尚《こさいそういつおしよう》であった。

「角力は終わりか」

右手からの穏やかな声に、梵天丸が腰を上げて「お師匠様」と一礼する。時宗丸も、ぴょこんと飛び降りてこれに倣《なら》った。

「夏に時宗殿が参られた時には、一日中やっておったのに。これしきの寒さに負けておるようでは、強い体は作れぬぞ」

梵天丸は不服そうに顔を上げた。

「あれは時宗が、勝つまでやめないと申したから」

「では今日は、時宗殿が諦《あきら》めたか」

「……いえ。俺が負けました」

虎哉は楽しそうに哄笑《こうしよう》し、掌《てのひら》で「ほれ」と廊下を示した。二人が先のように座を取ると、虎哉も梵天丸の傍らに胡坐《あぐら》をかいた。

「若は気が乗らんのだろう。須賀川《すかがわ》の一件か」

梵天丸は黙って頷《うなず》いているが、時宗丸は「あの」と手を挙げた。

「須賀川って？」

虎哉はやや苦い笑みで首を傾《かし》げた。

「時宗殿が暮らしておる大森城《おおもりじよう》から、ずっと南にある城でな。そこを治める二階堂盛義《にかいどうもりよし》が伊達《だて》と手切れになった。時宗殿のお父上が、新年参賀のまま米沢《よねざわ》に留《とど》まっておられるのも、全てはこの先どうするかを定めるためでな」

「分かりやすく申せば、伊達の味方が減ったのだ」

梵天丸が左の肩越しに声を寄越す。時宗丸は「そのくらい分かる」と口を尖《とが》らせた。

「だから元気がなかったのか。だらしないな」

「伊達は強い。父上も強い。けれど、弱い奴らが束になって掛かってきたら勝てないんだ。こっちと戦《いくさ》をしている間に、背中から攻められるんだぞ」

膨《ふく》れ面で返され、そう言えば、と思い出した。二日前の晩、父・実元《さねもと》が供回《ともまわ》りの者と似たようなことを話していた。このままでは二本松《にほんまつ》も危ういと、およそ楽しまぬ風であった。

梵天丸が呆《あき》れ声を寄越した。

「大叔父上から聞いていなかったか。まあ、おまえはまだ六つを数えたばかりだしな」

「梵天だって、ひとつ上なだけじゃないか」

「でも俺は伊達の跡取りだ。おまえより多くを知っていなけりゃあな。お師匠様にも色々教えてもらっている」

侮《あなど》られたようで悔しいが、その心根に対しては素直な礼讃《らいさん》があった。口には出さぬが「やはり格好いい」と見上げる。梵天丸は少し嬉しそうな目を見せ、虎哉に向き直ると真剣そのものの声を出した。

「お師匠様。俺が家を継ぐ頃《ころ》、奥羽《おうう》はどうなっているでしょう。伊達は天下を取れますか」

天下——その言葉に度肝《どぎも》を抜かれた。己《おのれ》が知るのは父・実元の大森城と、この米沢くらいだ。新年と盆の頃に行き来する際も、焦《じ》れったく思うくらいに道のりは遠い。

（なのに）

梵天丸は当たり前のように、この国の全てを握りたいと言う。どれほど遠いのだろう。どれほど広いのだろう。気が遠くなりそうで何も考えられず、しかし、どきどきという音が胸から耳に大きく伝わる。総身を包んでいた寒さが弾き飛ばされるような気がした。

「これはまた、大きく出られたな。何ゆえ天下を望まれる」

虎哉でさえ、目を丸くしていた。

「小競り合いが面倒なのです。父上が戦に出られるたび、母上は色々と案じて怒りっぽくなる」

梵天丸は即座に答えた。虎哉は少し穏やかな眼差しになった。

「お父上、お母上を安んじたいか」

「それだけではなく。分からんのです。伊達に味方しておれば安んじて暮らせるのに、奥羽の衆はどうして敵になるのか。俺は、誰《だれ》も伊達に楯突《たてつ》かぬようにしたい」

半ば呆《ほう》けたように聞いていたが、何となく分かった気がした。伊達は今、奥羽の衆と争っているが、その戦が終われば安泰という訳ではないのだろう。奥羽がひとつになれば、次は他《ほか》の地の大名が挑んでくるに違いない。これを退ければ次、また次と敵が現れる。それらを全て下して従え、伊達の家と父母を安んじる。行き着く先が全国の平穏、つまり天下なのだ。

(そこまで考えて……)

伊達の跡継ぎという重みが、背丈や歳《とし》の差以上に梵天丸を大きくしている。角力に勝った時にも勝《まさ》る高揚《こうよう》に胸が騒ぎ、猛烈に身が熱くなってきた。じっとしていられず、時宗丸は廊下から勢い良く飛び降りた。そのまま境内の真ん中に走り、両の拳《こぶし》で幾度も虚空を殴《なぐ》りながら叫ぶ。

「えい、やあ!　おりゃあ」

骨ばった四角い顔に太い眉と吊《つ》り目、父譲りの武骨《ぶこつ》な面相《めんそう》にじわりと汗が滲《にじ》んだ。止めようのない笑みが強く浮かぶ。くるりと振り向き、梵天丸の「どうした」という顔へ声を張った。

「だったら、やっぱり元気出せ。味方がひとり減ったくらい!　俺が、もっともっと強くなって取り返してやる。おまえに天下を取らせてやる」

梵天丸の頬が少しずつ緩んでゆく。沈んでいた眼差しが煌《きらめ》きを取り戻した。

「うん。頼むぞ」

「任せとけ」

米沢に来るたび二人で角力を取り、野を駆けてきた。梵天丸は常に力強く勇ましく、そして激しく、きらきらしていた。そういうところが大好きで兄と慕ってきた。今日ほど誇らしく思えた日はない。一族の兄は、己には思いも寄らぬほど大きな望みを抱いていたのだ。

(俺も梵天と)

共に歩み、天下を望もう。頼むと言ってくれたのだ。そのために強くなりたい。梵天丸よりも強く勇ましく、猛々《たけだけ》しくなりたい。否《いな》、そうでなければ。居ても立ってもいられなくなり、またも拳が目茶苦茶に虚空を打った。

「時宗殿。武士は強いだけではならぬぞ。学問も、修身《しゅうしん》もな」

虎哉が手を打ちながら、顔を綻《ほころ》ばせた。時宗丸は息を弾ませて「はい」と応じ、額の汗をぐいと拭《ぬぐ》った。

†

薄暗い仏間の中、時宗丸は仏壇に手を合わせた。瞑目《めいもく》して神仏の加護を祈り、眉間《みけん》の一点に意識を集めている。

「ここであったか」

声をかけられて右手を向けば、障子が開いていた。父・伊達実元《さねもと》であった。厳しいしかめ面で部屋に入り、傍らに腰を下ろす。

「武芸の稽古《けいこ》はどうした。この分では、専念寺《せんねんじ》にも行っておるまい」

時宗丸は日々の稽古に加え、名僧・了山《りょうざん》を師と仰いで学問にも励んでいる。これまで一日たりとて疎《おろそ》かにしなかったが、今日だけは違った。俯《うつむ》いて、ぼそぼそと答えた。

「米沢から良い報《しら》せがなく……梵天の病が気懸かりで」

俺が天下を取らせてやる——固く誓った日から半年余り、世は天正《てんしょう》元年（一五七三）秋八月を迎えていた。梵天丸が、先日から疱瘡《ほうそう》を患っている。遠く離れた大森城で快癒《かいゆ》の報せを待つばかり、焦れる気持ちを持て余し、時宗丸の心は千々《ちぢ》に乱れていた。

だが実元は、こともなげに問い返した。

「それがどうした」

驚いて、勢い良く顔が上がった。

「疱瘡なのですよ。下手をしたら命を落とすじゃないですか」

「案ずるのが、おまえの為《な》すべきことかと問うておる」

眉ひとつ動かさない父の冷淡に、目が吊り上がった。

「梵天は伊達の跡取りです。俺が心配して何が悪いんです」

「悪いとは言わぬ。が、おまえはいずれ、わしを継いで伊達の家老《かろう》となる身ぞ。そのための研鑽《けんさん》を怠ってはならぬ」

その考え方は分かるが、どうしても不平が口を衝《つ》いて出た。

「梵天に、天下を取らせると約束したのです」

「弟の竺丸《じくまる》様に尽くす気はないと申すか」

動じもせず、静かな口ぶりも変わらない。だが少しだけ声の響きが違った。叱責《しっせき》を察して「すみません」と頭を下げると、父は軽く鼻息を抜いた。

「おまえも存じておるとおり、わしは伊達を出されるはずの身であった」

父はかつて、越後《えちご》守護《しゅご》・上杉定実《うえすぎさだざね》の養子に入るよう決せられていた。実元の名も、定実から一字を受けたものである。だが、そこで伊達に内乱が起きた。実元の兄、そして梵天丸の祖父である晴宗《はるむね》がこの入嗣《にゅうし》に反対し、往時《おうじ》の当主・稙宗《たねむね》に謀叛《むほん》したのだ。

稙宗と晴宗、父子の争いは奥羽全域を巻き込んで長く続き、伊達家は大きく力を損じた。今の当主・輝宗《てるむね》が苦境に立っているのも、この時の損耗《そんもう》ゆえである。内乱は六年の後、晴宗の勝利に終わった。稙宗が取りまとめた上杉との養子縁組も白紙に戻され、実元は兄・晴宗の将として伊達に残ることになった。

この話を聞くのは何度めかと、時宗丸は俯《うつむ》いたまま背を丸めた。そこへ峻厳《しゅんげん》な一喝《いっかつ》が飛んだ。

「だらしない！　背を伸ばせ」

修身について、父は特に厳しかった。時宗丸は弾かれるように背筋を伸ばした。

「いつも申しておるとおり、人の上に立つ者は、常に下の範《はん》とならねばいかん」

「肝に銘じます」

「……ともあれ。わしの養子縁組が大元で、伊達は力を落とした。負い目があるからには、何としても伊達のために働かねばならぬ。おまえも同じと心得《こころえ》よ」

時宗丸は顔を上げ、父の目を真っすぐに見た。

「俺の心得違いでした。梵天が天下と申すもので、力になりたいと、それればかり思うて……。ですが、もしも」

梵天丸が病に負けたら。それを言う気にはなれなかった。思いは汲んでくれたらしく、父は咳払いして応じた。

「竺丸様が跡継ぎとなられても同じ、主《あるじ》が望む働きをするのみ」

「……はい」

「それから、梵天丸ではない。若様だ」

ぺしりと頭を叩《たた》かれた。時宗丸は肩をすくめてもう一度頭を下げると、すっと腰を上げた。

「武芸の稽古をいたします」

「明日からはまた、寺にも参るように」

父は、ようやく笑みを見せた。目元が少し緩むだけの、近しい者にしか分からない面持《おもも》ちの変化である。厳父《げんぷ》がこうした顔を見せる時、時宗丸の胸にはいつも暖かいものが通った。

以後、時宗丸は武芸と学問に没頭した。梵天丸の容態《ようだい》は気懸かりだが、快癒《かいゆ》の祈願は夜でもできる。昼の間はそれを考えられなくなるまで懸命になった。

そして数日、今日も木刀を構えている。相手は傅役《もりやく》の羽田右馬介《はねだうまのすけ》であった。頰に縮《ち》れ髯《ひげ》を蓄えた若者で、武辺《ぶへん》の大男だ。日頃《ひごろ》はその風貌《ふうぼう》に似合わぬ人懐こい笑みを小さな目に絶やさぬが、今は稽古の最中とあって張り詰めたものを漂わせていた。どちらの右馬介も、常に自分と真正面から向き合ってくれている。その辺りに、父に抱くのと同じ信頼があった。

誠心誠意を返すべし。腕を上げ、叩き据えて喜ばせてやる——じり、と摺《す》り足で前に出た。合わせて、右馬介が右足を後ろに引く。

「やっ！」

木刀を振り上げ、鋭く踏み込んで打ち込む。しかし容易《たやす》く弾かれ、返す刀でがら空きの胴に打ち込まれた。小袖の布一枚を隔て、木刀が止まった。

「また死にましたな」

にやりとされ、胸の内に強く火が灯《とも》った。

「もう一度だ」

相手が誰だろうと、負けず嫌いは変わらない。右馬介が「はは」と笑って中段に構え直す。同じように構え、摺り足で間合いを計りつつ考えた。

（どうして負けるんだ）

好きに仕掛けさせてもらいながら、どれだけやっても勝てない。元々の力の差はさて置き、反撃の一刀すら防げないのだ。自分の間合いまであと一歩。左足を摺って右足に近付けると、右馬介が右足を引いた。

（いつも、ここから打ち込んで負け……）

あ、と気付いた。己は、ずっと同じ負け方をしているのではないか。思って、敢《あ》えて足を引いて下がった。右馬介が右足を戻す。そこで今度は右へ動き、相手の左に回る。向こうはこちらに正対しようと、左足を引いて体を捻る。

「りゃっ」

刹那《せつな》、一気に右足を踏み込んで袈裟懸《けさが》けの一撃を見舞った。これも受け止められたが、今までとはひとつだけ違った。

「えやっ」

一声と共に繰り出される反撃が遅い。寸時《すんじ》の違いでしかないが、得物《えもの》を引き、左脇を守るだけの間があった。がん、と木刀がぶつかり合う。寸止めするつもりの一撃でこそあれ、いつも以上に軽かった。

見えた気がする。打ち込む際には右足を踏み込む。その右足が初めから前に出ていれば反撃も遅れ、力も殺《そ》がれるのだ。時宗丸はぐいと得物を押し込み、素早く左手を放して右馬介の手首を取った。いざ、ここから——。

「そこまで」

背後から父の声。二人とも稽古をやめ、向き直って一礼する。時宗丸は不満を口にした。

「なぜ止めたのです」

右馬介の汗ばんだ顔が、豪快に綻んだ。

「いやはや、初めて負けるところでござった」

右手に見上げて「本当か」と目を輝かせる。右馬介は「多分」とだけ答え、縮れた無精髭《ぶしょうひげ》の頰を緩めた。その様を見る父の目は、分かりにくいが、確かに笑っていた。

「大事な報せがある。若様の病が癒《い》えた」

少しだけ張りのある、喜悦《きえつ》を映した声音だった。まさに稽古より大切な話である。時宗丸は右馬介に向いて一礼し、木刀を地に置いて父の許《もと》へと駆け寄った。

「父上、米沢へお祝いに上がるのでしょう。いつです。明日？　その次？」

実元は骨ばった大きな手で、こちらの頭をぽんと叩いた。

「若様は何日も臥《ふ》せっておられた。ひどく熱の出る病なれば、今しばらく養生《ようじょう》なさらねばな。向こうひと月は待て」

待ちきれぬ思いに身をよじると、父は最前の喜悦を綺麗《きれい》に流し去った。

「おまえの為すべきは何だ」

常なる厳しい声音《こわね》に、しゃんと背が伸びた。

「伊達の力となる」

一礼して右馬介の許へと戻る。木刀を取ってすぐに打ち込むと、あっさり払われて首筋に寸止めを食らった。

「また死にましたな」

右馬介はくすくすと笑い、木刀を小刻みに震わせた。

†

「実は、部屋に籠《こ》もりきっておられまして」

片倉景綱《かたくらかげつな》の言葉に、時宗丸は面持ちを曇らせた。

「まだ按配《あんばい》が悪いのか」

「病そのものは、もう。されど……人を通すなと」

歯切れが悪い。会わずにおいてくれ、と言いたそうな顔だ。しかし遠路を越えて米沢まで来たのだ。快気を祝い、久しぶりに梵天丸の顔を見たいのである。

「治ったなら、疱瘡はうつらないんだろう?」

「そういうことではなく、ですな」

不満を隠さず見上げる。丸みを帯びた景綱の顔の中、鋭いはずの目鼻立ちが渋く歪《ゆが》んでいた。時折目を瞑《つぶ》り、迷っているように見える。戸惑いを覚え、小声で問うてみた。

「小十郎《こじゅうろう》にも顔を見せないのか」

「それがしは傅役《もりやく》ゆえ、無理にでも。……そうですな、或《あ》いは時宗殿なら」

踏ん切りが付いたように、景綱はすくと立った。元々が智慧者《ちえしゃ》で、梵天丸や己に対しても必ず正しい道を示そうとする男である。それが肚《はら》を決め、面持ちで「おいでなさい」と促《うなが》している。時宗丸は、かえっておずおずと頷いた。この頼もしい男をして、それほどの決意が求められる話なのか、と。

本丸館《ほんまるやかた》の廊下には既に初冬の気配が滲んでいた。庭木は多くが茶色に染まり、そこらじゅうに葉が散っている。漂う空気にも、土に黴《かび》が生えたような独特の匂《にお》いがあった。ひょう、と冷たい風が抜ける。落ち葉がつむじを巻き、一枚、二枚と足許《あしもと》に飛んで来た。

――身震いがした。寒さゆえではない。あと数歩の先、締め切られた障子の向こうから泣き声が聞こえたからだ。先ほど感じた不確かな思いが強くなり、前に立つ背を見上げる。景綱は半身《はんみ》にこちらを向き、憂鬱《ゆううつ》そうな小声を寄越した。

「聞こえましたか」

「……うん」

ついつい、返答も囁《ささや》きになる。景綱が苦しそうに眉をひそめた。

「このところ、ずっとです」

言い知れぬ不安に、半開きの唇が乾いた。勝ち気で激しく、何ごとにも屈しない。できないことは、できるようになるまで諦めず、悔しかろうと悲しかろうと、決して涙など見せない。その梵天丸が泣き暮らしているとは、とても信じられなかった。

「本当に……」

会って良いのか。障子に目を遣ると、景綱が幾らか峻厳《しゅんげん》な声を向けてきた。

「会うと決めて来たのでしょう。若様にも、良い薬やも知れませぬ」

立ち尽くす己を捨て置き、景綱はまた歩を進めた。

「小十郎です。入りますぞ」

返答はない。先に聞こえた嗚咽《おえつ》が強くなり、はっきりと耳に届いた。景綱は無言で、勢い良く障子を開けた。

慄然《りつぜん》とした。そこにいたのは、梵天丸であって梵天丸ではなかった。凜とした眉と眼差し、卵の如き頬——整った顔立ちが崩れていた。額や頬には赤い斑点《はんてん》が散らばり、あばたもひどい。右目に至っては白く濁って醜く飛び出し、瞼《まぶた》すら閉じられぬようになっていた。だが時宗丸の足をすくませたのは、それゆえではない。白く虚《うつ》ろな梵天丸の右目から、血が滴り落ちている。

「若様！」

景綱が泡を食って駆け寄り、梵天丸の肩を抱いた。傍らには赤黒く濡《ぬ》れた小刀が落ちている。梵天丸は左目からぼろぼろと涙を零《こぼ》し、しゃくり上げながら、途切れ途切れの声を漏らした。

「目がこんなに、なったから……母上は。なくなればいいと。でも」

「自ら抉《えぐ》り出そうと」

景綱は口を噤《つぐ》んだ。しばし奥歯をぎりぎりと噛《か》み合わせていたが、思い切ったように力んで顔を上げ、阿修羅《あしゅら》の如き面相をこちらに向ける。

「ご覧《ろう》じたでしょう。疱瘡で右目が死に、斯様《かよう》な……。ご母堂《ぼどう》様も気味悪く思《おぼ》し召され、見舞おうとすらなされませぬ」

「あ」

何か言おうとしたのではない。ただ、声が出ると確かめたかった。時宗丸の唇は、そのまま小刻みに震えた。どうしたらいい。人を呼ぼうか。だが今の己が、それほどの大声を出せようか。

いや。景綱がいる。己より十一も年上の立派な傅役だ。全てを頼もう。

「小……十郎」

何とかしてくれと眼差しで訴えた。景綱は厳しい目元をさらに吊り上げて頷き、そして、信じられないことをした。

「不覚悟にも、ほどがあり申す」

静かな、それでいて有無を言わさぬ迫力のひと言。抱えていた梵天丸の身を部屋の床板に押し付け、組み伏せた。次いで床の小刀を取り、血を流したままの死んだ右目に突き入れる。

「痛い！　い、や、やめ――」

「お黙りなされ！」

地を揺るがすかという一喝《いっかつ》に、梵天丸の叫びが止まった。景綱はいったん小刀を抜くと、もう一度突き込み、然《しか》る後《のち》に小さく捻った。死んだ右目が、ずるりと抜き取られた。

「これでよし……」

額に脂汗を浮かせ、あまりにも痛々しい面持ちである。景綱がどういう思いで目を抉《えぐ》り出したか知れて、時宗丸は廊下にぺたりと尻《しり》を落とした。

背後から慌しい足音が迫った。梵天丸の父・輝宗と、己《おの》が父である。悲鳴を聞いて駆け付けたものの、目の前の酸鼻《さんび》な光景に「これは」と言ったきり、二の句が継げないでいた。景綱は居住まいを正し、全ての顚末《てんまつ》を包み隠さず語った。

「若様は面相が崩れたのを嘆き、それゆえ母上様に疎《うと》まれると思い詰め、右目を捨てようとなされた。ところが痛みゆえに、自ら決したことを放《ほう》り出したのです。伊達の主となるべく生まれた身、左様《さよう》な不覚悟のあるべきかとお叱《しか》り申し上げ、それがしが抉り出しました」

堂々とした振る舞いを、時宗丸は息を詰まらせながら見守った。当主の逆鱗《げきりん》に触れ、この場で成敗《せいばい》されてもおかしくない。

しかし輝宗は、ひとつ唸《うな》った後に大きく頷いた。

「それでこそ傅役ぞ」

力強い声だった。一方、眉には子を案じる心が映し出されている。時宗丸は、ふう、と安堵《あんど》の息を吐き出した。肩の力が抜け、首ががくりと前に倒れた。

「誰《たれ》かある。急ぎ医師《くすし》を呼べ。梵天丸が怪我《けが》をした」

四方に下知《げち》を響かせると、輝宗は我が子の許へ進んで屈み込んだ。

「小十郎が正しい。分かるな」

梵天丸は涙のまま床に寝そべっていたが、父の顔が近付くと、ゆらりと起き上がって身を小さくした。そして蚊の鳴くような声で「はい」と応じた。

「でも俺は……。この先も、ずっと……片目がないまま」

心細いのだろう。気の毒でならない。

だが、それ以上に悲しかった。この弱音を、どうして認められようか。天下を取ると目を輝かせていただろう。俺に、頼むと言ってくれたではないか。意気を凋《しぼ》ませた姿が、何にも増して許し難い。

「何を……言ってるんだ」

右目から血を、左目から涙を落とす梵天丸を、強く見据えた。

「天下を取るんだろう。そんな意気地のない奴に」

廊下にへたり込んでいた身を、すくと起こす。梵天丸を見下ろすと、怒鳴り声と、そして涙が溢《あふ》れ出た。

「目はもうひとつあるだろう。何も見えなくなった訳じゃない。なのに、めそめそして……ふざけるな！　おまえの家来になるんだぞ。辛いなら『頼む』って言ってくれよ。俺が右目になってやる。おまえの見えないもの、みんな見て教えてやる！　だから……」

だから強くあってくれ。兄と慕った眩《まぶ》しい梵天丸に戻ってくれ。言葉にならない思いが涙となり、止《と》め処《ど》なく溢れ出た。

梵天丸の左目が驚いたように見上げていた。そこから最後の涙が、ぽろりと落ちる。しばしの静寂《せいじゃく》が流れる中、向けられた驚愕《きょうがく》の眼差しは、次第に安らいだものへと変わっていった。

「殿、殿！　医師を連れて参りましたぞ」

ばたばたと駆け足が近付く。家中一の老将、鬼庭《おににわさ》左月斎《げっさい》であった。

「中之間で支度を整えており申す。早う」

「あい分かった。小十郎」

輝宗に促され、景綱が梵天丸を抱き上げた。しかし梵天丸は小さく「下ろせ」と応じた。

「ひとりで歩ける」

たった今までの頼りない声ではなかった。景綱は柔らかく笑みを浮かべて梵天丸を立たせ、輝宗や左月斎と共に連れて行った。時宗丸と実元だけが後に残された。

「二言はあるまいな」

背後から父の厳かな声がかかる。時宗丸は右の袖《そで》でぐいと涙を拭い、肩越しに見上げた。

「はい」

返す言葉と両の眼《まなこ》には、心中の決意が沸々《ふつふつ》と滾《たぎ》っていた。

二　藤五郎成実《しげざね》

時宗丸《ときむねまる》は居室で息をひそめ、瞑目《めいもく》して気を落ち着けた。齢《よわい》十二、ついにこの日が来た。これより烏《え》帽子《ぼし》を戴《いただ》き、家中《かちゅう》の男と認められる。

「左様《さよう》に畏《かしこ》まらずとも」

共にある右馬介《うまのすけ》の暢気《のんき》そうな声に、軽く目を開けて右前を向いた。慣れぬ直垂《ひたたれ》に身を包んでいると、これだけの動きすら窮屈に思えて眉根《まゆね》が寄る。

「殿のお声がかりで元服《げんぷく》するのだ。おまけに、烏《え》帽《ぼ》子《し》親《おや》さえ買って出てくだされた」

「輝宗《てるむね》公とは幾度も会っておられるのに」

「それとこれとは別だ」

ぷいと顔を背けた。輝宗の勧《すす》めによる元服だが、実のところは梵天丸《ぼんてんまる》――二年前に元服を済ませ、藤次郎《とうじろう》政宗《まさむね》と名を改めた――の希望と聞かされている。己《おのれ》にとっては「力になってくれ」と言われたに等しい。その喜びあってこそ神妙になっているのに、右馬介は鈍感である。

落ち着かぬ思いに何度身を揺すった頃《ころ》か、聞き慣れた父の足音が廊下を近付いてきた。

「支度は良いな」

左手の廊下に向き直り、居住まいを正して「はい」と応じた。実元《さねもと》は軽く頷《うなず》き、あとは眼差《まなざ》しで「来い」と示すのみ。応じて立ち上がるも、直垂のせいか普段どおりに動けない。ぎこちなく腰を上げると、右馬介が後ろに立って袴《はかま》の裾《すそ》を引っ張り上げ、人好きのする笑みを見せた。

「踏んでいますな」

「……すまん」

ばつの悪さに苦笑を浮かべ、踵《かかと》を上げる。足許《あしもと》が楽になると、緊張がより強くなった。

父の後に続き、住み慣れた大森城《おおもりじょう》を進んだ。青々とした庭木から夏の風が廊下へと抜け、胸の高鳴りと相まって暑さを膨らませる。この御殿《ごてん》は米沢《よねざわ》に比べてずいぶん小さく、東の奥にある部屋から中央の広間まではあっと言う間だが、そればかりの道が遠く思えた。

軽く汗ばんだ額で広間に入ると、奥の暗がりに輝宗が待っていた。前に立つ実元が中央で一礼し、左に退《ひ》いて座る。時宗丸も静かに腰を下ろし、右馬介が右後ろに控えるのを待って、作法に則って挨《あい》拶《さつ》をした。

「時宗丸、参りましてござる。殿のご高配《こうはい》を賜《たまわ》り、烏帽子親となっていただけますこと、身に余る光栄と存じ奉《たてまつ》ります」

輝宗は、さもおかしそうに笑った。

「堅苦しいのは抜きにせい。おまえは、我が子のようなものじゃ」

続柄から言えば己と輝宗は従兄弟《いとこ》に当たるが、そう思ったことは一度もない。政宗よりも年下とあっては、確かに子にも等しいのだ。

左脇の父が、輝宗の後ろへ「これ」と声をかける。右奥の障子がすっと開き、烏帽子を載せた三方《さんぼう》が運ばれた。正月の鏡餅《かがみもち》に使うものより二回り小さい。輝宗が歩を進め、黒く艶のある烏帽子を手ずからこちらの頭に載せる。そして、しっかりと顎紐《あごひも》を結んでくれた。

「これにて元服じゃ」

輝宗が満面の笑みで「叔父上」と実元を向く。父は懐《ふところ》から紙を出し、こちらに向けて広げた。

「今日より時宗丸改め、伊達《だて》藤五郎《とうごろう》成実《しげざね》を名乗るべし」

感無量とはこういう気持ちだろうか。得体の知れない満足と昂《たか》ぶりが、体の中に熱を暴れさせる。夏の暑さすら冷えびえと感じられ、ぶるりと身が震えた。

「成実、今日よりお仕え申す。つきましては殿にお伺いいたします。梵天の初陣《ういじん》は、いつになりましょうや。俺《おれ》も力になりたく存――」

父が腰を上げ、後ろから頭を張った。目から火が出る。実元は「馬鹿者《ばかもの》め」と呟《つぶや》き、輝宗に向いて静かに続けた。

「藤五郎に初陣は早《はよ》うござる。頃合《ころあい》は、お任せいただきとう存じますが」

「何ゆえです。もう右馬介との稽古《けいこ》も、十回に七回は勝てますぞ。梵……いやさ、藤次郎の初陣は、俺こそが守るべしと決めておりましたのに」

勢いに任せて不平を述べるも、実元は眉《まゆ》をぴくりと動かし、こちらを真っすぐに見据えて強い語気を寄越した。

「梵天丸でも藤次郎でもない。若様じゃ。まずは左様なところを直せ」

このやり取りを見て、輝宗は小さく肩を震わせた。

「承知《しょうち》、承知。藤五郎の初陣は叔父上にお任せ致そう」

輝宗の笑みに、ぼんやりと悟るところがある。急に不満が凋《しぼ》み、顔から力が抜けた。

元服の儀式が恙《つつが》なく終わると、居室に戻って烏帽子と直垂を外し、右馬介に渡した。縛《いまし》めが解かれたような思いがして、床へ大の字に寝転んだ。

輝宗は「堅苦しいのは抜きに」と言いながら、父の叱責《しっせき》には異を唱えなかった。親しい間柄とて、主従の垣根を曖昧《あいまい》にしてはならぬと示された気がした。

「若様……か。兄でも友でもない。俺の主《あるじ》だ」

呟いて、両手で挟むように頰《ほお》を張る。右馬介がにやりと笑い、傍らに片膝《かたひざ》を突いた。

「綻《ほころ》びとは、左様なところから生まれるもの。ほんの小さな気の緩みが命取りとなるのは、稽古ひとつでもお分かりでしょう」

「ああ。金輪際《こんりんざい》、梵天とは呼ばぬ」

「それだけではござらぬ。戦場《いくさば》に出るなら、わしとの稽古に全《すべ》て勝てるくらいでなくては」

「戦場とは、それほどか」

「殺し合いの場にござる。誰《だれ》もが、成実様の首だけ求めて詰め寄るのです」

右馬介は大森城でも屈指の猛者《もさ》である。その男が、ついぞ見せたことのない鋭さを漂わせていた。単なる脅しではない。脅しでは済まないものが、戦場にはある。

（……命の、奪い合いか）

未《いま》だ知らぬ狂気を突き付けられ、業火の如《ごと》き激情が心に満ちた。大の字から身を起こし、引き締まった笑みを浮かべる。

「昔、若が仰《おお》せであった。誰も伊達に歯向かわぬような力を持ちたいと。それと同じだ。戦場で俺に挑まば命を落とすと思わせるべし。右馬介、相手を致せ」

すくと立ち、部屋の壁に掛けてある木刀を手に庭へ飛び降りた。右馬介が「然《しか》らば」と応じ、鋭いままの気勢で後に続く。これからの稽古は一段と激しく、厳しくなるだろう。望むところだと目をぎらつかせ、成実は得物《えもの》を構えた。

南陸奥《みなみむつ》、伊達領は会津《あいづ》の北から東に広がっている。そのさらに東には、相馬《そうま》盛胤《もりたね》・義胤《よしたね》父子が強勢を誇っていた。伊達にとって当面の敵である。

先々代の稙宗《たねむね》と先代の晴宗《はるむね》が争い、伊達の力は著しく殺《そ》がれた。この争いは実元の上杉入嗣《うえすぎにゅうし》に加え、稙宗が娘婿で盛胤の父・相馬顕胤《あきたね》に家領の一部割譲《かつじょう》を図ったことにも原因があった。当然、相馬は稙宗に与《くみ》した。その流れの中で兵を差し向け、阿武隈《あぶくま》の南半分を切り取っている。父子の争いが終息した後、伊達は領を旧に復すべく、相馬と戦わねばならなかった。疲弊した中では容易な話でなく、押しつ押されつで今に至っている。

天正《てんしょう》九年（一五八一）五月、政宗は相馬との戦で齢十五の初陣を迎えた。成実も十四を数えていたが、父に「まだ早い」と退《しりぞ》けられ、初陣を許されなかった。

それから一年余、成実は羽田右馬介《はねだうまのすけ》を供に従えて米沢へ向かった。昼を少し過ぎた辺りで到着すると、政宗の居室に参じるようにと言われ、御殿の玄関から左手の奥へと向かった。障子は開け放たれていて、近付くと政宗が片手を挙げた。

「おう、来たか」

仄《ほの》かに匂《にお》い袋の残り香がある。先まで政宗の室・愛《めご》がいたのだろう。

「水入らずのところ、邪魔をして申し訳ござらぬ」

「なに、たわいもない話をしておっただけだ」

照れ笑いで応じる顔は、疱瘡《ほうそう》が癒《い》えた頃《ころ》とは見違えるようだった。右の瞼《まぶた》は常に閉じられ、あばたも幾らか残っていたが、顔中の赤い斑紋《はんもん》はすっかり消えている。重ねた年月で頬が精悍《せいかん》に引き締まり、まさに若殿という風格であった。

成実は一礼して部屋に入り、膝詰《ひざづ》めで腰を下ろした。右馬介が廊下に控えると、政宗は居住まいを正して左目を細めた。

「本能寺《ほんのうじ》の一件か」

天正十年（一五八二）六月二日早暁《そうぎょう》、乱世《らんせ》に覇を唱えた天下人・織田信長《おだのぶなが》が、京《きょう》の本能寺で家臣《かしん》の明智光秀《あけちみつひで》に討《う》たれた。遠く離れた奥州《おうしゅう》には十日ほど遅れて報じられていた。

成実は「然《しか》り」と頷き、身を乗り出して声をひそめた。

「殿は何と？」

「好機じゃと仰せだった。あのまま織田が力を伸ばしておったら、遅かれ早かれ奥羽《おうう》にも口を挟んだはずだ。当面それがなくなって、相馬との決着には良い頃合ぞ、とな」

そこで、にやりとして「ただ」と続けた。

「俺が昔から天下天下と騒いでいたのを、父上はご承知だ。これを使って焚《た》き付けてみた」

「はて。分かりませんが」

「爺様《じじ》、晴宗公の頃には、伊達は奥州探題《おうしゅうたんだい》だった。相馬を下さば昔日《せきじつ》の威勢を取り戻す日も近い。伊達こそ奥羽の覇者たらめ、と」

元服して三年、成実も十五歳である。天下への夢が閉ざされているのは、さすがに理解できていた。しかし奥羽一統ならば十分に手が届くと、目を輝かせた。

「身の丈に合っておりながら、見上げるほど大きな夢にござるな」

しかし政宗は、不敵な笑みを強くして「待て」と応じた。

「それは踏み台に過ぎん。俺の狙《ねら》いは飽くまで天下だ」

「え？　若こそお待ちあれ。織田と戦《いくさ》を構えるおつもりか」

初陣こそ迎えてはいないが、己とて専念寺《せんねんじ》で了山和尚《りょうざんおしょう》に師事し、広く深く諸々《もろもろ》を学んできた。如何《いか》に奥羽を束ねようと、織田の力には抗《あらが》い得ないだろう。金山はあれど冬になれば雪深く、そもそもの石高《こくだか》が小さきに過ぎるのだ。

「信長と嫡子《ちゃくし》の信忠《のぶただ》が死んだとは申せ、織田家そのものは残っている。誰が跡を継ぐかは分からんが、いつまでも乱れたままのはずがござるまい。奥羽に手を伸ばすまで、二十年はかからんと見ますぞ」

「そうだ。が、少しの間は乱れている」

「だから、その隙《すき》に奥羽を束ね、容易《たやす》く屈せずとも済むだけの力を付けるのでしょう。何ゆえ、天下にまで話が跳ぶのです」

政宗は、くすくすと肩を揺らした。

「織田に抗わんとするのは、俺たちだけだと思うか？」

「あ」

己《おの》が目は、何と狭いところしか見ていなかったのか。虚を衝《つ》かれた思いに絶句していると、政宗は背後の文箱《ふばこ》から日の本の図を取り出して拡げ、指差しながら話した。

「奥羽を従え、佐竹《さたけ》と蘆名《あしな》を下すくらいの時が、伊達には残っていよう。さすれば関東《かんとう》の北条《ほうじょう》、東海《とうかい》の徳川《とくがわ》らと手を組めばいい」

そして語った。織田家は信長と嫡子・信忠に加え、柴田勝家《しばたかついえ》、明智光秀、羽柴秀吉《はしばひでよし》、丹羽長秀《にわながひで》、滝《たき》川一益《がわかずます》らの家老《かろう》衆が動かしていた。本能寺の変を起こした明智は重大な謀叛人《むほんにん》、これを討たんとする動きはすぐに出る。

「お師匠様の教えから考えて、明智と戦うのは柴田か羽柴だ。もっともこの二人、犬猿の仲だそうでな。明智との三《み》つ巴《どもえ》になれば、誰が勝ち残るか分からん。どう転んでも、織田は天下人の力を失うだろう。昔の伊達と同じようにな」

そこで奥羽と関東、東海が手を組めば――なるほど織田に抗うだけでなく、潰《つぶ》せるかも知れない。

「若は……終わろうとする戦乱の時を、戻すおつもりか」

「巧いことを申す。まさにそのとおりだ」

織田信長の存在によって消えてしまった「天下への階《きざはし》」が、不意に現れた。理詰めで説かれ、成実の血が熱く滾《たぎ》り始めた。

「まずは奥羽の覇者、次いで天下とは！　左様な戦こそ望みにござる」

「おまえは、まず初陣を何とかしろ」

「やらいでか」

大きく頷き、成実はすくと立った。深く一礼すると、廊下で控える右馬介に「帰るぞ」と声をかける。政宗が驚いたように「待て」と呼び止めた。

「せっかく来たのだ。ひと晩くらい留《とど》まっても良かろう。小十郎《こじゅうろう》も、おまえと話したいことは山ほどあるだろう」

「いいえ。一日も早く初陣を済ませねば。帰って父に掛け合い申す」

鼻息も荒く返し、成実はすぐに米沢を辞した。

大森に帰り着いたのは、とっぷり暮れてからだった。帰るなり、着物も替えずに父の居室を訪ね、開口一番「次の戦で初陣を」と訴えた。だが父は「頭を冷やせ」と応じるのみで、まともに取り合おうとしなかった。

もどかしい気持ちに悩んで十日ほど過ごすうち、大森城に一報が入る。信長を討った明智光秀が羽柴秀吉に討たれた。成実が米沢に向かったのと同じ、六月十三日だという。謀叛からわずか十一日で弔《とむら》い合戦《がっせん》を終えるとは、驚天動地と言うに相応《ふさわ》しかった。

秀吉の力量を思い知ったのは、この一件のみではない。翌天正十一年（一五八三）四月には、織田の力を二分する柴田勝家を打ち負かしたと聞こえてきた。

諸々の報《しら》せは概《おおむ》ね政宗の予見どおりである。だが、ひとつだけ違った。織田の混乱が信じられぬほど早く収まりそうなのだ。信長の死から一年足らず、秀吉は「織田家中」の実権を握り、急速に「羽柴家中」へと変えつつあった。

世が戦乱に逆戻りしなければ、政宗の雄志は叶《かな》わぬ夢のまま終わる。羽柴が織田を纏《まと》め上げるのが先か、伊達が奥羽を従えるのが先か。時という無情なものとの競争を察し、成実の中で、初陣への焦りとは別の疼《うず》きが頭をもたげた。

またぞろ「頭を冷やせ」と退《しりぞ》けられるのではないか。だが悩むばかりで心の靄《もや》は晴れない。思い定めた成実は、五月半ばのある夜、父の居室を訪ねて障子の外に片膝を突いた。

「よろしゅうござるか」

困ったような気配に続き、静かに「入れ」と返ってきた。障子を開けて一礼すると、実元はこちらが何も言わぬうちに問うた。

「初陣のことか」

「俺も十六を数えましたゆえ」

部屋に入って障子を閉めると、父は厳しい目つきでじろりと睨《にら》んできた。

「申したはずだ。気ばかり逸《はや》っている者に戦場は早い」

「時が、残されておりません」

気迫を込めて力強く返す。父は幾らか怪訝《けげん》な顔になった。

「わしはまだ死なぬぞ」

「さにあらず。若の右目となるには、もう幾らも時が残されておらんのです」

過ぎ去った日、己は涙ながらに鼓舞した。右目になってやる、見えないものを見て教えてやると。そして、二言はないと父に誓った。それを違《たが》えたくないという切なる訴えに、父の面持ちが引き締まる。筋目を重んじる人ならではの揺れであった。

「聞こう」

成実は父の目を真っすぐに見て、本能寺の変から今までに考え続けた全てを吐き出した。世の流れは政宗の見通しを超え、日々大きく変わっている。間もなく羽柴秀吉は、織田家を完全に乗っ取ってしまうだろう。そうなったが最後、伊達は大波に呑《の》まれるばかりなのだと。

「俺は必死に精進《しょうじん》して参りました。学問も武芸の稽古も、一日たりとて疎《おろそ》かにしなかった。全ては伊達の、若の力となるためです。疱瘡《ほうそう》を患って、若が失ったものは大きい。誰もが諦《あきら》めた天下への大望《たいもう》は、その代わりに持ち続けたのでしょう。挑みもせずに夢を散らさば、如何に俺が励ましたとて、若はきっと萎《しお》れてしまう」

切々と語り、なお続けた。英主《えいしゅ》を失って主従が逆になった例など、世に幾らでもある。羽柴が織田に取って代わるのは抗えない流れなのだ。しかしその一方で、秀吉には越えるべき壁ができた。長らく信長の盟友だった徳川、同じく信長と昵懇《じっこん》だった北条は、未だ秀吉に与していない。さらに西国《さいごく》には七ヵ国の雄《ゆう》・毛利《もうり》もある。

「若は、これらと手を組んで天下に名乗りを上げるおつもりです。伊達が奥羽の覇者とならば、徳川や北条も聞く耳を持つでしょう。今ならできるのです。さにあらずとも、奥羽一統が伊達にとって悪い話であるはずがない。これを押し進める力にこそ、俺はなりたい」

実元は黙って聞いていた。途中からは腕を組み、目を閉じている。ただ逸るのみではないと通じたのだろうか、やがて半開きに瞼を開けた。

「初陣で楽をさせる気はないぞ」

概ねの場合、初陣とは戦場を見て慣れるのみ、ある種の儀式と言ってよい。楽をさせない、つまり父は、初めから殺し合いの場に放《ほう》り込むと言っている。固唾《かたず》を呑んだ成実に向け、言葉が重ねられた。

「伊達の力たり得ると証《あかし》を立てよ。できるか」

戦場を見たこともない身には、できなくて当たり前だ。それをやって退《の》けよと言う。厳格な父が課した、あまりにも厳しい試練である。しかし怯《ひる》まなかった。体を駆け巡る血が一気に燃え上がり、腹の底から確かな声が湧《い》き出でた。

「でき申す。成し遂げてご覧に入れましょう」

すると実元の目元が緩んだ。顔は笑っていないが、紛《まご》うかたなき喜びが滲《にじ》み出ていた。

「男になったと認める。次の相馬攻めに参陣《さんじん》致せ」

成実は軽く目を見開いた。

伊達のため、政宗のため——かねて言い続けたのと同じ話が、今日こそ通じた。時が残されていないという確信によって、信念が生まれていたからだ。成し遂げねばならぬ。今こそ、やらねば。そうした男としての覚悟をこそ、父は待っていたのだ。

「初陣も、その先も……我が心に芯《しん》を通して参ります」

深々と下げた頭に「よし」と声が向けられた。生まれて初めて聞く、和らいだ声であった。

そこは狂乱の場であった。裏返った叫び声、気の触れたような咆哮《ほうこう》、耳に刺さる怪異な喧騒《けんそう》に包まれている。

足軽衆《あしがるしゅう》が背丈の倍以上ある長槍《ながやり》を振り回し、一心不乱に敵を叩く。隙あらば斬《き》り掛からんと、端武者《はむしゃ》が目を血走らせている。誰もが相手を人と思っていない。少しでも多く殺して手柄《てがら》にしようという歪《ゆが》んだ熱気が、ほんの四町（一町は約百九メートル）先で醜く揉み合っていた。大きく息を吸い込めば、そこはかとなく血腥《ちなまぐさ》い。

北方を流れる阿武隈川が忙《せわ》しなく日の光を跳ね返し、左目をちかちかさせる。時折、湿った南風が背後の陣幕《じんまく》を激しく煽《あお》った。ばたばたと音がするたび、盛夏の陽光が遮られた。

伊達勢中備《なかぞな》えの右翼、成実は父の左脇で「出でよ」の下知《げち》を待った。だが父は、中央の床机《しょうぎ》で戦況を眺めたまま微動だにしない。戦の狂気に慣れきっているのだ。成実にはそれが、かえって落ち着かなく思われた。

「む」

どっしり構えていた父が、小さく唸《うな》った。敵味方の入り乱れた向こうには、阿武隈川《あぶくま》から正面へと走る支流がある。これを越えた先で法螺貝《ほらがい》が鳴り、青葉に埋め尽くされた小高い丘、丸森城《まるもりじょう》から騎馬《きば》武者《むしゃ》が押し出された。数人ずつ出ては左右に散らばり、瞬く間に十、二十、五十と増えてゆく。まばらだった人馬の影は、たちまち焦げ茶色の塊となった。二百も出てきただろう。

「進めい」

ひび割れた大声が、兵たちの奇声を飛び越えてきた。次いで太鼓、騎馬武者が動いた。始めは緩やかに、やがて足を速めて楽々と浅瀬を踏み越える。

徒歩《かち》同士の揉み合いに、異物が放り込まれた。塊のまま押し寄せる焦げ茶の壁、その速さと力強さが、伊達の先手《さきて》を包むいきり立った空気を吹き飛ばしてゆく。

成実は床机を立って陣の際《きわ》まで歩み出た。逆茂木《さかもぎ》と楯《たて》の遥《はる》か先では、相馬の騎馬が縦横無尽に駆け回っている。どれも手綱《たづな》を放して馬の思うがままに進ませ、こちらの兵と擦《す》れ違いざまに馬上槍《ばじょうそう》で叩いていた。相馬の本領では馬産が盛んで、騎馬武者も精強と聞こえていた。

「評判どおりか」

馬は気性《きしょう》の荒い生き物だが、一方でかなり賢い。好き勝手に走り回らせて互いにぶつからず、兵を蹴飛《けと》ばして自らの脚を傷《いた》めるような愚も犯《おか》さなかった。もっとも、誰が扱ってもそうなる訳ではなかろう。馬に慣れ親しんだ相馬の武士《ぶし》ならではだ。

野武士《のぶし》の如き荒々しさに、足軽衆ではとても太刀《たち》打ちできなかった。気勢を削られ、次第に押され始めている。先手の陣将《じんしょう》も、手勢を纏めて食い止めながら、じわりと下がっていた。

「何じゃあ！　伊達の兵は弱いのう」

騎馬の将が嘲《あざけ》り、げらげらと下卑《げび》た哄笑《こうしょう》を上げた。まさに無道、無法と言うべき姿である。だが成実は、この姿を見て目元をぴくりと動かした。

（どこか、おかしい）

じわじわと退《ひ》く先手を眺めながら、胸中の混沌《こんとん》に問いかける。敵方に覚える、この違和は何なのか。戦場に怯まぬ心根は見上げたものだが、何かが違う。

「藤五郎」

父が厳かな声を寄越した。成実は「はい」と半身《はんみ》に振り返る。途端、はっ、と息を呑んだ。

（そういうこと……だったのか）

父の眼差しを受け止めて、敵に感じた食い違いの正体が知れた。戦場に動じない父、血気盛んに駆け回る敵、両者は同じように見えて全くの逆だ。

「どうした。恐《こわ》いか」

静かに尋ねられ、成実は半身《はんみ》の姿勢を改めて父に向かい合った。

「はい。戦場とは、恐ろしきところにございます」

「ならば今こそ命じる。徒歩二百を連れ、先手の衆を助けて参れ」

楽はさせぬと言われたとおりだ。成実は、ぶるりと身を揺すった。恐れゆえではない。体があまりにも熱くなり、うだるような夏の空気さえ冷たく感じられたからだ。

「承知仕《つかまつ》った」

腹の底から太い声を弾《はじ》き出し、陣幕の端に目を向けた。右馬介が力強く頷いて「馬曳《ひ》け」と声を上げ、成実の黒鹿毛《くろかげ》を支度させつつ、自身は兵を並ばせにかかった。

成実は再び戦場を見守った。相馬の騎馬が相変わらず伊達勢を蹂躙《じゅうりん》している。殺戮《さつりく》を楽しむが如き笑い声は、さながら悪鬼か、あやかしか。

「整いましたぞ。足軽は百ずつ、一番と二番に分け申した」

右馬介の声に「うむ」と頷き、成実は馬に跨《また》がって槍《やり》を受け取った。

「これより先手を助けに参る。行く先は……あそこだ」

槍の穂先を、すっと左翼に向けた。最も押し込まれている、つまり敵の勢いがこの上なく盛んな場所である。二百の兵に、ざわめきが生まれた。

「鎮まれ」

成実は一喝《いっかつ》し、兵たちの怖じ気《おけ》を戒めた。

「俺の姿を見よ。具足《ぐそく》は真新しく漆で黒光りして、兜《かぶと》には立物《たてもの》もない。どこから見ても初陣の兜首《かぶとくび》だ。敵は全て俺だけ狙ってくる」

そして、ぎらりと目を光らせた。

「だが、やすやすとは死なん。相馬のたわけ共が俺に目を奪われておる間に、敵の備えを食い破れ。一番の難所は、裏を返せば宝の山だ。いざ進み、手柄上げい！」

勇ましく吼《ほ》え、真っ先に陣を出る。足軽衆が「ままよ」とばかりに続いてくると、成実は一番隊の百を先に立て、自らは二番隊の前へと馬を導いた。目指す先までは二町半、足軽の駆け足でも百を数える前に到達する。激しく蠢《うごめ》く焦げ茶の壁が、徐々に細かい形を持ち始めた。人馬個々の動きもはっきり見えるようになる。

「先手が必死で食い止めておる。まずは後詰《ごづめ》に向かうべし」

命じて馬首《ばしゅ》を左前に向ける。徒歩で馬廻《うままわり》に付く右馬介が、おや、と見上げた。

「まずは、とは？」

「話は後だ」

ぴしゃりと遮り、正面を向いた。

「伊達藤五郎成実、ご加勢仕る！　方々《かたがた》、怖じけることなかれ」

右馬介が「む」と唸《うな》り、兵に向けて大声を上げた。

「鬨《とき》上げい。えい、えい」

「おう」

二百が一斉に駆け込む。先手衆が「わっ」と沸《わ》いた。少しばかり士気を支えられたようだ。

「稚児《ちご》の如き青二才め、何しに来た」

人垣《ひとがき》の向こうで敵が嘲《あざけ》り、槍の柄で馬の尻《しり》を叩いた。蹴られては堪《たま》らぬと、味方の兵が身をかわす。そうでなくとも、馬は器用に人の群れを避けて迫ってきた。

「死ねい！」

勝ち誇った敵の声、焼け付く日差しに槍が煌《きらめ》き、左上から迫った。

激しいものが成実の背を駆け上がる。ぎらりと目が光った。

「阿呆めが！」

左下から斜め上に槍を振り上げた。ぎん、と刃《やいば》の音がして火花が散る。こちらの首を狙った一撃が、弾かれて空を切った。勢い余って敵が体勢を崩す。さもあろう、左からの攻めに、敢《あ》えてその外側から激しい力を被《かぶ》せたのだ。揺れる馬上で二人分の力を御《ぎょ》しきれるはずもない。

「うわあ」

落ちてはならじと、敵が咄嗟《とっさ》に手綱を取る。右馬介が見事にこの隙を衝《つ》いた。

「らっ」

具足の草摺《くさず》りが少しはだけた股座《またぐら》に、槍が深々と突き込まれた。濁った悲鳴と共に騎馬武者が転げ落ちる。味方の足軽が「兜首だ」と群がり、数人掛かりで滅多打《めったう》ちにした。

最も苦しい場所こそ宝の山――鼓舞どおりの有様を目の当たりにして、足軽衆は俄然《がぜん》色めき立った。釣られて、先手も勇気を奮い立たせる。重苦しかった空気が逆流を始めていた。

「若様、やりましたな」

右馬介の声に、成実はにやりとして返した。

「思うたとおりだ。敵は勢いに驕《おご》り、恐れを知らぬ木偶《でく》となっておった」

そこへ別の騎馬が突っ掛けてきた。だが、伸ばされる槍に先ほどまでの猛威は見られない。

「えやっ」

右馬介の槍が敵の槍に重なり、絡めるように往《い》なす。がら空きになった肩口に、成実は鋭く槍を突き込んだ。そのまま横に払って鞍《くら》から落とし、後は手勢《てぜい》に任せた。

「恐れを忘れた者は、足を払うだけで怖じ気付く。そうは思わんか」

成実の声に右馬介が「はっ」と応じ、敵の徒歩をまたひとり退《しりぞ》ける。そこで「え?」と驚いた顔を向けてきた。

「まさか、敵の後ろに?」

「分かっておるな。兵を半分残すゆえ、後を頼む」

「危のうござる!」

目を吊《つ》り上げて「いいや」と応じた。

「将たる者は、それではいかん。父上が何ゆえ『恐いか』と尋ねられたのか」

殺し合いの場なのだ。常に恐れを胸に刻んでおかねば、取り返しの付かぬ油断を生む。だが一方で、恐れを悟らせては兵の気が萎《な》える。恐れて覆《おお》い隠し、なお勇戦すべし。さすれば皆も奮い立ち、この身を守ってくれる——それこそ成実が行き着いた答、真の勇猛であった。

「……知りませぬぞ」

応じながら、右馬介は身を翻《ひるがえ》し、後ろから迫る足軽槍に空を切らせた。力任せの長槍が土にめり込み、動きが止まる。そこに味方が押し寄せ、袋叩きにした。

「一番の百は右馬介に従え。二番は俺と一緒だ。胸が潰れるまで走れ」

成実の下知ひとつ、気を大きくした足軽衆が猛《たけ》り狂って絶叫した。それらを従えて右手の真横へ進み、戦場から外れる。やがて、遠巻きに乱戦の全容を眺められるようになった。

「敵の後ろに回って蹴散らすぞ」

敵騎馬の最後尾、阿武隈川の支流・内川《うち》沿いの河原を槍で指し示した。

「大手柄だ」

兵を包む歪みが一層強まる。成実が馬の腹を蹴ると、遅れるものかと、誰もが足を励ました。

この動きは、平山城《ひらやまじろ》の丸森からは丸見えだったろう。だが城兵は五百ほどと聞く。徒歩と騎馬で既に四百以上、城を空にはできまいし、さらなる新手はないと言えた。

見通し当たって、成実以下は誰に遮られもしなかった。腰まで伸びた夏草を掻《か》き分け、踏み越え、汗みどろになって兵が進む。河原に至ると、ごろた石ばかりで馬は使えない。成実は自らも徒歩となり、皆と共に走った。

城から、小刻みに太鼓が響いた。この奇襲を報せたのだろう。だが、かえって敵兵はうろたえ始めた。

(俺を小僧と侮《あなど》った。それが、うぬらの命取りだ)

騎馬の猛威によって、敵は「勝った」と驕《おご》っていた。そこを拮抗《きっこう》に持ち込まれ、少しなりとて動揺していただろう。この上に奇襲――相馬方の狼狽《ろうばい》が、怖じ気に変わり始めている。我がこと成れりと、成実はこの日一番の大音声《だいおんじょう》で呼ばわった。

「掛かれ!」

わっと喊声《かんせい》を上げ、草叢《くさむら》から百の徒歩が湧き出でる。成実は一気に斬り込み、前へ前へと進んで散々に暴れ回った。猛然たる勢いを受けて敵が浮き足立ち、腹背のどちらに対するべきか迷っている。伊達の先手が完全に息を吹き返し、挟み撃ちに叩き据える。

敵の足軽が、ついに逃げ始めた。だが右往左往して互いにぶつかり合い、なお混乱を深めてゆく。乱れは騎馬武者にも及び、馬首を返すにも手間取る様子があちこちに見て取れた。

「それ進め！　勝ち戦ぞ」

成実が斬り掛かると、敵は鞍から転げ落ち、或《ある》いは自ら馬を捨てて退きに転じた。

†

夜《よ》討《う》ち朝駆《あさが》けの不意打ちを除けば、如何なる戦でも日暮れには兵を収める。もっとも、この日は夕刻を前に相馬方が退き、以後は城に籠《こ》もってしまった。日暮れ近くに城攻めもあるまいと、伊達勢も引き上げていた。

近くの百姓《ひやくしよう》家《や》を借り上げた陣屋《じんや》で、成実は余人《よじん》を介さず父と向かい合った。夕闇《ゆうやみ》迫る中、土間の片隅に乏しい灯《あか》りひとつ。互いの顔を見るべく膝詰《ひざづ》めであった。

「まずは、見事な働きと申しておこう」

掌《てのひら》に乗るほどの杯《さかずき》を干し、実元は長く息を吐いた。

「が……右馬介が、ぼやいておったぞ。冷や冷やしたと」

苦言を呈するも、顔つきは険《けわ》しくない。やはり、と成実は頬を緩めた。

「戦場は確かに恐ろしい。されど、恐れと怖《お》じ気は似て非なるものでしょう。ゆえに俺は、進むを知って退くを知らずの心意気で戦い申した」

すると、父が満面に笑みを湛《たた》えた。初めて見る顔に、少し気色の悪さを覚えた。

「何ぞ、悪いところが？」

「逆じゃ。恐れと怖じ気の違いに、よくぞ思い至った」

手放しで褒め、杯を「ほれ」と差し出す。酌をしようとすると、父は「それも違う」と杯を押し付け、銚子《ちょうし》を取って注《つ》いでくれた。

「時が残されておらぬと申した折、ひと皮剝《む》けたかと思うたが……わしの見立てより、ずっと大人になっておったようじゃ。嬉《うれ》しいぞ」

「痛み、入ります」

どうして良いのか分からず、一気に杯を呷《あお》る。酒の味など分からなかった。

「将は、自らの子に戦の心得《こころえ》を教えるのが最後の役目じゃ。おまえは、自らそこに行き着いた」

しみじみと語る声に、こみ上げるものがある。涙の匂いには酒の残り香が漂っていた。

「ありがとう存じます」

声が揺れる。実元は少し照れ臭そうに「はは」と笑い、膝を叩いた。

「そうじゃのう。おまえの兜には、まだ立物がない。進むを知って退くを知らずの意気を象《かたど》って付け、成実これにありと示すがよい。どのようなものにする」

成実は目元を拭《ぬぐ》い、少し考えて答えた。

「毛虫など、如何《いかが》でしょう」

きょとん、とした顔が向けられる。然《しか》る後《のち》、父は幾度も膝を叩いて大笑した。それほどおかしいかと不安になった。

「毛虫では弱いでしょうか。されど、前にしか進めぬものなど、他《ほか》に知りませぬが」

「いやいや、構わん。常に恐れを忘れずと自らを戒めるには、弱いくらいでちょうど良い。それに、毛虫には毒がある。迂《う》闊《かつ》に触れるべからずの印となろう」

楽しそうに頷く父の姿を見て、素直な笑みが浮かんだ。

「では、この戦が終わったら職人を頼むとします」

「わしに任せておけ。家督《かとく》の祝いに、大森一の職人を当たってやる」

忝《かたじけの》う存じます――返そうとした言葉が止まった。

「え？　父上。家督……とは」

「隠居《いんきょ》して、おまえに大森城を任せる」

「とんでもない！」

不意の驚愕《きょうがく》に衝き動かされ、互いの息がかかるくらい前のめりになった。

「初陣を済ませたばかり、十六の小僧です。父上のお導きがなくば」

「おまえは将の心得を会得《えとく》した。わしの役目は終わった」

「戦場では良しとしても、一城の主には知行《ちぎょう》の差配《さはい》もあるのですぞ」

父は節くれ立った人差し指を伸ばし、こちらの胸を軽く突いた。

「怖じ気付いたか」

乗り出した身が元に戻り、ひとりでに俯《うつむ》いた。父のひと言が深く、重く、心に響く。

恐れとは、きっと生涯に亘《わた》って付き纏《まと》うのだ。自らの知らぬことを成さねばならぬ――生涯とはその連続であり、折々に人は必ず恐れを抱く。だが手探りでもいい、恐れてなお覆い隠し、敢然《かんぜん》と一歩を踏み出すべし。さすれば皆も奮い立ち、必ずや大きな力を生む。戦という極限の場で辿《たど》り着いた真実は、そのまま自らの生を切り拓《ひら》く宝刀なのだ。

「……お教え、違えますまい。恐れて怖じけず、前に進み続けます」

顔を上げると、拭ったはずの涙が溢《あふ》れ出した。父の面持ちからは、厳格なものがすっかり抜け落ちていた。

相馬盛胤《もりたね》・義胤《よしたね》父子との争いは伊達優勢のうちに冬を迎えた。雪深い陸奥では、冬になれば互いに手出しできない。束《つか》の間《ま》の平穏を迎えると、成実は家督を受けて大森城主となった。

翌天正十二年（一五八四）のこと、伊達輝宗は田村《たむら》・石川《いしかわ》・岩城《いわき》・佐竹ら、近隣の豪族《ごうぞく》や大名《だいみょう》の調停を取り付けて相馬氏と和睦《わぼく》した。優勢を保っての交渉により、丸森・金山《かねやま》・小斎《こさい》の三城は伊達に返還され、先々代・稙宗の当時に復すると決せられた。

三　動乱の口火

相馬《そうま》との争いが決着すると、天正《てんしょう》十二年（一五八四）十月、伊達輝宗《だててるむね》は政宗《まさむね》に家督《かとく》を譲った。齢《よわい》四十一の隠居《いんきょ》はいささか早く、伊達の勢いも奥州探題《おうしゅうたんだい》の当時に戻ってはいないが、長らく懸案《けんあん》だった阿《あ》武隈《ぶくま》の旧領回復は良い区切りであった。

伊達家中《かちゅう》、さらには近隣の大小名《だいしょうみょう》も続々と米沢《よねざわ》に参じ、政宗の家督を祝している。だが成実は敢《あ》えて大森城《おおもりじょう》を動かなかった。南に二本松《にほんまつ》、その向こうには二《に》階堂《かいどう》、これらを睨《にら》む地の重みゆえである。後顧《こうこ》の憂いが断たれるまではと、すぐにも飛んで行きたい気持ちを押し殺していた。

十二月も間近の頃《ころ》、ようやくそれに目鼻が付いた。成実は羽田右馬介《はねだうまのすけ》を城の守りに残し、米沢に向かった。十七歳の自分より三つ年下の小姓《こしょう》、白根沢重綱《しらねざわしげつな》と志賀山三郎《しがやまさぶろう》を連れている。朝一番に出立して三時《みとき》（一時は約二時間）ほど、短い冬の日が少し西に傾いた頃に到着し、広間へと大股《おおまた》に進んだ。

政宗は遠藤基信《えんどうもとのぶ》や片倉景綱《かたくらかげつな》、鬼庭左月斎《おにわさげっさい》・綱元《つなもと》父子、後藤信康《ごとうのぶやす》らの重臣《じゅうしん》を左右に従え、難しい顔で話し込んでいた。そこへ大声を向ける。

「遅れ馳《ば》せながら、お祝いを申し上げに参りましたぞ」

「成実！　来てくれないかと思っていたぞ」

政宗の面持《おもも》ちから厳しさが拭《ぬぐ》われ、喜び一色に染まった。重臣衆も幾らか和らいだ顔になる。成実は「来ないはずがあろうか」と哄笑《こうしょう》し、一同の輪の中に腰を下ろした。

「殿の家督を心よりお祝い申し上げる。忠節の証《あかし》として、殿に至らぬところあらば、歯に衣《きぬ》着せずお諫《いさ》め申し上げる所存《しょぞん》。俺《おれ》と小十郎《こじゅうろう》くらいにしか、できぬでしょうからな」

「いきなり、それか」

苦笑する政宗に、成実は面持ちを引き締めた。

「殿のことです。蘆名《あしな》の乱れを知って、兵を出す算段を整えておられたのでしょう」

去る十月六日、南の大国・会津《あいづ》にて、当主・蘆名盛隆《もりたか》が寵臣《ちょうしん》に斬《き》られるという騒動があった。蘆名に与《くみ》する二階堂は当然、しばらく動けない。大森を留守にできた理由のひとつである。もう一方の二本松は父・実元《さねもと》に伝手《つて》があり、これを以《もっ》て懐柔に成功していた。

「されど手強《てごわ》い相手ですぞ。盛隆を継いだ亀王丸《かめおうまる》は稚児《ちご》なれど、金上盛備《かながみもりはる》や富田《とみた》氏実《うじざね》、佐瀬《させ》種常《たねつね》らの結束は固い。じっくり才覚なされい」

早速の諫言《かんげん》とでも思っていたのだろうか、政宗は拍子抜けした風である。

「何だ。戦《いくさ》そのものには文句を付けんのか」

「大国を叩《たた》いてしまえば、小勢《こぜい》は黙《だま》っていても膝《ひざ》を折る。最も手っ取り早い」

左手上座の遠藤は、少し心許《こころもと》ないという目つきである。その下座にある鬼庭父子は泰然自若《たいぜんじじゃく》の体《てい》で、如何《いか》なる下命《かめい》にも全身全霊を、という引き締まった面持ちだった。

政宗は「ふふん」と鼻を鳴らした。

「じっくり才覚を、か。そうしたからこそ会津は乱れておる。盛隆の一件は俺が仕掛けた」

初耳である。さすがに驚いた。政宗は楽しげに首を突き出し、背を丸めて声をひそめた。皆が同じように身を乗り出す。むくつけき男が何人も頭を寄せ合い、ひそひそ話であった。

蘆名盛隆が斬られたのは男色《なんしょく》のもつれだった。大名家の当主に限らず、武士《ぶし》が家臣《かしん》の男を抱くのは世の常である。揺るぎない寵を示し、互いに背を守り合う強固な繋《つな》がりと為《な》すのだ。

盛隆を斬った大庭三左衛門《おおばさんざえもん》なる男は、大した働きもないのに主君の側近《そっきん》となり、年端《としは》もゆかぬ寵童《ちょうどう》を抱えていたそうだ。政宗は透波《すっぱ》を使い、この寵童を説き伏せた。伊達が会津を制したら篤《あつ》く報いる、蘆名では受けられぬ知行《ちぎょう》を与えよう、と。

「あの小僧、名は何と言ったか……ともあれ盛隆に近付かせた。あとは大庭に、盛隆が小僧を横取りしたと吹き込むだけだ。楽な謀《はかりごと》よ」

それによって、戦わずして蘆名の当主を死に至らしめたのか。政宗の智謀《ちぼう》は頼もしい限りだ。成実は目を輝かせ、囁《ささや》いて問うた。

「いつから手配りを？」

「父上から家督の話を頂戴《ちょうだい》してすぐ、六月だ。羽柴《はしば》がもたついておる間に、とな」

今年三月、羽柴秀吉はついに織田を簒奪《さんだつ》に掛かり、信長の遺児・信雄《のぶかつ》と戦を構えた。だが徳川家康《とくがわいえやす》が信雄に加勢したため、戦って滅ぼすには至らなかった。結局は信雄に和議を持ちかけて手を打ち、家康の梯子《はしご》を外して兵を退《ひ》かせている。

続いて、景綱がもうひとつを明かした。

「さらに大内備前《おおうちびぜん》を口説き落とし、蘆名から鞍替《くらが》えを約束させ申した。明くる月には殿の家督を祝いに参るゆえ、藤五郎《とうごろう》殿も共に迎えておやりなされ」

景綱らしい周到さに、まさに頼もしいと力強く頷《うなず》いた。

勧めに従ってしばし米沢に留《とど》まり、十日余りを過ごす。十二月の初め、大内備前守定綱《おおうちびぜんのかみさだつな》が単騎で参じ、成実は他の重臣衆と共にこれを迎えた。

「備前にござる。伊達家十七代の家督、まずはお祝い申し上げまする。加えて、それがしをお迎えくださるとは有難《ありがた》き仕儀にて。恐縮の至りにござる」

抑揚《よくよう》のない口上で平伏が解かれる。上げられた四十路《よそじ》の顔に、成実は嫌な臭気を覚えた。額の深い皺《しわ》、茫洋《ぼうよう》として捉《とら》えどころのない眉目《びもく》は透波《すっぱ》かと見紛《みまが》うばかりだ。それでいて頰《ほお》に不敵な緩みがあり、どこか脂ぎった思念を撒《ま》き散らしている。有《あ》り体《てい》に言って、何を考えているのか分からぬ男だ。

「長く会津に従いながら重く用いられず、不遇を託《かこ》っており申した。それがし、どうやら金上殿に睨まれておるようで」

政宗が眉《まゆ》をぴくりと動かした。己《おのれ》と同じ嫌悪を覚えたのだろうか。

「心当たりは？」

「全く。然《しか》るに、常に二心《にしん》を疑われ……さすれば、まことに裏切りたくなるのが人情にござる。此度《こたび》のお誘いをこそ、待ち望んでおり申した」

「そうか。……おまえが味方に付くなら、心置きなく会津を攻められる」

大内の所領《しょりょう》・塩松《しおのまつ》は成実の大森城から見て南にある。二本松の少し東、相馬領の南西、二階堂領・須賀川《すかがわ》の北東で、厄介な三者の中央であった。塩松が味方に付けばこれらを分断でき、さらに政宗正室・愛《めご》の実家、田村《たむら》への道を確保できる。大内は小勢だが、その所領は要地であった。

だが、と成実は心中に唸《うな》った。どうしても大内定綱という男を信用しきれない。ちらりと目を流せば、政宗や景綱、鬼庭綱元らも同じような面持ちである。

「然らば、米沢に我が屋敷を頂戴しとう存ずる」

のっぺりとした大内の声に、政宗は静かに「うむ」と頷いた。

「年明けの二月までには何とかしよう」

大内は「おお」と感嘆したが、その声さえ、大して喜んでいるようには聞こえない。

「祝着至極《しゅうちゃくしごく》。つきましては、それまでの間、お認め願いたき話がござる」

政宗に代わって、景綱が「何か」と問う。大内は淡々と答えた。

「立つ鳥跡を濁さず。いったん会津に出向き、蘆名家にこれまでの謝恩を申し上げねばと」

「待たれよ」

成実は声を上げた。黙って検分《けんぶん》するつもりが、口を衝《つ》いて出た。

「如何《いか》に其許《そこもと》を軽《かろ》んじておったとて、他家に付くと聞いて、蘆名が黙っておるものか。それでなくとも盛隆が頓死《とんし》して、ひとりでも多く味方が欲しいところだろうに」

一気に捲《まく》し立てる。塩松は欲しいが、やはり大内は信用できない。しかし向こうは顔色ひとつ変えなかった。

「これは、したり。申し上げたとおり、それがしは疑われておる。いざ伊達と戦になった折、内から火の手を上げるやも……左様《さよう》に思わば、引き止めるとは思えませぬ」

言い返せない。こちらが正論なら大内とて正論である。何としたたかな男であろうか。

「成実、待て」

政宗の左目が鈍い光を湛《たた》え、ちら、と向けられた。そして再び正面を見る。

「備前の申しようを容《い》れる。だが会津に向かうにせよ、正月くらい俺と共に祝っていけ」

「忝《かたじけな》き御言葉。殿が『共に』と仰せくださるは、身の誉れにござる」

にたあ、と笑って深々と一礼し、大内は広間を辞していった。

成実は言葉にならぬ気持ちを持て余し、政宗を、次いで景綱を見た。政宗は大内の後ろ姿をじっと見据えるのみだが、景綱はこちらに「ひとまずは」という目を向けていた。成り行きを見守るしかないと肚《はら》を括《くく》ったようである。どうにも嫌な予感がしたが、景綱がそう判じるならばと無理に呑《の》み込んだ。

†

「備前め、まだ戻ろうとせんのですか」

政宗の居室に召し出され、成実は挨拶《あいさつ》もそこそこに問うた。

「会津から塩松に戻ったくせにな。早々《そうそう》に参じよと、幾度も申し送っておる」

苛立《いらだ》った声に続き、政宗は背後の文箱《ふばこ》から大内定綱の返書を取って差し出した。だがこちらが手を出すと、気が変わったのか、ぐしゃぐしゃと丸めて床板に叩き付けた。

「腹立たしい！」

成実は「やれやれ」と腰を上げ、隅に転がった紙玉を拾う。拡げようとすると、政宗はそれを奪い、今度はばらばらに破り捨ててしまった。激しい気性は昔のままだ。

「斯様《かよう》な顚末《てんまつ》も見越しておられたはず」

「だが口惜しくてならん。備前の奴《やつ》、俺の片目がないからと侮っておるのだ」

「関《かか》わりなき話じゃ。伊達と蘆名を天秤《てんびん》に掛けただけでしょう」

「左様な愚弄《ぐろう》も気に入らん。かくなる上は会津を攻め落とし、備前に再び頭を下げさせた上で斬り捨ててやる」

ここまでくると、ただの癇癪《かんしゃく》だ。昔は気の荒さのみで、斯様《かよう》に面倒な人ではなかった。この歪《ゆが》みは、やはり目を失った一件に端を発するのだろう。宥《なだ》めるには助けが要ると、大声を上げた。

「小十郎、来てくれんか」

「城にはおらんぞ。檜原《ひばら》を見に行かせた」

会津口、蘆名本城・黒川《くろかわ》へと続く道の中途である。つまり、もう戦を始める気なのだ。成実は驚いて腰を浮かせた。

「備前が敵に回らば、背が寒うなるのですぞ」

「いきなり会津の奥まで攻め入る気はない。小競り合いを仕掛けて勝てば、備前は震え上がる」

「ならば、初めから塩松を攻めれば良うござる」

政宗は実に剣呑《けんのん》な眼差《まなざ》しで凄《すご》んだ。

「ちまちまと小勢を潰《つぶ》し、時を無駄にするべからず。おまえの申したとおりだ。会津を叩くに下地が要るなら、何とか致せ」

癇癪を通り越して我儘《わがまま》である。困ったものだ、と眉《まゆ》が下がった。

「小十郎は何と？」

「半月で戦を終わらせろと。無理やり約束させられた」

「半月では、大した戦はできませんぞ」

「戦は生き物だ。そうは思わんか」

釘《くぎ》を刺したら、逆に居直られた。どうやら景綱との約束を守る気はないらしい。国を保つには斯様な横柄《おうへい》さも必要だろうが、それにしても。

こちらの顔を「何だ」とばかり見て、政宗は胸を張った。

「大森で睨みを利かせい。二本松を縛り付ければ、隣の塩松も動けん。戦を生かすも殺すも、おまえ次第だ」

「……焦っておいでなのですか」

控えめな諫言《かんげん》に、政宗は鼻で笑って応じた。

「焦りとは違う。蘆名を束ねる金上遠州《えんしゅう》は、会津の執権《しっけん》とまで呼ばれる男ぞ。手を拱《こまね》いておったら、いずれ今の綻《ほころ》びを繕《つくろ》うてしまうだろう。そうなれば会津攻めは覚束《おぼつか》ないのだ」

決して間違いではない。が、蘆名攻めの好機と危険は半々といったところだろう。やはり少々焦っている。そして焦りゆえに我を通そうとする。片倉景綱が「戦は半月まで」と約束させたのも、熱くなりすぎたのを冷ますためか。

(俺の役目も同じか。少しでも補わねば)

成実は唸《うな》りつつ、できる限り危難の少ない道を探った。蘆名に他の弱みがあれば——。

(いや。待てよ)

ひとつ思い当たった。政宗が、この心境を目ざとく察して食い付く。

「良案があるか」

「或《あ》いは、そうなるやも。ひとまず大森に帰り申す」

「よし、任せる。疾《と》く行け」

険しかった顔が確かな明るさを湛えている。やはり面倒な人だと思う反面、なぜか嬉《うれ》しくもあった。

成実は「仕方ない」と一礼し、米沢を辞した。

その日の晩、大森城に戻る。旅装束《たびしょうぞく》も解かず、すぐに右馬介を召し出した。

「——というのが、政宗公の仰《おお》せなのだ」

「何と申し上げたら……。我儘にござるな」

己と全く同じ捉《とら》え方に、肩を揺すりながら返した。

「されど、小十郎の申す半月を形ばかりでも呑んだくせに、俺には駄々《だだ》を捏《こ》ねるのだから、まあ嬉しくはある。それに、何が何でもお諫《いさ》めすべき戦とは言えまい」

「とは申せ、殿のお見立てどおり危うさもあります。大内殿を引き戻せれば良いのですが」

成実は、わずかに面持ちを曇らせた。右馬介に頼む話に比べれば、大内に翻意《ほんい》を促《うなが》す方が容易《たやす》いようにも思える。だが心中には、それを是《ぜ》とできぬ澱《よど》みがあった。

「大内備前は……何か、良からぬことを呼びそうでな」

「なぜに？」

真剣に問われ、自らの不確かな気持ちを嘲《あざけ》りながら返した。

「勘だ、としか言いようがない」

「なるほど」

咎《とが》める気配すらない。肩透かしを食った気持ちに向けて、言葉が重ねられた。

「それがしは殿より十三も年嵩《としかさ》ゆえ分かりますが、気が張っておる時の勘とは、あながち馬鹿にできませぬぞ。まして殿は、初陣《ういじん》を見る限り、特に勘が鋭い」

有難い思いがして、頬の力が抜けた。

「この戦はまず二本松を縛り、塩松を封じねばならん。そこは引き続き父上を頼むとするが、その上で、大森が兵を出さずとも勝つ手立てはある。おまえの伝手《つて》を使いたい」

右馬介はしばし、腕を組んで首を傾《かし》げた。やがて、ふと気付いたように「ああ」と頷く。

「石部《いしべ》殿のご主君にござるか。どこまで動かせるかは……」

成実は「いや」と首を横に振った。

「政宗公の仰せを聞いて、もしやと思うた。金上遠州ひとりが蘆名を背負うておることこそ、反りの合わぬ家老《かろう》衆には不服の種となる」

「まあ……言うだけなら、ただですな。まずは石部殿に一筆したためましょう」

「望みは何なりと申すよう、書き添えてくれ」

右馬介は「承知《しょうち》」と応じて下がった。成実は疲れた息を長く吐き出し、括《くく》り袴《ばかま》を解いた。

†

政宗が檜原《ひのはら》に着陣してから五日後、天正十三年（一五八五）五月八日、成実は大森を発《た》って会津口に向かった。遅れての参陣は、二本松を牽制《けんせい》し、動く恐れなしと判じられるまで待ったからだ。加えて大内定綱の塩松、南方・須賀川《すがかわ》の二階堂らを引き続き睨むために城兵を多く残し、自身は二百しか率いていなかった。

伊達領と会津は磐梯山《ばんだいさん》に隔てられている。成実の大森城から檜原へは、この雄峰《ゆうほう》の北麓《ほくろく》を辿《たど》った。実に五十余里（一里は約六百五十メートル）の道のりで、兵を千も連れていれば丸一日の行軍だが、此度は小勢ゆえに早く到着できた。

磐梯山の西の山肌は、未《いま》だ夕日に染められていない。麓《ふもと》を取り巻くように広がる湖の水面《みなも》は、戦陣《せんじん》とは思えぬほど穏やかであった。その畔《ほとり》に、板屋根と板塀で簡素に構えられた政宗の陣屋《じんや》がある。

「遅れまして、申し訳ござらぬ」

黒糸縅《くろいとおどし》の仏胴具足《ほとけどうぐそく》、兜《かぶと》には銅《あかがね》の針をあしらった毛虫の前立物《まえだてもの》という出で立ちで、成実は朗々と発しながら陣屋に入った。板塀には少し明り取りがあるばかりで、風も満足に通らず蒸し暑い。政宗も奥の暗がりに引っ込んで額に汗を浮かべていた。右目を覆う練革《ねりかわ》の眼帯も暑苦しそうである。

「二本松はどうした」

開口一番で問われ、成実は「はは」と笑った。

「書状を送りましたろう。父の伝手で二本松とは昵懇《じっこん》にござる」

「塩松は。須賀川は。おまえの大森が命綱だと申したはずだ」

陣屋の隅に畳まれていた床机《しょうぎ》を見付け、成実は政宗の前に座を取った。

「城に六百を残して両所を睨んでいます。俺は二百しか連れており申さん」

「最もいかん。城も、おまえが連れた数も中途半端だ」

政宗は不機嫌そうに右へと顔を背けた。眼帯を陰にしたいのだろうか。己にだけ見せる子供じみた姿が少しおかしくなって、にやにやと応じた。

「仰せ、ごもっとも。されど敵も砦《とりで》に拠《よ》って固く守っておるのでしょう。これを乱すための策を献じに伺ったのですが」

「そう言えば……或いは、と申しておったな」

不満げな顔はどこへやら、こちらを向いて眉を開く。ひとつ頷いて応じた。

「猪苗代盛国《いなわしろもりくに》を調略しとう存ずる」

開かれていた政宗の眉が、ぎゅっと寄った。

「蘆名一門ではないか」

「遠い昔に分家した、形ばかりの一門じゃ。盛国の先代は謀叛《むほん》も起こしている。それに、あの御仁《ごじん》は金上遠州と反りが合わぬとか。会津口の守りにも加えられておらんでしょう」

「む……」

敵の守りは金上盛備《かながみもりはる》以下、富田氏実《とみたうじざね》と佐瀬種常《させたねつね》の三千である。会津の執権と謳《うた》われるほどの男でも猪苗代は御し難いらしく、後詰《ごづめ》に残していた。これぞ付け入る隙《すき》と、成実は声をひそめた。

「我が家中の羽田右馬介に、伝手があり申す」

「右馬介……ああ、おまえの傅役《もりやく》か」

「然り。猪苗代の家中に石部下総《しもうさ》と申す者がありまして、右馬介とは竹馬《ちくば》の友だったらしく。小さな国衆《くにしゅう》だった下総の父御が猪苗代に仕え、今では家老に取り立てられており申す」

調略《ちょうりゃく》には乗り気なようだが、政宗の面持ちは少し渋い。

「それを伝えるだけなら、書状で良かろうに。おまえは大森におるべきだった」

「それがし自ら、猪苗代の城に向かおうと思いましてな。檜原に顔を出し、殿のご了解を受けてすぐ動こうと」

政宗が血相を変えて立ち上がった。床机が、がた、と揺れる。

「敵地の只中《ただなか》ではないか。猪苗代城は黒川の目と鼻の先ぞ」

「石部の返書を見る限り、手応《てごた》えはあり申す。殿に近しい俺が出向いてこそ、猪苗代もその気になるのでは？」

政宗は不意に「いいや」と大声を出した。だが戦陣に透波は付きものと思い出したか、再び声をひそめ、声の代わりに拳《こぶし》を強く上下させた。

「危ない橋ぞ。遣いで済ませい」

「伝手は右馬介のみ。あやつには大森の留守を任せておりまして」

「ならば、おまえが大森に戻って右馬介を遣れ。おまえに何かあったらどうする。俺の右目になってくれると言ったろう」

確かに石部からの返書のみでは半信半疑である。ゆえに自ら出向き、良い流れを作りたかったのだが。もっとも政宗は、気持ちをこじらせているのではない。こちらの身を案じての言とあれば、無下《むげ》にはできなかった。

「……致し方ござらん。明日の朝一番で戻り、右馬介に任せましょう」

「いや、今日のうちに戻ってくれ」

唖然《あぜん》とした。片道五十余里を日帰りで往復など、聞いたこともない。

「兵も馬も疲れきっておるのに」

「無理を承知で頼んでおるのだ」

さすがに閉口し、大きく溜息《ためいき》が漏れた。

「殿は我儘《わがまま》じゃ」

「左目だけでは会津口しか睨めん。二本松や塩松を睨むのは右目の役だ」

押し問答に陥るのも御免《ごめん》だと、成実は渋々頷いた。だがそこには、主君からの信頼という無二の宝珠《ほうじゅ》がある。疲れ以外に嫌がる理由もなかった。

大森に戻ると、成実はすぐ右馬介を動かした。向こうも一応の警戒はしているのか、自領には迎え入れない。石部下総を動かして、双方の領地の境目で談合となった。結果、猪苗代盛国は寝返りに三つの条件を送ってきた。書状に言う。

一、会津を下した暁には、本領に加えて喜多方《きたかた》の半分を知行に欲しい
一、今後新しく伊達に奉公《ほうこう》する者は、己の座上《ざじょう》に置くべからず
一、戦に敗れて己が猪苗代を追われた時は、伊達領内に三百貫《かん》の知行を約束して欲しい

望みは何なりと、と申し送っていたものの、吹っ掛けられた感がある。だが成実がこれを伝えると、政宗は全てを呑むと決した。会津七十万石《ごく》が手に入るなら安いものと判じたのだろう。

もっとも、この調略は頓挫《とんざ》した。猪苗代盛国の子・盛胤《もりたね》が大いに反対し、金上盛備の知るところとなって、懐柔に乗り出したためである。

混乱の渦中《かちゆう》とは言え、やはり蘆名は一筋縄でいく相手ではない。六月末、政宗は当面の会津攻めを諦《あきら》め、檜原に城を築いて後藤信康に守らせると米沢に返した。

†

本堂の屋根瓦《やねがわら》がばちばちと鳴り、暗い境内《けいだい》に水煙が立つ。中秋八月二十三日の晩、雨足の激しさに虫の声もひと休みしていた。

会津口の攻略が思うようにいかず、政宗は大内定綱を攻めるべく方針を転じた。ところが宿陣《しゆくじん》の寺で一日の足止めを食らい、苛立っている。慰みの酒では気が晴れぬとばかり、膳《ぜん》に杯を置いてぼやいた。

「どうにかならんのか、これは」

成実と景綱は同時に「なり申さん」と返した。思わず、互いに軽く吹き出した。

「おまえら」

じろりと左目を動かす政宗に、成実は胸を張って応じた。

「俺は初めから、塩松を叩けと申し上げておった。小十郎との約束を破って、檜原で二ヵ月も無駄遣いしたのは殿にござる」

ぐうの音も出ない政宗を宥《なだ》めるように、景綱が続いた。

「雨が上がろうと、夜中に発つ訳にもいかぬでしょう。いつまでも起きておられず、明日に備えて早々にお休みなされるべし」

政宗は拗《す》ねた子供のように「気の合う奴らじゃ」と吐き捨て、床板に横たわって背を向けた。景綱が「おい」と声を上げると、小姓が夜具の支度に参じる。成実と景綱は各々《おのおの》の宿坊《しゅくぼう》に下がった。

翌早暁、伊達勢四千は塩松を指した。雨は既に上がっていたが、空は未だ鉛色の雲に覆われている。いつもの朝より、だいぶ暗い中での行軍だった。

東西を山に遮られた阿武隈は、谷間と言うには広すぎ、盆地と言うには狭すぎる。もっとも全体が丘といった風で大きな起伏はなく、農作には適していた。細い川の流れに沿って、刈り入れの済んだ田の土が黒々と続く。戦を察して逃げたか、或いは隠れたか、百姓《ひやくしよう》衆の姿はない。

人の気配がない地を進むと、やがて野の中に薄黄色い森――小手森《おでもり》の丘が見えた。ぐるりと裾野《すその》を回っても、半時かかるかどうか。歩いたうちに入らぬくらいに狭い。ただし、平らな中にぽんと突き出て急峻《きゆうしゆん》であった。

「小手森城、概《おおむ》ね三百。士分の子女や百姓衆も匿《かくま》い、大内備前自ら守っておる様子にて」

物見が戻って跪《ひざまず》く。成実は左後ろの馬上にある政宗に向いた。

「小勢の上に、百姓や女子供の足手纏《あしでまと》いまで抱えておるなら、堅固な城も宝の持ち腐れじゃ。俺に先《さき》手《て》を申し付けられませい。ひと息に蹴散《けち》らしてくれる」

政宗は喜色を顕して応じた。

「鼻息が荒いな。備前が嫌いか」

「好き嫌いで戦はしませぬ。ただ、あの男は討《う》ち取っておかねば」

「違いない。が」

別の思惑がありそうだ。政宗は少し思案して、左に轡《くつわ》を並べる景綱に「どう思う」と問う。景綱は即座に返した。

「藤五郎殿は中備《なかぞな》えのままが良いでしょう」

「……そうだな。成実、聞いたとおりだ」

政宗が景綱の言をよく容れるのは、いつものことだ。否《いな》、己とて稚児の頃《ころ》から景綱を知り、智慧《ちえ》と度胸を信じてはいる。だが此度は不服だった。かねて二本松や塩松を牽制し、封じ込めていたのに。いざ塩松攻めで中備えに甘んじるのでは、己のみならず、二本松を宥め続けた父・実元の労苦も報われぬ。

「されど、ここは」

「我儘だな、おまえは」

政宗は口の端を、にっ、と歪《ゆが》めた。かつて己が咎めたのと同じ言葉で、意趣返しとでもいうような、おどけた口ぶりである。だが態度とは裏腹に目が笑っていない。背筋が凍る思いがした。

「おまえは中備えだ。いいな」

「……はっ」

正体の分からぬ迫力に押し切られ、成実は下知《げち》に従って五百を率いた。

小手森城の山道は、麓から頂《いただき》の本丸《ほんまる》まで、ほぼ真っすぐであった。九十九折《つづらおり》にしないのは、狭い丘の山城ならではであり、それによって守りも固い。逆落《さかお》としと言って良い坂を登って攻めるのは骨の折れる話で、道の左右に広がる森には弓矢も潜んでいよう。

だからこそ先手を命じて欲しかった。目も眩《くら》むばかりの山道を駆け抜けるには、兵の気持ちを猛《たけ》らせねばならない。己にならば、それができるのに。

「えい！」

この期《ご》に及んで、と自らの腿《もも》を強く殴った。政宗なら奥羽《おうう》の覇者になれる、天下に名乗りを上げられると信じたのだろう。迷いを振り切って顔を上げる。後方遠く、政宗の本陣《ほんじん》で法螺貝《ほらがい》が鳴った。

「楯持《たても》ち、囲え」

先手から勇ましい雄叫《おたけ》びが上がる。兵の前と左右に楯持ちが並び、互いの間を狭くして矢に備えた。支度が済むと「進め」の下知、皆が一直線に山道へと進む。数は城方より多い四百だが、そのうち百ほどは、五人も並べば一杯という細道の両脇を固める楯だった。森に潜む敵兵の数は分からぬが、多くが城を出ていれば苦戦は免れまい。

「中備え、前へ」

先手が概ね森に吸い込まれると、成実は自らの手勢《てぜい》を前に出した。山裾《やますそ》から上を窺《うかが》い、援護するためである。先手衆が黙々と坂を駆け上がってゆき、中腹辺りに至ると、道を挟む両脇の木立から「放て」の声が上がった。予想どおりの矢の雨、しかし多くは楯に阻まれて、ごつごつと乾いた音を立てた。射られて悲鳴を上げるのは数えるほどで、それらも深手を負ってはいない。

「蹴散らせい」

裾野からは豆粒ほどに見える城の虎口《こぐち》を抜け、敵兵が駆け下りてきた。急な山肌に慣れた、確かな駆け足。その勢いに任せて楯持ちにぶち当たり、一気に蹴散らしてゆく。押されてなるものかと、足軽が奮い立って応戦した。

「鉄砲衆」

成実は手勢の三十挺《ちょう》を動かし、駆け下りる敵兵を狙《ねら》わせた。揉み合いの辺りまで二町余り、鉄砲でも射抜けないほど離れているが、構うことはない。

「放て！」

腹の底から発する。薄手の板を叩き割ったような音が、パン、パンと立て続けに響いた。鼻を打つ煙が漂う頃には、音を聞いた敵兵が足を緩めていた。

「筒が冷えたら、すぐ次だ」

鉄砲の力は誰もが承知している。射抜けずとも音で押し、敵の足を止めれば、下から上を攻める不利を帳消しにできる。

——はずであった。否、事実しばらくは揉み合いを支えていられたのだ。しかし十数度めの斉射の後、眼前の喧騒《けんそう》とは違う音が微《かす》かに届いた。遠く、後ろからだ。

「馬だと？」

伊達勢は小手森に布陣した四千のみ、これ以上の後詰はない。つまり敵だ。いったい誰《だれ》が、と成実は馬首《ばしゅ》を返した。

政宗の本陣は、やはり完全に後ろを向き、背を襲う敵とぶつかり合っていた。昨夜の雨に泥濘《ぬかる》んだ土、泥飛沫《どろしぶき》の向こうに「二つ引き両《ふたひきりょう》」の将旗《しょうき》が翻っている。

「二本松が」

登っている最中の梯子を、一気に壊された気がした。どうしてだ。長らく父と懇意にし、息をひそめていただろう。わなわなと身が震え、手勢への下知すら忘れていた。

「藤五郎殿！　鉄砲を、こちらにお貸し願う」

右手の向こうで景綱が呼ばわる。猛然と馬を駆り、互いの声が届く辺りまで近寄ってきた。

「小十郎、まさか」

二本松の裏切りを見通していたのか。その問いに返答はなかった。

「鉄砲、わしに続け！　政宗公のご下命《かめい》である」

そう聞いて動かぬ者はない。三十挺はすぐに景綱の馬前まで下がってきた。

「お手前は城を頼みます」

言い残して馬首を返し、本陣へと戻ってゆく。成実は急転する戦場を睨み、二本松義継《よしつぐ》への怒りを胸に滾《たぎ》らせた。よくも己を、いやさ父を愚弄《ぐろう》してくれた。キッと目元を引き締め、小手森城へと向き直る。

「俺に続け」

叩き出された激情の雄叫びは、政宗が乗り移ったかのようだった。成実は馬を下り、兵を搔《か》き分けて前に出ると、憤怒《ふんぬ》の形相《ぎょうそう》で山を駆け登った。狭い道に槍《やり》は無用の長物と、放《ほう》り捨てて腰の刀を抜く。

（二本松め、見ておけよ）

必ずや小手森城を落とし、おまえの裏切りを全くの無駄骨と為してやる。森から迫る矢を刀で払い、肩の大袖《おおそで》に弾《はじ》かせながら声を張り上げた。

「成実、参る！　城方《しろがた》、覚悟せい」

先手衆と鍔《つば》迫《ぜ》り合いをしていた敵が、この名乗りで気を澱《よど》ませた。初陣で相馬の騎馬《きば》を蹴散らした名を知る者は多いようだ。

「どけ、どけ！　俺を前に出せ」

味方に向けて怒鳴り散らす。聞き拾った兵が振り返り、両脇へと道を空けつつ、共に気勢を上げて足を速めた。半ば壁のような坂を競り上がる熱狂の塊、旺盛《おうせい》だった城方の殺意が反転する。

「新手だ。退《ひ》け！　城に戻れ」

城方は踵《きびす》を返すも、狭い虎口《こぐち》に殺到し、すんなり退き果せない。成実はそこへ襲い掛かり、これでもかと暴れ回った。

「らあっ」

具足で守られていない隙間《すきま》に、ひたすら刀を叩き付ける。稽古《けいこ》で培《つちか》った形など微塵《みじん》もない。そこ彼処《かしこ》で血飛沫《ちしぶき》が上がり、兜の毛虫が赤黒く染まった。

「に、逃げ、逃げろ」

敵の足軽《あしがる》衆が木立に紛れ、四散して行った。士分らしき者は為す術なく右往左往し、終《しま》いに膝を折った。

「降参、降参じゃ」

「助けてくれえ……」

成実は仁王《におう》立《だ》ちでそれらを見下ろし、大きく肩で息をした。

小手森城の戦いは伊達の大勝に終わり、武士と足軽、女子供に百姓衆、合わせて八百が降《こう》を請うた。政宗の後ろを取った二本松義継も、落城を知るや一目散に逃げたらしい。ひとつだけ無念だったのは、戦の元凶となった大内定綱を討ち漏らしたことである。

「降《くだ》った者は全《すべ》て殺せ。女子供とて構うな。人のみならず、犬も鶏も皆殺しだ」

本陣の床机に堂々と構え、政宗は冷淡に命じた。長大な弦月《げんげつ》の前立、兜の内で左目が爛々《らんらん》と輝いている。苛烈《かれつ》に過ぎる処断だが、成実も異を唱える気になれなかった。

夕刻、河原に引き出された八百が狂おしく泣き叫ぶ。撫《な》で斬りを命じられた兵は、怨嗟《えんさ》の声から逃れたいというように固く目を瞑《つぶ》り、或いは涙を流しながら、ひたすら刀を振るっていた。

凄惨《せいさん》な光景を、成実は遠目にぼんやり眺めた。と、背後に足音がする。顔を向ければ景綱が神妙な顔で立っていた。

「二本松の裏切りは、さすがに見越しておりませせなんだ」

静かに切り出し、次いでことの次第が語られた。

政宗は、端《はな》から小手森城の全てを殺す気だった。奥羽《おうう》の病巣を葬り去るために。

奥羽の衆は互いに婚姻を結び、至るところ縁戚だらけである。ゆえに戦は小競り合いばかり、少し争えば誰かが恩着せがましく和議の口を利き、戦乱の世を束ねてゆく大きな流れが生まれないでいた。元を糾《ただ》せば政宗の曽祖父《そうそふ》・稙宗《たねむね》が、自らの子と豪族たちの縁組を進め、血縁による支配を進めたためである。

「それを断ち切るべしと、殿はこのお沙汰《さた》を。……小勢が恐れ戦《おのの》き、進んで膝を折るように。藤五郎殿を中備えに残したのは、城から逃げる者を全て討ち取るためにござった」

成実は少し身震いして河原に目を戻した。酸鼻《さんび》なる地獄絵図《じごくえず》は、いつ終わるかも分からない。

「あれは……俺の役目だったか」

「殿を蔑《さげす》みなされるか」

「いいや」

小勢に時をかけぬためには、会津のような大国を叩くのが早道である。だが、それは容易な話ではなかった。だから政宗は、会津を落とすと同じ値打ちをこの小戦《こいくさ》に持たせたのだ。

「やはり殿は天下の器だ」

河原の惨劇《さんげき》を目に焼き付けるべしと、成実は虚《うつ》ろな眼差しを改めた。

この撫で斬りが知れ渡ると、大内定綱は震え上がり、本城・小浜《おばま》を捨てて会津に落ち延びた。政宗は労せずして小浜城に入った。周囲の豪族も、続々と降伏を申し出るようになった。

†

「以《もっ》ての外《ほか》にござる」

大森城を訪ねた父に向け、成実は声を荒らげ、肩をいからせた。実元が幾らか弱ったような顔を見せた。

「二本松は降ると申しておるのだぞ」

「そこが恥知らずだと申しておるのです。今になって許しを請うくらいなら、なにゆえ裏切ったのか。父上とて愚弄されたのですぞ」

実元は猫背になって、すっかり白髪の増えた顔を突き出した。

「では戦を構えるか」

ぐ、と言葉に詰まった。それでは小手森の撫で斬りが無駄になる。

「……されど政宗公のご気性《きしょう》からして、許しますまい」

「諫《いさ》めるのは、おまえの役目じゃ」

「俺に対しては、この上なく我儘です。諫めたところで――」

きっと聞き入れまい。言いかけて呑み込んだ。これを口にすれば弱音になり、自身に従う者を迷わせる。がりがりと頭を掻いた。

「恐れて怖じけずとは、何と難しい」

父の面持ちが少し緩んだ。

「まあ、おまえの気持ちも分かる。館山《たてやま》の輝宗公に、お取り成しを頼んではどうだ」

輝宗は隠居の後、米沢城の西にほど近い館山城に入っている。政宗は小浜城にあるため、取り成しを頼むなら塩松領に足を運んでもらう必要がある。

「面倒をかけることになりますが……それが最も良いでしょうな」

如何な政宗とて、輝宗に言われれば、二本松の降を容れるのが奥羽一統の近道だと頭を冷やしてくれるだろう。

実元は肩の荷が下りたように、ほっ、と息をついた。

「二本松には、わしから話しておく。おまえは輝宗公に書状を」

翌日、実元は隠居所の八丁目城《はっちょうめじょう》に帰り、成実は書状を送って輝宗に仔細《しさい》を報じた。

見通し違わず輝宗は快諾《かいだく》し、まずは大森城に運んでくれた。成実を見る輝宗の顔は、何とも感慨深そうである。次代を託した者に頼られ、嬉しくて堪《たま》らないといった様子だった。

輝宗は大森で一夜を明かした後、政宗に会うため、塩松領の西端・宮森城《みやもりじょう》に向かった。成実も同行して身辺を守った。

以後、当主父子が何を話したのかは知らない。しかし政宗は、やはり二本松の降伏を認めてくれた。ただし三十三郷ある所領《しょりょう》の二十八は召し上げ、城近辺の五ヵ村のみ認めるという厳しい裁定である。弓矢に訴えた直後の降伏ゆえ、二本松は受け入れるしかなかった。

十月八日、成実は宮森城の本丸御殿《ごてん》に上がった。二本松義継が取り成しの礼に参じるため、これを迎える際の供を務める。輝宗の居室には、他に留守《るす》政景《まさかげ》――輝宗のすぐ下の弟があった。主座に輝宗、政景は右手後ろに、成実は左後ろに腰を落ち着けた。

「そろそろ刻限にござる」

政景の声に、成実は座を立って左、東の廊下へと進んだ。宮森は小城だが本丸は広い。緩やかな構えは東方の川に沿って勾玉《まがたま》の如し、戦の際には二千以上の兵を備えられよう。北東にある御殿から遠く南西を見れば、川縁《かわべり》の虎口へと続く山道が設《しつら》えられている。

その門を抜け、二十数人が入ったところだった。大半は門の辺りに残され、二本松らしき影が三人を連れて進んでくる。遠目にだが、背丈は人並みより少し低く見えた。或いは所領を大きく減じられて意気消沈し、しょぼくれて見えるのかも知れなかった。

「参りましたぞ」

成実が声をかけると、政景が「どれ」と腰を上げた。輝宗を残して玄関まで進むと、ほどなく二本松主従が到着した。

「二本松、畠山《はたけやま》義継にござる」

瘦《や》せぎすの顔は目がきょろきょろと落ち着かず、肝の小ささが窺《うかが》い知れた。政景が尊大に「ご苦労」と応じる。そこへ、門に残していたのだろう者が駆けて来て「しばらく」と小声をかけた。その者に何やら耳打ちされ、二本松は「戻っておれ」と軽く頷いた。

成実が後ろ、政景が前に立って客を導く。二本松は輝宗の居所に入ると、深々と一礼した。

「此度は有難う存じました」

「うむ」

輝宗は小さく頷くのみ、五ヵ村のみ安堵《あんど》の沙汰を少し哀れんでいるようで、それ以上を語らない。相手も辛気《しんき》臭《くさ》い顔のまま、以後はひと言も交わさず、早々に「これにて」と座を立った。

「玄関までお見送り致そう」

当主なら主座から動かぬところだが、輝宗は隠居の身である。堅苦しい話もあるまいと、訪問を受けた礼に自ら見送りに立った。二本松主従が先を進み、輝宗がその後、成実と政景はさらに後ろに続いた。

二本松が草履《ぞうり》を履き、向き直って深く頭を下げる。輝宗が上がり框《がまち》まで進み、軽く会釈《えしやく》した。その時――。

「……れ致す」

ぼそぼそと発した声と共に、二本松が顔を上げた。落ち着かぬ目が、さらに切羽詰《せつぱつ》まって正気を失っている。と、供回《ともまわ》りの三人がずかずか進み、腰の刀を抜いて輝宗に突き付けた。

「御身《おんみ》をこのまま、二本松にお連れ致す！」

狂乱の一声に続き、玄関の陰から十人、十五人と雪崩《なだ》れ込んで、あれよという間に輝宗の身を担ぎ上げた。輝宗は然《さ》して大柄ではない。屈強な武士の一団に不意を衝かれ、為されるがまま御殿から連れ出されてしまった。

「これは」

予想だにせぬ成り行き、成実の身に嫌な痺《しび》れが走った。隣にある政景も口と目を大きく開けている。何が起きたかを受け止めるまで、二つ三つ息をするほどの間が空いた。その隙に二本松主従は脱兎《だっと》の勢いで逃げ走っている。

「た、誰《たれ》かある！」

政景が人を呼ぶ。成実は眉を吊《つ》り上げて発した。

「小浜の政宗公にお報《しら》せあれ。それがし兵を率い、後を追いまする」

裸足《はだし》のまま駆け出し、遠く向こうの門を指した。賊と化した二十数人は既に門の右手前、侍詰所《さむらいつめしよ》の脇を駆け抜けんとしている。成実はあらん限りの声で呼ばわった。

「筒持て、弓矢持て！　おるだけで構わん、共に来い」

詰所の前に至る頃には、兵がばらばらと駆け出していた。輝宗が宮森城に入る際の警護に付いていた五十足らずを従えて山道を下りる。しかし山城の一本道は急峻で、思うように走り果せない。転げ落ちて余計な間を空ければ、相手を利するのみ。一町も先、虎口の門では二本松の家臣が門衛《もんえい》を斬り捨て、外へ出ようとしていた。

「急がずに急げ」

成実は小股《こまた》で小刻みに駆けた。門に至ると、二本松義継の馬は右手の先、もう城の構えと川の間を抜けるところだ。輝宗は馬の鞍《くら》に、横なりに括《くく》り付けられている。身に纏《まと》う薄茶の羽織が冬枯れの草に呑まれていた。

（どうする）

離れているとは言え、鉄砲なら射抜ける。だが闇雲《やみくも》に撃てば輝宗に——考えると躊躇《ためら》われ、付かず離れずで追う以外になかった。

そのまま西へ、西へと後を追う。短い冬の日が仄《ほの》かに橙色《だいだいいろ》を湛《たた》え始めた頃、二本松主従の行く先に光の乱れがちらついた。

「川……」

阿武隈川、手前の野は高田原《たかだはら》だ。ほとんどが田畑となって細かく区切られ、軟《やわら》かい土と畦《あぜ》だらけで進みにくい。だが川に至れば話は別だ。この辺りは水も浅く、馬なら渡るのに苦労はしないだろう。人が踏み込んでも精々腰くらいで、手を拱《こまね》いていては渡りきられてしまう。渡られたが最後、川向こうは二本松領なのだ。

「鉄砲、構えい」

声を押し潰して命ずるも、輝宗を楯に取られ、兵たちは戸惑っている。成実とて気持ちは同じだが、怯《ひる》むべからずと再び同じ下知を飛ばした。

「聞こえなんだか。鉄砲の支度ぞ」

そして高田原を走る一団に向け、百里四方にも響けと大声を上げた。

「止まれ！　川を渡らんとするなら撃ち殺すまで」

一町半向こうの群れが、いったん足を止める。完全に常軌《じょうき》を逸した、あまりにも甲高《かんだか》い笑い声が、馬上から「あきゃきゃきゃ」と響いた。

「う、撃て、撃てる、撃てるものか。輝宗ぞ。政宗の父ぞ。おま、おまえ、隠居殺しの悪名、ききき着るか！　あ、ひゃ、うきゃきゃきゃきゃきゃ！」

脅しが効かぬ。先代当主を手に掛けるのが、家臣にとってどれほどの罪か。脅しのための脅しでは見透かされるのも当然であった。

「このまま参る」

「成実！」

前から二本松の狂った叫び声、後ろから悲痛な一声が、同時に飛んできた。振り向けば政宗が単騎で馳せ付けていた。小浜領内を見て回っていたのだろう、右手に着けた革の手甲《てっこう》から、鷹《たか》狩りの最中だったと分かる。乗り馬は既に口から泡を吹き、もう走れぬと嫌がって首を振り回している。政宗はその首を無理やり押して進んできた。

「父上」

政宗の叫びに応《こた》え、二本松の馬に括り付けられた輝宗が振り絞るように声を上げた。

「諸共《もろとも》に撃て！　我が身を奪われ、末代までの恥を晒《さら》すべからず」

成実の背に、ぞくりと粟《あわ》が立った。輝宗は、本気だ。

狂気ゆえにそれを感じ取ったか、二本松があたふたして、鞍の上から輝宗を蹴っている。

「ああ阿呆か。何を、む、も、も申して」

しかし輝宗はこれをものともせず、なお叫んだ。

「奥羽を手にせよ。天下に手を掛けい。わしの命ひとつ、安いものぞ」

キン、と鉄のぶつかるような音がした。政宗が激しく歯軋《はぎし》りしている。鉄砲への下知は未だ発せられない。

「この阿呆め！　おまえの大望《たいもう》とは、さほどに軽いか」

輝宗の覚悟に空気が揺れる。背後から、どろりとした熱が流れてきた。

「あああああああああああ！」

獣の如き雄叫び――政宗は、ついに一線を越えた。

「鉄砲、構えい！　背く者は皆殺しだ」

皆殺しのひと言で小手森の撫で斬りを思い出し、兵たちは慌てて銃口を一点に向けた。

「放て」

涙と共に飛んだ一声を、成実は呆然《ぼうぜん》と聞いた。高田原に鉄砲の音が幾重《いくえ》にもこだまする。

そして、静寂が訪れた。

嗚咽《おえつ》が聞こえる。疲れきった馬の首に突っ伏し、政宗が泣いていた。涙は成実も同じである。輝宗は烏帽子親《えぼしおや》なのだ。実の子にも等しいと言ってくれた人なのである。

だが成実は自らの目元を荒く拭い、眦《まなじり》裂いて政宗を叱咤《しった》した。

「……兵の前で涙とは。何と、みっともない」

つかつかと歩を進めて馬上に手を伸ばし、力の抜けた主君の顔をぐいと持ち上げる。

「上に立つ者は、如何なる時も泰然としておられよ。大殿のお姿に学ばれませい」

虚ろな目が向けられる。我が顔とて悲痛の一色だろう。だが、支えんとする力だけは残している。

それを見て政宗はひとつ頷き、涙を拭って声を張った。

「二本松義継が骸《むくろ》、五体を切り離し、この河原にて晒し者にせよ！　恥知らずの賊に相応《ふさわ》しき姿と為してやるのだ」

兵たちの背筋が、しゃんと伸びる。見届けると、政宗は馬首を返して静かに去った。成実は小さく頷いた。後で訪ねてやろう。二人だけで、静かに泣くために――。

四　死闘・人取橋《ひととりばし》

輝宗《てるむね》の初七日《しょなのか》を終えた政宗《まさむね》は、弔《とむら》い合戦《がっせん》のため二本松城《にほんまつじょう》に出陣した。初冬十月十五日、小浜城《おばまじょう》から四千、残る領地からさらに四千、総力と言える数を従え「いざ」と押し寄せる。

だが、容易には落とせなかった。

阿武隈《あぶくま》川には支流が多く、西岸四里の二本松城近辺にも北と西、南の三方に清流が走る。攻め口は東しかなく、そちら側も南北二つの川と阿武隈川本流に挟まれて平地が狭い。さらに城は山の頂《いただき》、天険《てんけん》に守られた構えに加えて敵将・新城弾正《あらきだんじょう》が堅固に守っている。弱り目に祟《たた》り目と言うべきか、十六日と十七日は雪が降って空も暗かった。ただでさえ短い冬の日は余計に早く暮れ、城攻めは思うに任せない。

「いったい三日も何をしておる！　城方は千にも満たぬだろうに」

陣屋《じんや》として借り上げた寺の本堂、主座の床机《しょうぎ》で政宗が怒鳴り散らす。右手の軍配《ぐんばい》を床板に投げ付けて叩《たた》き割り、灯明《とうみょう》の届かぬ暗がりに木屑《きくず》を飛び散らせた。三日目の戦《いくさ》を終えた諸将は主君の激情に身をすくめている。皆の有様を見て、成実《しげざね》は「まずいな」と心中に唸《うな》った。

（だが俺《おれ》では）

こういう時の政宗は、特に己《おのれ》に対しては頑《かたく》なになりやすい。正面右手――主座右側の筆頭・片倉景綱《かたくらかげつな》に目を遣れば、向こうも困り顔でこちらを見ていた。軍評定《いくさひょうじょう》に先んじて諫言《かんげん》を重ね、万策《ばんさく》尽きているようだ。

ならばと、正面の老将・鬼庭左月斎《おににわさげつさい》に目配せした。輝宗以上に年嵩《としかさ》の七十三歳、政宗にとっては祖父にも等しいだろう。往年は猛将として鳴らした男だが、今や好々爺《こうこうや》の風を纏《まと》っている。重ねた年輪がもたらす穏やかな佇《たたず》まいこそ、政宗の激憤《げきふん》を宥《なだ》めるに足る。

助けてくれ。その眼差《まなざ》しに気付いたか、猫背で座る左月斎が「やれやれ」とばかりに長い眉《まゆ》を開き、真っ白な鬚《ひげ》の奥からしわがれ声を上げた。

「少し落ち着かれませ」

のんびりとした口ぶりに、政宗は剣呑《けんのん》な眼差しを向けた。

「左月は落ち着き過ぎじゃ。長きに亘《わた》って父上の恩を受けた身が、それで良いのか」

「わしら皆、殿と同じ思いですぞ」

「なのに、何ゆえ落とせぬ」

閻魔《えんま》の如《ごと》き形相《ぎょうそう》である。しかし左月斎は露ほども動じない。剃髪《ていはつ》した頭を見せびらかすように下げ、羽織の懐《ふところ》から黄色の頭巾《ずきん》を取り出して被《かぶ》った。

「失敬《しっけい》、失敬。毛がないと、寒さも耐え難《がと》うござってな」

戦場の狂乱を生き抜いた老爺《ろうや》には、孫の如き当主の怒りなど寒風ほどの効き目も持たぬ。そういう素《そ》振《ぶ》りに政宗は少し毒気を抜かれたようで、ぼやくように応じた。

「ならば米沢《よねざわ》で身を養《やしの》うておれば良かった。とうに隠居《いんきょ》した身が、なぜ出しゃばってくる」

「輝宗公のご恩に報いるためですが」

先ほどの理不尽な叱責《しっせき》に意趣を返され、政宗は「む」と唸って返事に窮した。どこからともなく失笑が漏れ聞こえ、満座の空気が和らぐ。成実は手を叩いて笑った。

「我儘《わがまま》ばかり仰《おお》せだから、やり込められるのじゃ」

「うるさい」

悔しそうな目を向けられるも、左月斎のお陰でずいぶん気は楽になっている。朗らかな顔を崩さず応じることができた。

「左月殿の申されるとおり、陣屋で火《ひ》桶《おけ》を使うても寒いものは寒い。野に屯《たむろ》する兵共は、なおさら意気も上がらんでしょう。その場雇いの足軽《あしがる》衆には、輝宗公への報恩もへったくれもないのですからな」

兵を奮い立たせ、敵を呑《の》む気勢を与えるのが将の役目である。だが、それも下地《したじ》がなければ話にならない。寒風の上に雪では、奮い立つより震えが勝る。当の政宗も承知《しょうち》しているだろう道理を、敢《あ》えて噛《か》んで含めるように語った。

「寒さの和らぐ日を選びさえすれば、俺が奮い立たせてお見せしよう」

「時をかけ過ぎる訳にはいかんのだぞ」

苛々《いらいら》と応じた政宗に、傍らから景綱がちくりと刺した。

「急《せ》いてはことを仕損じる。評定に先立って申し上げましたが」

ついに政宗は口を噤《つぐ》み、座ったまま地団太《じだんだ》を踏んだ。景綱はどこか安らいだ様子で、パンパンと手を叩き、障子の向こうに「炭を」と呼ばわった。

「まずは明日にござる。風邪《かぜ》などひかぬようにせねば」

やがて小姓《こしょう》が参じ、障子を開けた。真っ赤に焼けた炭を運ぶ片手《かたて》鍋《なべ》——炭十能《すみじゅうのう》が仄赤《ほのあか》い光を発し、夜陰《やいん》の底に広がる白さを際立《きわだ》たせた。舞い降りる風花《かざはな》は夕刻よりも勢いを増し、わずかの間に境内《けいだい》を盛り上げている。

「大雪になりますな」

成実も、あまりの寒さに震えた。政宗が「早う閉めよ」と怒鳴り、小姓に苛立《いらだ》ちをぶつけた。見通し違わず、翌十八日は大雪であった。既に膝頭《ひざがしら》まで積もっていたものが、ひと晩で腰にまで及んでいる。こうなると戦《いくさ》も何もない。さすがの政宗も観念し、いったん兵を退《ひ》いて小浜城に戻ると決した。成実も手勢《てぜい》をまとめて居城・大森《おおもり》に返した。

政宗は以後、日替わりで千ずつ兵を出し、二本松城近辺の雪掻《ゆきか》きを繰り返した。もっとも敵の目がある以上、整えられるのは野辺ばかりで、城へと続く山道には手を付けられない。全ては翌年の春、雪融けと共に攻め落とすための布石《ふせき》だった。

しかし――。

大森に戻って概《おおむ》ね二十日、十一月十日の朝、届けられた一報に成実は血相《けっそう》を変えた。会津《あいづ》の蘆名《あしな》と常陸《ひたち》の佐竹《さたけ》、伊達領南方の大国二つが二本松を救うべく援軍を出したという。須賀川《すかがわ》の二階堂《にかいどう》や大館《おおだて》の岩城常隆《いわきつねたか》、三芦城《みよしじょう》の石川昭光《いしかわあきみつ》らも与《くみ》しているという。

「……しもうた。殿の果断が裏目に」

雪掻きの兵を入れ替えるため、夜更けには人目がなくなる。その寸時《すんじ》を衝《つ》き、援軍を頼んだのに違いない。城の周囲がある程度整えられているのだから、透破《すっぱ》なら苦もなく走り果《おお》せよう。二本松の跡継ぎ・国王丸《くにおうまる》は齢《よわい》十二の稚児《ちご》だが、これを支える家老《かろう》衆は老獪《ろうかい》だった。

「成実様も、千を率いて岩角城《いわづのじょう》に参じるべしと」

伝令に「承知した」と返し、一両日で兵をまとめた。元々、来春には再びの出陣と分かりきっていたのだ。戦ごとに雇い入れる足軽も、此度《こたび》ばかりは自領に留《とど》めていた。

蘆名・佐竹以下の軍勢は、二本松の南約五十里、須賀川に入った。伊達《だて》の総勢八千に対して連合は一万七千、さらに伊達は二本松をも睨《にら》まねばならない。如何《いか》にも旗色が悪かった。

政宗が全軍を集結させた岩角城は小浜城の南西、二本松城の南に当たり、両所から共に十里ほどの至近である。ここに千を残して二本松を睨ませると、残る七千で阿武隈川西岸の仙道《せんどう》を南に進んだ。

西から東へと走り、阿武隈川に流れ込む支流——五百川《ごひやく》を前にして仙道沿いの本宮城《もとみやじよう》外、観音堂山《かんのんどう》を本陣とする。物見《ものみ》が戻り、評定に使う四角い陣幕《じんまく》の内で声を上げた。

「申し上げます。敵方、佐竹勢が高倉城《たかくらじよう》を窺《うかが》う構えにて」

高倉城は本宮の出城《でじろ》で、五百川のすぐ南の小高い丘にある。一方《いつぽう》の砦《とりで》という風な、紛《まご》うかたなき小城だが、敵方が落とせば陣城《じんしろ》の用を成すだろう。川沿いの山城だけに、大軍に押さえられたら奪い返すのも難しい。

「成実。どう見る」

政宗が鋭く左目を向けてきた。成実は小さく頷《うなず》き、物見に目を流した。

「敵の数は」

「二千と見えるも、これは先手《さきて》のみかと。中備《なかぞな》えと後詰《ごづめ》まで合わせれば六千は下らぬはず」

小城ひとつにその数とは、本気で落とすつもりだろう。成実は政宗に向き直り、声音を厳しく引き締めた。

「俺が食い止めましょう」

政宗は「頼もしい」という顔で頷いた。

「おまえの他に綱元《つなもと》も出す。二千で凌《しの》いでくれ」

「なりません。俺の千のみで。敵の総勢を思わば、本陣を薄くしては危うい」

「馬鹿を申すな。それでは、おまえが危うい」

血相を変えた面持《おもも》ちから、死なないでくれ、の気持ちが伝わった。だからこそ支えようという気になる。成実は陣幕中央の卓に置いた兜《かぶと》を取り、頭に戴《いただ》いて「なあに」と笑みを見せた。

「毛虫の成実じゃ。我が毒で返り討《う》ちにしてやります」

すくと立ち、陣幕を出ながら「馬曳《ひ》け」と呼ばわる。手勢の屯する辺りへ至るまでの間に、一の臣・羽田右馬介《はねだうまのすけ》と馬廻衆《うままわり》が轡《くつわ》を曳いて参じた。

「我らは高倉城の守りじゃ。駆け足！」

弱い朝日が低く差し込む中、成実と右馬介以下、数人の騎馬《きば》を囲む千が一団となって駆け出した。

本宮近辺は平地が多く、丘陵はあっても緩やかである。二本松から南に離れた地とあって、先般の大雪もこの辺りまでは及んでいない。踝《くるぶし》まで埋まるほどの積もり具合なら、足軽衆が進むだけで概ね踏み固められる。もっとも、前を行く者は足を冷やして辛《つら》かろう。五百川を遠目に望む頃《ころ》には、手勢の前後を入れ替えてやった。

五百川は緩い流れで幅も狭い。石を投げれば軽く向こう岸に届くほどだ。深さも膝頭までとあって、一気に渡りきった。

白く染められた野を行き、高倉城の丘を駆け上がる。夏には鬱蒼《うっそう》としているのだろう木立も、葉を落とした今は日差しを遮らない。平地よりは雪も深いが、坂はなだらか、かつ木々の間も十分に離れているとあって、千の兵は滞りなく行軍した。

高倉城を過ぎて南に一里余り、成実は馬を木立に繋《つな》ぎ、ひと固まりに備えて敵を待った。既に陽光は橙色《だいだいいろ》の濁りを払い、空を清らかに照らしていた。

†

鉄砲が唸る。乾いた破裂の音がまとまって、雨霰《あめあられ》と弾が飛んでくる。成実は兵に呼びかけながら、手本を示すように動いた。

「横向きに隠れよ」

小山や丘の林に大樹は少ない。人ひとりを隠すに足りぬ太さだが、身を横にして頭と両腕、脚を守れれば十分だった。胸や背は具足《ぐそく》の胴に覆われ、弾が当たっても痺《しび》れるくらいで済む。

成実に倣《なら》って足軽衆が木を楯《たて》にする。数歩の先で細めの幹が、ぼこ、と激しく鳴った。音に驚いた兵が「ひい」と情けなく叫び、尻餅《しりもち》をついた。

「怯《ひる》んでおる暇があるか。弾込めの間に進め」

声を荒らげる若武者《わかむしゃ》があった。小姓から馬上衆《ばじょうしゅう》に取り立てた白根沢重綱《しらねざわしげつな》である。当《とう》を得た下知《げち》を聞き、成実は「お」と目を見張った。白根沢は「それ」と率先して敵兵へと突っ込んでゆく。

「皆々、重綱に後れを取るなよ」

成実も敵の前に身を晒《さら》し、兵の気を支えて引っ張ってゆく。それでも怖《お》じける者は、右馬介や遠藤《えんどう》駿河《するが》などの大森衆が追い立てた。

「成実、参る！」

数歩の先に迫った敵兵を睨み、大喝《だいかつ》と共に右から左へ力任せに槍《やり》を振り抜く。誰《だれ》もが慄《おのの》いて飛び退《の》くも、そこに味方の足軽が長槍《ながやり》を打ち下ろし、下がる以外の逃げ場を奪った。

「らっ！　やっ！　しゃあ」

成実の得物《えもの》が鋭く光る。穂先の刃《やいば》を敵の鉢金《はちがね》で跳ねさせ、三人の頭に傷を作った。

「た、助け……」

「ひぃやああ」

叩かれた者は、頭から滴る血の温《ぬく》もりに腰を抜かし、転げるように逃げていった。向こうは先手だけで二千、中備えや後詰が押し寄せれば六千である。いちいち討ち取っていたら戦にならない。少し痛め付けて牙《きば》を抜くだけでよかった。

「構えい」

遠く向こう、黒々と並び立つ人の群れに、再びの下知が飛んでいた。

「隠れよ」

成実の号令に応じて皆が木陰に入る。だが、たった今まで叩き合っていたがゆえ、遅れる者もあった。三人、四人が弾を受けて転げ、眩《まぶ》しい雪を赤く染めた。

鉄砲を凌いでは、弾込めの隙《すき》に前へ。これを幾度も繰り返したが、端《はな》から数に劣る軍では、どうしても詰め寄れない。隠れ、進みを繰り返すごとに少しずつ兵が削られ、同時に士気も殺《そ》がれてゆく。

正面、真南の空に日が煌《きらめ》く頃になると、敵の中備えらしき一団が雪を蹴《け》り、空気を細かく輝かせながら迫ってきた。やっとの思いで五百を退けたというのに、待ち構える人の壁は初めより分厚くなってしまった。

「放て」

そこへ、またも鉄砲の斉射である。成実は兵を叱咤《しった》して木の後ろに入らせるも、疲れ始めた者が遅れている。

「あぎゃあ」

「熱《あ》ち、熱ちあ、ああいいい、痛《いて》えよう」

二十以上がまとめて弾を受けた。次第に増してゆく悲鳴が、兵たちの心に雪を降らせる。

「もう、いかん。逃げれ」

「阿呆じゃ、こんな数で」

ここで十人、あちらで二十、後ろで百と、踵《きびす》を返す姿があった。各地を渡り歩いて戦ごとに雇われ、口を糊《のり》するならず者。守るものなく、肝《きも》も据わらず、劣勢と見るやいち早く逃げる。逃げ足の軽さを以て「足軽」と呼ばれる者たちだ。こうなるのは当然と言えたが、成実は無性《むしょう》に腹が立った。

(うぬらにとって)

戦は生業《なりわい》ではないか。ましてこの戦、高倉を脱しても敵の備えに迷い込むのみ。緩やかに見下ろす野には、既に蘆名や佐竹の幟《のぼり》がひしめいている。政宗の陣取る観音堂山へ、続々と仕掛けているではないか。

「たわけ者が!」

胸中の灼熱《しゃくねつ》が怒号となって弾《はじ》き出された。

「小勢《こぜい》が逃げて生き残れるか。むしろ前へ出よ。勝って生き残れ。死ぬにせよ、ひとりでも多く道連れにするのだ」

吼《ほ》えるや否《いな》や、敵の正面へと身を晒した。後ろでは大森衆が「麓《ふもと》を見よ」と叫んでいる。

「進むを知って退くを知らず、毛虫の成実だ! その数あって鉄砲頼みとは、佐竹の兵は腰抜けぞ。何が鬼義重《おによししげ》じゃ」

佐竹の当主、常陸の鬼と謳《うた》われる義重を嘲《あざけ》って猛然と駆ける。すると後ろから足音が続いてきた。戦場を広く見て「逃げても無駄」と悟った兵が、自棄《やけ》になって喚《わめ》き立てていた。

これなら——信じて、成実は敵の群れに飛び込んだ。

「おおおお、らっ」

横薙《よこな》ぎに槍一閃《いっせん》、足軽の首をひとつ宙に舞わせる。囲もうとする兵は、後続の味方が長槍で叩き据えた。

「死にたくねえ！　ああぁっ」

「おめえらが死ねえ」

「道連れじゃあ」

ただで死んでなるものか。捨て鉢の狂気は、敵の心を確かに寒からしめた。ひしめき合う人の壁が、じわ、と下がり始めている。

「鉄砲、構えい」

また来る。成実は、ぐっと腰を落として雄叫《おたけ》びを上げた。

「敵に抱き付け。こやつら、弾避けじゃ」

槍を放《ほう》り出して猛然と飛び出し、両腕にひとりずつ敵兵の腰を抱えて勢い任せに走った。そして斉射の音を聞く。ぼた、と具足の背に腥《なまぐさ》いものが滴り落ち、抱えた二人のどちらか、或いは両方とも骸《むくろ》になったのだと知れた。そのまま人波に突っ込み、後ろの敵兵をも巻き込んで、数人まとめて押しながら前に出る。

政宗と角力《すもう》を取った幼い日が思い起こされた。政宗は強かったが、己とていつまでも弱いままではなかった。勝てるようになったのだ。何のこれしき、敵の四人や五人、十人だろうと押し切ってやる。

「おらおらおら、おらあ！」

両腕に渾身《こんしん》の力を込めて突き出す。突進に巻き込んだ者たちが一気に放り出され、仰向《あおむ》けに転がった。

「それ、進め」

どこからか右馬介の声がする。成実は腰の刀を抜いて佐竹勢に襲い掛かった。

「毛虫の毒じゃあ！」

目茶苦茶に打ち込み、幾度も空を切る。しかし無駄ではない。空振りを繰り返すたび、敵の心が斬《き》り刻まれている。

喚き声と揉み合い、乱戦はいつ終わるともなく続く。斬り付け、敵の一撃を受け止め、幾人に手傷を負わせたろうか。刀が鋸《のこぎり》になった頃、ついにその声が聞こえた。

「退け、退けい！」

佐竹勢が逃げに転じた。中備えらしき群れが一目散に走り去ってゆく。これを見た先手も、我先にと駆け転げていた。

汗みどろ、血みどろの顔で、成実はがくりと膝《ひざ》を落とした。胸の奥から吐き出される息が、乾いてひゅうひゅうと嫌な音を立てる。日はもうだいぶ傾き、空を茜《あかね》に彩らんとしていた。

「殿……」

右馬介がよろけながら近寄る。左手には己の槍を拾って運んでくれていた。成実は一瞥《いちべつ》したのみで、すぐに敵の背へと目を戻した。

「おかしい」

掌《てのひら》で額を拭《ぬぐ》う。右馬介は「何がです」と怪訝《けげん》そうだ。成実は少し黙って考えるも、やはり、と確信して口を開いた。

「敵は六千と聞いておったが、その半分しか参らなんだ」

「物見の間違いでは」

黙って首を横に振り、くずおれた膝を励まして立った。

「先手は二千で間違いなかった。新手の千ほどが中備えだが……本気で城を取る気なら戦の定石《じょうせき》は崩さん。後詰を寄越さぬはずがない」

「では、これは」

愕然《がくぜん》とした顔である。成実は、ぎり、と強く歯軋《はぎし》りした。

「取ると見せかけ、伊達勢の数を散らそうとしたのだ」

「ここへ来るのが、我らの千のみとは思わなかったでしょうが」

「ああ。本陣《ほんじん》に多くを残して良かった。されど」

それでも政宗を守る兵は六千しかいない。高倉への囮《おとり》を差し引いても、敵には未だ一万四千の数がある。それらの動きを思うと、背がぞくりとした。

「成実様！」

後方から叫び声、小気味良く刻まれる馬蹄《ばてい》の音は伝令だ。

「本陣、鬼庭左月様、討ち死に！　殿も押し込まれて苦しゅうござる」

血の気が引いた。よろ、と足がもつれかかる。踏ん張って堪《こら》え、脱兎《だっと》の勢いで走った。

「伝令、馬を借りるぞ。殿は、政宗公は、いずこにおわす」

「瀬戸《せと》川の北まで押されております」

それだけ聞けば十分と鞍《くら》に跨《また》がり、槍の柄で馬の尻《しり》を叩いた。

「走れる者だけで構わん、続け」

追ってきたのは右馬介や遠藤駿河、石井伝右エ門《いしいでんえもん》、白根沢重綱らの大森衆と、足軽が四、五十人ばかりである。この数で仙道を取って敵の中を突っ切るなど、とても覚束《おぼつか》ない。五百川ではなく阿武隈川を渡ると決めた。

高倉の丘を東へ下りきった辺りは、阿武隈川も早瀬《はやせ》である。川底にはごろた石が多いが、幅はひと息に渡りきれるくらいだった。伝令が使った後の疲れた馬に鞭《むち》打って渡り、再び小高い丘に登った。夕日に染まった空の下、誰の足跡もない雪を踏んで北を指す。左手遠く、瀬戸川の流れが赤く目に入った。すると馬が苦しがって脚を曲げ、冷たい大地に腹を叩き付けた。成実は「あっ」と鞍から飛び、萎えた足を必死で踏ん張った。乗り潰《つぶ》したかと臍《ほぞ》を噛み、肩で息をしながら麓を見下ろす。そして、戦場の有様に愕然とした。

「何たる……」

瀬戸川の土手は急な坂で、上り下りには難儀しそうだが、何しろ川幅が狭い。足腰が強そうな者がちらほら見られ、それらは川まで下らず、土手から土手へと跳んでいる。そうでない者とて苦労はしていない。川の流れも弱く、水嵩《みずかさ》も膝までしかなさそうなのだ。こうしたことを見落としていたのは、高倉へ向かう際に仙道の橋を通ったせいだろう。

そして、その橋が曲者《くせもの》であった。敵が楽に渡れる川だからと言って、より進みやすい橋を守らぬ訳にはいかないのだ。無数の雨漏りに、受ける桶がひとつしかない。漏れ具合の最もひどいところを受ければ、他の雨粒は落ちて容赦なく身を濡らす。それと同じだ。橋を守らんとする将兵は取り囲まれ、今にも崩れそうである。痛し痒《かゆ》しの有様たるや、この上なし。何と甲斐《かい》のない戦場だろう。

「殿、殿お」

「馬を」

背後から大森衆が馳《は》せ寄った。有難《ありがた》い。高倉で戦う前に、木立に繋いだのを曳いて来てくれたのだ。もっとも、従う足軽は三十ほどに減っていた。

自らの黒鹿毛《くろかげ》を受け取って跨り、皆を励まして先を急いだ。

（梵天《ぼんてん》……無事でいろよ）

祈りながら馬を追う。瀬戸川を過ぎると、ほどなく敵味方の揉み合いが見て取れた。そこから半里ほど向こうには「竹に雀《すずめ》」の紋、政宗の将旗《しょうき》が慌しく退いている。

「あそこだ」

自らに言い聞かせるように叫び、馬の首を押して丘を下った。再び阿武隈川を渡り終えた時には、辺りに夕闇《ゆうやみ》が染み出していた。

「殿！　成実にござる」

呼ばわりながら馬を進める。翻る将旗まであと少し――。

「う……」

飛び込んできた光景に声を失った。鉄砲の音に続いて馬が嘶《いなな》き、棹立《さおだ》ちになっている。振り落とされんとしている影は長大な弦月《げんげつ》の前立《まえだて》、まさに政宗ではないか。

「急げ」

四騎と徒歩《かち》三十を引き連れ、主君の前に躍《おど》り出た。政宗の馬は、瀬戸川より太く深い川の中にあった。

「成実！」

薄暗がりの中、救われたような声を聞く。成実は力強く頷き、あらん限りの声を上げた。

「大将が馬を立てるところ、武運は尽きぬ！」

槍の石突《いしづき》を水に叩き入れ、政宗の馬の尻を叩いた。馬が驚き、飛ぶように土手へと上がる。鞍上《あんじょう》の人が息を切らしながら腰を曲げた。

「乗り潰す前に水を飲ませねばと……。それが斯様《かよう》な不手際《ふてぎわ》になるとは。助かったぞ」

無事でいてくれた。これに勝る喜びはない。だが口から出たのは叱責《しっせき》であった。

「矢玉《やだま》が雨霰と降り注ぐ場で、迂闊《うかつ》に過ぎる！」

「……すまぬ」

政宗は馬を退かせながら肩をすくめ、ちらりと振り向いた。暗くて顔こそ見えぬが、自省の念が漂っている。成実はようやく安堵《あんど》の笑みを浮かべた。

「まったく……。流れ矢に当たっても、おかしくなかったのですぞ。まあ、お気になさるな。家来《けらい》が主《あるじ》を助けるのは当然じゃ。俺が寄せ手の奴らを鎮めて参るゆえ、早う退かれい」

「おまえは、まさに一方の大将たる器よ。此度の働きと誠《まこと》に必ず報いるぞ」

最大の賛辞に、尽きかけていた力が蘇《よみがえ》った。頭上で槍をひと回し、皆に「行くぞ」と呼びかけて、戦場の只中《ただなか》に割って入る。

「伊達成実だ！」

名乗りを聞いた敵に、気の澱《よど》みが生まれた。馬に跨った武者がこちらへ顔を突き出し、暗がりに目を凝らしている。そして毛虫の前立を認めるや、まさか、とばかりに仰《の》け反った。高倉で戦っていると聞かされていたのだろう。驚いたか、と馬の首を押した。

「匹の三千など」

ぐい、と右手の槍を引く。力を込め、溜《た》めに溜めて、一気に突き出した。

「俺の敵ではない！」

ギン、と敵将の兜を叩く。顎《あご》で結んだ緒がちぎれ、吹っ飛んでいった。

「手柄を上げてやる」

白根沢重綱が前へ出る。遠藤駿河が加勢して横から槍を付けた。手柄《てがら》に飢えた若武者たちの熱に押され、寄せ手の勢いが止まった。

「退け！　日暮れじゃ。退けい」

戦の流れが急転しそうになったところで、敵方が踵《きびす》を返した。夕闇が宵闇《よいやみ》へと変わっている。兵を収める頃合《ころあい》には違いないし、追い討ちはせぬ方が良いだろう。成実としても、退いてくれて助かったという思いが強い。だが努めてそれを覆い隠し、勇ましく胸を張った。

「敵は退いたぞ。勝鬨《かちどき》あげい。えい、えい」

「おう」

周囲がひとつになって応じる。ふう、と長く、長く息が漏れた。

†

息を引き取った左月斎が、本宮城本丸館《ほんまるやかた》の広間で静かに横たわっていた。傍らに座った政宗が肩を落とし、成実や景綱、白石宗実《しろいしむねざね》や亘理《わたり》重宗《しげむね》らの重臣《じゅうしん》、そして左月斎の子・綱元が囲んで見守る。

「主を守って死ぬ……これ以上ない最期《さいご》にござる。それがしは父を誇りに思いまする」

綱元の目には涙が光り、時折洟《はな》をすすりながら、しかし声には衷心《ちゅうしん》が籠《こ》もっていた。皆が何も言わずに、ただ大きく頷いた。

左月斎は黄色の頭巾に陣羽織《じんばおり》のみの姿だった。老骨《ろうこつ》ゆえ、重い具足は着けられなかったのだという。いくつもの鉄砲を受けた羽織は血に赤黒く染まり、元々の色も分からない。死に顔は実に険しく、泉《せん》下《か》の鬼となって伊達を支えんという凄《すご》みがあった。

やがて、政宗から静かな嗚咽《おえつ》が聞こえた。もの言わぬ骸に目を落としたまま言う。

「成実、咎《とが》めるなよ」

「咎めません」

ここに兵はいない。重臣衆だけなら、誰も意気を挫《くじ》かれもしないのだ。むしろ左月斎のために泣ける人であるのが嬉《うれ》しい。そしてこの老臣の死を糧《かて》に、熱くなり過ぎる気性《きしよう》に手綱《たづな》を掛けられるようになって欲しかった。

「だが……」

それだけ言って、政宗は口を噤んだ。胸中の苦悩、身をよじらんばかりの葛藤《かつとう》が溢《あふ》れ出している。

政宗の正面――成実の左手で、景綱がぽつりと応じた。

「この戦は勝てぬ、ですな」

涙を湛《たた》えた左目が、すう、と上がる。無念に押し潰された顔だった。

左月斎の心意気に応《こた》えるには、勝ち戦が何よりの手向《たむ》けとなろう。だが今日の一戦で伊達勢は百余を死なせ、千を超える手負いを出し、二千以上に逃げられていた。日暮れによって痛み分けにはなったが、明日、明後日と攻め立てられたら根こそぎ蹴散《けち》らされるに違いない。

「明日の戦は、ござるまい」

景綱の静かな声に、皆が「え」と仰天した。あとひと押しで潰せる敵を、常陸の鬼が放っておくはずがない。怪訝《けげん》そうな眼差しを集められ、景綱は血まみれの骸の前に跪《ひざまず》いて語った。

二本松城の周囲に雪掻きを施していた折、景綱は「城方が援軍を求めやすくなる」と察し、どうしたものかと思い悩んでいたそうだ。

「或いは取り越し苦労かと迷っておりましたが、浮かぬ顔を左月殿に見られましてな。訳を話したところ、江戸重通《えどしげみち》殿の馬場城《ばばじよう》に旧知の者がある、これも年の功だと申されて」

強国・佐竹も、常陸全土を握っている訳ではない。関東《かんとう》六国に力を伸ばす北条《ほうじょう》と対立し、調略の手を無数に伸ばされている。馬場城――水戸《みと》の江戸氏はそのひとつで、降伏に近い形で北条に従っている国衆《くにしゅう》であった。

「では」

政宗が目を見開いた。景綱は「ええ」と寂しげな笑みを返す。

「左月殿の名を借り、それがしが書状を。佐竹は必ず大軍を発するゆえ、馬場城は北条および上総《かずさ》の里見《さとみ》を引き込み、後ろを脅《おびや》かすべしと。重通殿は三日前に動いており申す」

皆が喜びの声を上げる中、成実は心中に舌を巻き、また自らの至らなさを恥じた。己は二本松の雪搔きを政宗の果断としか思っていなかったが、景綱はここまで先見していたのだ。

「今日の戦もせずに済めばよかったのですが、そう巧くはいかず。されど明日か、遅くとも明後日《あさって》には常陸の騒ぎが義重の耳に入りましょう」

勝てずとも、兵を退かせるくらいは――左月斎の置き土産は、ことほど左様《さよう》に大きかった。

翌朝、佐竹義重と一万の軍勢が姿を消していた。伊達が多くの兵を損なったように、敵にも相応の痛手はある。佐竹が退けば連合は戦を続けられない。残る大国・蘆名は家中の動揺が未《いま》だ尾を引いて主力を出せず、二階堂、岩城、石川らをまとめるには足りなかった。なし崩しに戦は終結し、伊達は九死に一生を得た。

この戦で最大の激戦は、瀬戸川を挟んでの攻防だった。鬼庭左月斎も、ここで命を落としている。橋を守っても焼け石に水、しかし守らねば余計に敵を利する――成実が「痛し痒し、甲斐がない」と丘から見下ろした橋は、多くの人が討ち取られたことを以て「人取橋《ひととりばし》」の名を得た。

陸奥《むつ》の冬は長く厳しい。山沿いには雪多く、そうでなくとも朝晩は稚児《ちご》の鼻汁が凍るほどに冷え込む。もっとも、今年は辛いばかりの季節ではなかった。春までは佐竹・蘆名の侵攻も手控えられるはずで、傷付いた伊達にとっては立て直しの猶予《ゆうよ》に等しい。

人取橋の戦いの後、成実は大森領の渋川城《しぶかわじょう》に入っていた。父・実元が隠居した八丁目城の出城で、やや南にある。引き続き二本松を睨むには絶好の地と言えた。

「うう、寒い」

本丸館の居室で背を丸め、うろうろと歩き回りながら両手を擦《こす》り合わせる。口に出したとて寒さは消えぬが、言わずにはいられない。西の安達太良山《あだたらやま》と、仙道を挟んで東に聳《そび》える連山に挟まれた地は風の通り道である。雪雲を山に捨ててきた空気は、乾いて身を切るように冷たい。その上、障子を開け放っている。

「運び入れい」

右馬介が小者《こもの》を督《とく》し、鉄砲弾や弾薬《たまぐすり》の木箱を運ばせている。成実の居室は、荷車から下ろされた箱の置き場になっていた。どやどやと人の足音、奥の隅からびっしりと積み上がった箱が壁になってゆく。部屋が狭くなるのは構わないが、こういうものがあると余計に冷えびえと感じられるのは恨めしい。

十幾つかの箱が床板に積まれたのを見届け、右馬介が「ふう」と息をついた。

「あと荷車ひとつです」

「早う頼む。真冬に風通しが良いのは堪《たま》らん」

「蔵の普請《ふしん》をせぬから、いかんのです」

右馬介は「はは」と笑って立ち去った。普請などできるものかと、口がへの字になった。

渋川城は出城よろしく、一方の砦に過ぎぬ構えである。本丸の他、尾根伝いに離れた西郭《にしくるわ》があるばかりで、とにかく狭い。本丸館さえ庵《いおり》といった風で、そこ彼処《かしこ》に薪《たきぎ》の山やら、屋根を直すのに使う茅《かや》の束やらが積まれ、雑然としている。蔵を普請するには山肌を切り拓くしかないが、そのような暇はない。雨露を嫌う弾薬を置いておく場所など、成実の居室しかなかった。

日暮れを前に、何とか荷運びが終わった。畳なら十二畳という居室の半分が木箱に埋め尽くされている。ようやく障子を閉められると安堵するも、外の冷えを湛えたままでは具合が悪い。成実は、パンパンと手を叩いて人を呼んだ。

「すみませぬ。夕餉《ゆうげ》は、あと少しで」

参じて頭を下げたのは、馬上衆の白根沢重綱である。笑いながら「違う違う」と返した。

「どうにも寒うてな。火桶を頼む。ひとつでいい」

「はっ。されど、それでは温まりますまい」

「弾薬が山になっておる。どの道、隅で手をかざすくらいしかできぬ」

白根沢は得心して下がり、径八寸ほどの桶を運んだ。炭の火が飛び散りにくいように、灰は三分目までと気を配られている。次いで、十能《じゅうのう》に少なめの炭を持ってきた。

「よし、寄越せ。気を付けて桶に入れねば」

敷居を隔てて木柄《もくえ》が渡される。成実が柄に手をかけ、白根沢も握る力を弱めた。

その時、ひと際強い風が抜けた。まるで嵐《あらし》の如き唸りと共に、手元にばさりと音がした。庭に積まれた茅束が風に飛ばされ、ぶつかっていた。

「あっ」

白根沢の顔が青くなる。茅束に叩かれた十能が落ち、焼けた炭が床板に跳ねた。火の粉を飛び散らせながら転がり、寸時のうちに木箱の山に当たって砕ける。

「いかん！」

成実が叫んだ時には、ズドン、と猛烈な音が上がっていた。一歩遅れて、空気の塊が飛んでくる。弾薬が巻き起こす熱風が、成実と白根沢の身を廊下の先まで吹き飛ばした。

薄く積もった雪の上に、背から転げ落ちる。身を起こした頃には、居室のあちこちに火が回っていた。次から次と弾薬が爆炎を上げ、そのたびに火の玉と化した木屑が四方八方に飛び散っている。

「殿！」

凶事を察した右馬介が廊下の向こうから顔を出す。業火《ごうか》と黒煙を一瞥《いちべつ》するや、何が起きたかを察し、庭へと飛び降りた。

「火を、火を消せ！」

成実は右馬介と白根沢を促し、共に足許《あしもと》の雪を両手に摑《つか》んで紅蓮《ぐれん》の中へと投げ込んだ。だが何度繰り返しても、火の中に届く前に湯気と消えてしまう。その間にも爆発が爆発を呼び、どんどん火が広がってゆく。

「だめです。逃げねば」

右馬介がこちらの左手を取り、庭から左、西郭へと通じる方に導いた。

だが――。

ドドン、と激しい揺れが腹に響き、熱風が背を叩く。成実と右馬介、白根沢の三人が足をよろけさせた。その脇を火の玉が猛烈に通り過ぎ、細長い丸太の束にぶち当たった。薪の材料とするため、壁に立て掛けてあったものである。

「うわ」

がらがらと全《すべ》ての丸太が倒れ、前を行く右馬介が巻き込まれて転んだ。あろうことか、そのうちの数本に腰から下を押さえ込まれている。

「右馬介！」

成実はすぐに駆け寄り、材木を退《ど》かしに掛かった。白根沢も慌ててこれに倣《なら》う。だが丸太は単に重なっているのではない。山から切り出したままの形で真っすぐに整えられておらず、それが災いしておかしな井桁《いげた》に絡み合い、右馬介の脚を取っていた。

「これと、これが……おい、そっちを退けろ」

白根沢が「はい」と応じ、冷汗《おの》を滴らせながら懸命に一本を引き抜く。木と木が擦れ合い、抜き取るのにも時を食った。あとは己が手前の一本を外すだけだ。

「申し訳ござらん」

切羽詰《せっぱつ》まった声で詫びる右馬介に「走る支度をしておけ」と応じ、成実は「む」と唸って渾身の力で木を引いた。背後では未だ、ドン、ドンと凄絶《せいぜつ》な音が繰り返されている。そのたびに炎が飛び散るため、火の回りは恐ろしく早かった。

「えい……この」

両手に棘《とげ》を刺しながら、もう一本を引いた。火はすぐ右手の板塀にまで回っていて、濛々《もうもう》と押し寄せる黒煙に目が痛い。だが、あと少し、もう少しだ。

「殿、危ない！」

白根沢が声を裏返らせた。何を思う間もなく、ばりばりと爆《は》ぜる音。焔《ほむら》立つ茅葺《かやぶき》屋根と共に、赤く光る柱が倒れてきた。

気が怖じけた。逃げねばならぬ。

しかし心の芯《しん》が、それをきつく叱《しか》った。怖じ気付いたか。己が逃げれば右馬介はどうなる。白根沢も死ぬのだ！

衝き動かされるように、炎の塊を右手で押さえていた。熱いとは感じない。ただ、痛い。どこまでも痛い。

「殿！　おやめなされ！」

右馬介が「見捨ててくれ」と叫ぶ。それでも手を放さず、傍らに命じた。

「早う助けてやれ」

白根沢はごく小刻みに何度か頷き、崩れた丸太を退かしに掛かる。まさに火事場の馬鹿力、瞬く間に右馬介を助け出した。二人が下がるのを見届け、成実は総身《そうみ》に力を込める。

「せえ、の！」

柱と屋根を手放し、後ろへと飛び退く。ひどい地響きと共に火の粉が舞う中、三人はまた駆け出した。どこかを捻《ひね》ったのだろう、右馬介は両足とも引き摺《ず》るような走り方だった。

尾根を利して構えられた城は個々の郭が離れ、それらを繋ぐ道も狭い。戦時には強みとなる造りが、この日ばかりは弱みであった。右馬介と白根沢を除く大森衆は西郭に入っており、駆け付けるのが遅れていた。西郭までの途中、ようやくそれらの者と行き合う。煤《すす》だらけの主従三人を目にして、皆が狼狽《ろうばい》の体《てい》となった。

火は恐ろしい。右手も焼け焦げ、何と嫌な臭いを撒《ま》き散らしていることか。しかし怖じけず気を張るべし。さすれば皆、必ず応《こた》えてくれよう。成実は自らを励まして平然と発した。

「うろたえるな。各々《おのおの》、身を守って山を下りよ。右馬介を運んでやれ」

常と変わらぬ声を聞き、家臣たちが何とか正気を取り戻した。二人が「さあ」と肩を貸し、右馬介を運んでゆく。成実も余の者に守られて山を下りた。

夕闇の野から見上げる丘には、昼と見紛うばかりの明るさがあった。

「預かった城……燃やしてしもうた」

ぼんやりと発する。右馬介が前にまろび出で、額で地を打った。

「この右馬介の手抜かりじゃと、政宗公に言上《ごんじょう》してくだされ」

「おまえのせいにできるか」

思わず失笑が漏れた。突風の不運こそあれ、全ては己の責《せめ》に帰する。

「されど、わしは殿に救うていただき」

煤と涙で斑《まだら》になった顔を上げ、血みどろに焼けたこちらの右手に両手を差し出してきた。触って良いのかどうか躊躇《ためら》うように、二寸の間を置いて震えている。揺れが伝わって卒倒しそうに痛い。顔をしかめると、右馬介は驚いて手を引いた。

「こんなにまでして。……どうしてです」

成実は野辺にどかりと座り、痛む右手を雪に埋《うず》めた。

「人取橋で殿……政宗公を助けた折、何とも申し訳なさそうな顔をされてな。俺は言うた。気にするな、家来が主を助けるのは当然じゃと。俺も、ずっと、おまえに助けられてきた」

「ならば此度《こたび》とて、わしがお助けせねば。お見捨てくださった方が、わしは……」

「あの戦で政宗公は『おまえの誠に必ず報いる』と仰せくださった。分かるか右馬介。おまえは長年、誠を以《もっ》て俺を支えた。誠で返さねば俺の男が廃《すた》る」

「わしは！　生涯を……成実様のために」

右馬介の号泣は、しばし止《や》まなかった。厳冬十二月十一日、渋川城は灰燼《かいじん》と化した。

以後、成実は居城・大森に戻って養生《ようじょう》の日々を送った。右馬介は片時も離れず、それこそ寝る間も惜しんで看病してくれた。

「殿、殿！」

大森に戻って三日めの昼、床《とこ》に座っていると、右馬介が慌てて寝屋に入った。喜んでいるような、慄《おのの》いているような、不可思議な顔だ。ただひとつ分かるのは、とにかくうろたえている。

「どうしたのだ」

「その……一大事と申しますか、お喜びをと申しましょうや」

右馬介は口をもごもごさせて、巧く言葉にできずにいる。その後ろに近付く影があった。

「成実！」

泣きそうな声、政宗であった。右馬介が一礼して脇に退くと、駆け寄るように跪いて不安げな顔を見せる。

「話は聞いた。肝を潰して飛んで来たが……おい、起きていて良いのか」

成実は満面に笑みを湛えて右手を持ち上げた。木綿のさらしで巻かれ、布地には血膿《ちうみ》が染みている。

「酷い有様にはござるが、このとおり、手の火傷《やけど》のみにござる」

政宗は長く息を吐き出し、心底疲れたように背を丸めた。

「……良かった」

「それより、佐竹や蘆名への備えはよろしいのですか。二本松攻めも続けるのでしょう。俺に関《かか》わり合《お》うておられる暇など、殿にはござらぬはずですが」

「馬鹿《ばか》を申すな」

政宗は悲痛な面持ちで口を尖《とが》らせ、首から上を詰め寄らせる。

「俺たちは幼い頃から共に育ってきた。盆と正月、おまえが大森から米沢に参るのが、どれほど待ち遠しかったか。おまえの身を案じながらでは、何ひとつ手に付かんのだ。戦の備えなど小十郎に任せれば、どうにでもなる」

真剣な、心の底からの憂慮《ゆうりょ》と厚情であった。政宗の中で、己はただの家臣ではない。それを知ると、成実の胸に熱いものがこみ上げてきた。

「ご心配を……お掛けしました。申し訳ござらん」

「良い。おまえの身がこれほど確かだと分かったのだ。が、決して無理はするなよ。二本松攻めは続けるが、おまえは養生せい。火傷がすっかり癒えたら、また俺を助けてくれよ」

「はっ」

大きく頭を下げた。政宗の気遣いが目を潤ませる。そして悟った。人取橋であそこまで奮戦できたのは、ただ政宗を支えたいから、だけではなかったのだと。

ひと月半の後、年明け天正《てんしょう》十四年（一五八六）の一月末頃、右手の火傷はようやく癒えた。巻かれた木綿のさらしを、医師がゆっくり解《ほど》いた。真っ黒なかさぶたの上には、ごっそりと膏薬《こうやく》が塗られている。拭うほどに、潤んだ血の塊がゆるゆると剝《は》がれていった。

治った、と言って良いのだろうか。右手は見るも無残な有様だった。親指を除く四指は、それぞれの皮が融けて互いに貼《は》り付き、ひとまとめになってしまっていた。結んで、開いてを繰り返す。握る力も、かつての半分に満たない。

「わしのせいで」

傍らに付き添っていた右馬介が、沈鬱《ちんうつ》な顔を見せる。穏やかに受け止めてやった。

「終わった話だ。この手でも、どうやら筆は取れよう。箸《はし》は左手で使えるようになればよい」

「されど槍は。刀は、どうなされます」

武士である以上、それこそ大事である。この点には大いに不安があった。

「戦えなくなるのは……困るな」

右馬介の顔が、さらに居たたまれないものを映す。成実は笑い飛ばして言った。

「何という顔をしておる。槍も刀も、持てぬなら手に縛り付けるまで。おまえの役目だぞ」

「は、はっ！」

平伏する右馬介に何度も頷いて応じる。だが微笑とは裏腹に、胸中は心細さに満ちていた。自ら言ったとおり、筆を取るには障りない。刀も槍も、縛り付ければ用は足りる。

なのに、親を失った稚児の如き、この気持ちは何だろう。我が身の中に、思うに任せぬところがある。たったひとつの不自由が、これほど心の重荷になるとは思ってもみなかった。

（殿も）

醜く癒着《ゆちやく》した指に目を落とし、主君を思った。右目を失った政宗も、似たような気持ちだったのだろうか。否、もっと辛かったに違いない。そう考えると、政宗が時折見せる歪《ゆが》みや癇癪《かんしやく》、我儘でさえ愛《いと》しく思われた。

（でもな、梵天）

同じ弱みを持ったからこそ、そういう主君の弱さを認めてはならない。

俺はこの不自由な身で粉骨砕身《ふんこつさいしん》を誓おう。自らを律し、心まで右馬介に甘えるべからず。政宗の中にも同じものを打ち立ててやらねば。それはきっと己にしかできない。厳しくあらねばと、成実は自身に念じた。

†

初夏四月、政宗は二本松攻めを再開したが、なお城は落ちなかった。野の雪が融けても林や山中には二尺、三尺と残っているのが陸奥という地である。二本松城の天険に加え、この残雪が伊達の寄せ手を阻んでいた。

成実は参陣を免ぜられて大森城にあった。養生せよという労《いた》わりは素直に嬉しいが、だからと言って何もせぬ訳にはいかなかった。

「よし」

五月の初め、届いた書状に目を通して、ほくそ笑んだ。調略である。

二本松義継《よしつぐ》は伊達を裏切った上、取り成しに骨を折った輝宗まで死に至らしめた。政宗の怒りには何らの理不尽もなく、これに抗《あらが》うこそ天道《てんどう》に悖《もと》る。輝宗の死に関わりのない者は今すぐ悔い改め、二本松を見限って伊達に付くべし。この成実が必ず赦免《しゃめん》を勝ち取ってやる。政宗に仕えるのが憚《はばか》られるなら、俺の家中《かちゅう》に加わるがよい――。

この呼びかけに二本松の家老三人が応じた。城方には当然、動揺が生まれる。それでも落城とはならなかった。五月半ばにはさすがに山中の雪も消えたが、今度は山の至るところが泥濘《ぬかるみ》となり、足が滑って攻めにくい。十日ほどして土が乾いたと思いきや、次は梅雨入りして見る見るうちに兵が疲れてゆく。六月末には、またも撤退を余儀なくされた。

引き上げの報を受け、成実は苦渋の面持ちで唸った。

「もう、いかんな」

伝令の報を言伝《ことづて》した右馬介が「え」と驚きの目を見せた。

「二本松は落とせぬと?」

「さにあらず。だが、時が残されておらん」

「……ああ、鎮西《ちんぜい》の」

浮かぬ思いを持て余しつつ、静かに頷いて返した。

昨天正十三年七月、羽柴秀吉《はしばひでよし》は関白《かんぱく》の宣下《せんげ》を受け、朝廷から天下人と認められていた。加えて十月には徳川家康《とくがわいえやす》が秀吉に屈し、上洛《じょうらく》して臣礼《しんれい》を取っている。

家康は逃げ道を塞《ふさ》がれたに過ぎず、心から服したのだとは思えない。奥羽《おうう》と関東が連合すれば引き剝がす目もあろう。だが秀吉は昨年のうちに四国《しこく》を平らげ、今また鎮西——九州《きゅうしゅう》を征伐《せいばつ》に掛からんとしている。これが成ってしまえば、奥羽と関東が結んでも、家康は二の足を踏むかも知れない。

「いつまでも二本松に拘《こだわ》ってはおられん。ちと殿に会《お》うてくる」

成実は大森を右馬介に任せ、政宗の許《もと》へと向かった。

政宗は昨年からずっと小浜城にあり、折しも七月を期して三たび二本松を攻めるべく、大掛かりな戦触《いくさぶ》れを出さんとしていた。城の居室に参じると、政宗は傍らに景綱を従えて迎えた。

「よう参った。火傷はもう良いのか」

成実は右手を差し出し、握って開いてを繰り返して見せた。

「このとおり。殿の目よりは軽うござる」

「ならば、次の戦では存分に働いてもらうぞ。おまえがいれば兵も気を強うする」

嬉しそうな声に、しかし、きっぱりと首を横に振って返した。

「それを諫《いさ》めに参ったのです。時が残り少ないと、殿もご承知にござろう」

「……おまえも小十郎《こじゆうろう》と同じか」

不満そうな、一面で悲しそうな顔を、ぷい、と右側に背ける。左側から景綱が「見たことですか」と応じ、こちらに向いた。

「この上は談合にて決着するしかない。相馬《そうま》を頼めと、口を酸《す》くしていたのです」

「おお」

まさに成実の腹案《ふくあん》と同じだった。

如何に二本松城が固く守っても、このまま戦を続ければ、いつか落城の憂き目を見るのは明らかである。それは向こうも重々分かっているだろう。ならば誰かに仲裁させ、利を説いて城の明け渡しを求める方が手早く決着する。伊達の風下《かざしも》に立ったとは言え、未だ侮り難い力を持つ相馬義胤《よしたね》は仲立ち役に打って付けだった。

「小十郎の申すとおりですぞ。佐竹や蘆名も、相馬の荒武者《あらむしや》を敵に回しとうはござるまい」

とうに良案を示されているのに、と呆《あき》れながら談合を勧める。政宗は背けていた顔を不意にこちらへ向け、一気に捲《まく》し立てた。

「二本松は父上の仇《かたき》ぞ。父上は……片目を失うた俺に、母上にさえ疎《うと》まれた俺に！　ずっと期待してくれたのだ。成実とて同じ気持ちだろう。おまえに、分からぬはずがあるか」

嚙み付かんばかりの気勢《きせい》だった。元々あった気むらな一面が、より強くなったように思える。政宗は何を言い返す間すら与えず、さらに語気を強めた。

「その弔い合戦を途中でやめられるか。仲立ちを頼まば相馬にも借りを作る。成実！　おまえには分かるはずだ」

景綱が心底困ったように溜息《ためいき》をつき、ちらと目を流してきた。揺れる胸中を必死で宥《なだ》め、言いたいことを我慢しているような顔である。成実は伏し目がちに、ぐっと奥歯を噛んだ。

おまえには分かる——そうかも知れない。輝宗は烏帽子親《えぼしおや》、実の親も同じなのだ。だが、分かるから何だと言うのか。この言い分を認めれば、その輝宗を落胆させる。

大きく息を吸い込み、腹の底から一喝《いっかつ》した。

「大概になされい！」

政宗が「何を」とばかりに睨む。しかし、敢えて高飛車《たかびしゃ》に胸を反らせた。本当の意味で支えてやらねばならないのだ。

「恨みを先に立て、大望を捨てるおつもりか。大殿は何と仰せになって命を投げ出された。奥羽を手にせよ。天下に手を掛けい。そう望まれたのですぞ」

あの日が思い起こされる。悲痛な、それでいて揺るぎない覚悟に支えられた、力強い輝宗の声が耳の奥に蘇った。

ふと、こちらを見る景綱の気配が変わった。

どうかしたのだろうか。ちらりと目の端に捉える。景綱の顔には「なぜだ」という驚きが見え隠れしていた。

（え？）

面持ちの意図が分からず、迷いが生じた。動揺を悟られまいと政宗に意識を集め直せば、俯《うつむ》き加減の顔に無念を滲《にじ》ませ、掬《すく》い上げるようにこちらを睨んでいた。

（どうしたのだ。二人とも）

何かまずいことを言ったか。否。輝宗の死を無駄にするなと、当然の言を連ねたのみだ。思い当たる節がない。ゆえにこそ息苦しい。蟬《せみ》の声が流れ込む中、しばし三人は押し殺した息遣いで無言だった。

やがて政宗は、孤児《みなしご》のような頼りない眼差しを膝元《ひざもと》に泳がせ、小さく呟《つぶや》いた。

「小十郎に任せる」

成実は景綱と同時に、詰まらせていた息を「ふう」と吐き出した。どうにか分かってもらえたらしい。安堵の思いで右前を向く。

「俺も手伝おう」

しかし景綱は、ややあって首を横に振った。

「藤五郎《とうごろう》殿は、もう少し右手と向き合い、養生なされた方が良い」

「荷が重いと申すか。これでも三人の家老を調略したのだぞ」

心外だ、と見据える。景綱の頰《ほお》がぴくりと動いた。

「調略は利を説くが第一、和議は人の心を撫《な》でてやるのが第一にござれば」

やはり得心できぬ。眼差しで政宗に訴えると、納得と心残り、或いは失望と期待、相反する何かを孕《はら》んだ声で返された。

「おまえを軽んじてはおらぬ。だが此度は外れておけ」

「……渋川の一件にござろうか」

「それは気にしておらん。人取橋の恩賞も、いずれ沙汰《さた》するつもりだ」

「恩賞云々《うんぬん》の話ではなく」

なお食い下がると、景綱が口を挟んだ。

「それも大事にござろう。藤五郎殿とて、殿のお傍《そば》を離れる気はなかろうし」

「当たり前だ。俺は生涯、殿と共にある」

政宗が軽く吹き出し、安堵したような声を寄越した。

「左様に申すなら、此度は俺の言うとおりにせい」

最初の激昂《げきこう》、次に匂《にお》わせた葛藤《かっとう》や鬱屈《うっくつ》、どちらとも交わらない。気味が悪いほどの豹変《ひょうへん》ぶりだった。

「どうなされた。熱でもおありか」

「阿呆。何と申すかな、訳は分からんが、少し気が楽になっただけだ」

「……殿が左様に仰せなら」

政宗から己へと、煩悶《はんもん》が移ったような感じだった。もやもやしたものを抱えつつ、成実は小浜城を辞した。

七月、相馬の仲裁による和議交渉は功を奏した。条件に則《のっと》り、二本松国王丸は城の本丸を焼いた上で退去し、会津へと落ち延びた。

それから二ヵ月、二本松城には新たな本丸が縄張りされた。いったん焼かせて造り直すのは、二本松が味方を募って攻め寄せても勝手を分からなくするためである。煤に染まった土には仮普請の館があり、石垣や土塁も設《しつら》えられている最中だった。盛り土の切れ目に立ち、成実は遠く折り重なる山々を見渡した。

「今日より、ここが俺の城か」

九月十三日、成実は大森城主の任を解かれ、新たに二本松三十三郷の主となった。人取橋の功績一番を認められ、大幅な加増である。傍らに立つ右馬介が感慨深そうな声を寄越した。

「まこと、めでたき仕儀にござる。二本松を任されるは、政宗公の信望ゆえですぞ」

成実は「そうだな」と応じ、右手に目を落とした。

会津の蘆名と須賀川の二階堂、そして常陸の佐竹。強豪との戦を控え、矢面《やおもて》と言える地を授かったのだ。我が役目は一層重くなろう。

しかし心には、ちくりと痛む棘《とげ》が残っていた。景綱は何を以て「右手と向き合え」と言ったのだろう。政宗もそれを良しとしている風だった。

（いや。迷うてはならん。殿の信に応えるのみ）

去る九月九日、関白・秀吉が豊臣《とよとみ》の姓を賜《たまわ》っていた。朝廷が新たな摂関家《せっかん》と定め、以後の日《ひ》の本《もと》を一任したに等しい。天下人と認められた男が、名実を兼ね備えようとしている。だが北条は未だ屈しておらず、徳川を巻き込む道も消え失せたとは思えない。

全ては奥羽に懸かっている。豊臣に抗う力を糾合《きゅうごう》すべく、いよいよ会津を叩き、奥羽一統に乗り出さねば。時はもう幾らも残っていないのだ。

五　政宗包囲網

「殿、殿！」

成実《しげざね》は叫びながら廊下を駆けた。十一月六日、朝方の一報に居ても立ってもいられず、政宗《まさむね》の小浜《おばま》城《じょう》を訪れていた。

だが居室に至ると、呆《あき》れるほどのんびりした声を向けられた。

「騒々しい。少し落ち着け」

「これが落ち着いておられようか。蘆名《あしな》の亀王丸《かめおうまる》が死んだのですぞ。三日前に」

立ったまま息せき切って捲《まく》し立てる。政宗は、にやりと笑うのみであった。

「疱瘡《ほうそう》だそうだな。表向きは」

「え？」

どういうことだ。つまり、それは嘘《うそ》だと言うのか。

混乱を察したのだろう、政宗は「まあ座れ」と首を突き出した。膝詰《ひざづ》めで座を取り、同じような格好になる。ひそひそと声が寄越された。

「俺《おれ》が殺した。毒を盛ってな」

「まさか、透破《すっぱ》を」

政宗は実に穏やかな笑みを見せた。

「二本松《にほんまつ》と和議で決着を付けてから、戦《いくさ》で勝つばかりが道ではないと思えてな」

「されど、稚児《ちご》とは申せ蘆名の当主にござろう。透破でどうにかなるとは」

そう。三歳の幼子《おさなご》だからこそ、本拠・黒川城《くろかわじょう》の奥の奥で守られている。そこまで入り込めるとは、どうしても思え――。

「あ！」

寄せ合っていた顔が、弾《はじ》かれたように後ろへ下がる。城の奥まで潜り込む必要はないのだ。

「台所に？」

「そんなところだ」

含み笑いと共に、からくりが語られた。

「二本松との和議を整えるなら、向こうに付いた蘆名や佐竹《さたけ》とも談合せねばならん。相馬《そうま》を間に立ててはおるが、当の俺が知らぬ顔を通す訳にもいかぬ……と誰《だれ》もが考える。そこで奴《やつ》らに進物《しんもつ》を出した。馬やら金銀やら、まあ懐《ふところ》は痛んだが」

「それは知っており申す。九月の末だった」

「取れ始めの林檎《りんご》を、木箱にひとつ贈ってやった。金銀や馬は蘆名家に、林檎は亀王丸にと」

「それに毒を？」

政宗は、にんまりと頷《うなず》いた。

「ひとつだけ、鳥兜《とりかぶと》を塗った。そのまま食えば無論、皮を剝《む》いても汁気で実に毒が回る。いつ食うかと心待ちにしておった」

幼くして目を失い、母に疎《うと》まれて育ったせいだろうか、政宗には歪《ゆが》みがある。後ろ暗い手立てを楽しげに語る辺りに胸中のどす黒さが滲《にじ》んでいた。

そして、この謀《はかりごと》は巧妙である。全《すべ》ての林檎に毒を仕込み、初めのひとつで死に至れば、政宗の他《ほか》に疑うべき相手はいない。だが進物から一ヵ月余、他の者が毒を仕込むに十分な——少なくともそう言い張れるだけの——間が空いている。幼君《ようくん》を戴《いただ》いて乱れた会津《あいづ》なのだ。蘆名に組み敷かれた小勢《こぜい》を始め、足を掬《すく》わんと企《たくら》む者はいくらでもいる。

成実は、ごくりと固唾《かたず》を呑《の》んだ。

「俺にさえ諮《はか》ってくれなんだとは」

「小十郎《こじゆうろう》にも諮っておらん。しくじったらどうなるかと、また小言を言われるのが目に見えておったからな。もっとも亀王丸が死んだ後でからくりを教えたら、やはりどやされたが」

やれやれ、とこめかみを押さえる。ともあれ奏功《そうこう》して良かったと捉えるべきか。

「……戦で勝つばかりが道ではないと仰《おお》せられたが」

「これで蘆名には跡継ぎがのうなった。亀王丸の母御は俺の叔母に当たる女ゆえ、血筋を言い立てて小次郎《こじろう》を養子に入れたい」

伊達《だて》小次郎政道《まさみち》——政宗の弟で当年取って十九歳、幼い砌《みぎり》は竺丸《じくまる》を名乗っていた。これが蘆名の家督《かとく》を取れば、会津は伊達領も同然だ。二本松攻めで足踏みした時間を帳消しにできる。

「つまり小十郎は今、会津に」

「弔問《ちようもん》と併《あわ》せて養子の話をな。斯様《かよう》な談合は、あいつが良かろう」

亀王丸の死については、政宗だけが疑われぬよう細工が施されている。だが、だからと言って政宗が疑われぬはずはない。なるほど、厳しい駆け引きの場はまさに景綱《かげつな》の領分である。

政宗の眼光が鋭くなった。

「とは申せ、蘆名の家督を奪うには小次郎を担ぐ者が要る。そこで、おまえだ」

「……猪苗代盛国《いなわしろもりくに》を」

会津口の檜原《ひばら》に兵を出した折、右馬介《うまのすけ》を通じて調略した蘆名の重鎮である。諸々《もろもろ》の不都合あって寝返りは頓挫《とんざ》したが、猪苗代当人は乗り気であった。

「お任せあれ。必ずや語らってご覧に入れる」

「頼むぞ。小次郎を送り込めれば良し、さにあらずとも蘆名を二つに割ってやれ」

成実は「承知《しょうち》」と約して二本松城《にほんまつじょう》に帰り、さっそく猪苗代に書状を飛ばした。

陰で文《ふみ》を交わしながら年が明け、天正《てんしょう》十五年（一五八七）を迎える。蘆名家中は伊達小次郎を推す声と、佐竹義重《よししげ》の次男・義広《よしひろ》を推す声に割れ、いよいよ混乱を極めた。

だが三月、蘆名の後継に迎えられたのは佐竹義広であった。

この二年余り、伊達と蘆名は絶え間なく争ってきた。如何《いか》に亀王丸の母が伊達の血であれ、やはり嫌忌《けんき》が先に立ったのだろう。それよりは、伊達との戦いで幾度も手を組んだ佐竹を取る。それが蘆名の第一席、会津の執権《しっけん》こと金上盛備《かながみもりはる》の決断だった。

二本松城の広間、抑揚のない声が成実に向けられた。

「猪苗代殿は、いささか身勝手な御仁《ごじん》にて。人の取りまとめなど最も不得手《ふえて》、小次郎様の味方は少のうござったのです」

捉《とら》えどころのない眉目《びもく》に不敵な笑み、胸中の読めぬ男――大内定綱《おおうちさだつな》である。

「されど、金上殿の独断を良しとせぬ者も多く。付け入る隙《すき》はございますぞ」

成実は、じろりと睨《にら》んで返した。

「で、何ゆえそれを聞かせに来た」

「伊達に奉公《ほうこう》の約定《やくじょう》、ようやく支度が整いましてな。遅くなった詫びの印に手土産をと」

「会津を攻めよと申すか！」

大喝《だいかつ》して勢い良く座を立った。

この男を初めて見た日、凶事を呼ぶ者と勘が働いた。それは正しかった。小手森城《おでもりじょう》攻めで二本松義継《よしつぐ》が裏切ったのも、輝宗《てるむね》が落命したのも、全ては大内の不義理に端を発している。

「たわ言も大概にせい。お主《ぬし》の如《ごと》き表裏者《ひょうりもの》など誰が信ずるか」

「表裏に非《あら》ず。手切れを申しに参ったところ、腹を切って詫びよと迫られ、致し方なく蘆名に従うて見せたのみ。方便にござる」

「腹を切っておった方が、どれほど良かったか」

「死んでしもうては、伊達のために働けませぬ」

悪びれもせず屁理屈《へりくつ》を捏《こ》ねるとは厚顔無恥《こうがんむち》な。ついつい語気も荒くなる。

「たわけめ。どうせ会津に居辛《いづら》くなったのだろう。うぬが伊達の領まで道案内をせずとも、もう蘆名は困らんだろうしな」

「確かに。蘆名は既に佐竹と一心同体、伊達への備えに苦労はしませぬ」

この上に脅しとは。戦場の外では激せぬよう心がけていたが、さすがに許し難い。怒りの絶頂さえ通り越し、頭から急激に血の気が引いた。

「誰《たれ》かある。ここな痴《し》れ者を牢《ろう》に放《ほう》り込め」

声を聞き付け、家臣《かしん》たちがばらばらと参じた。大内は相変わらずの平坦な口調で、大して慌てても いないように声を上げた。

「ご無体《むたい》な」

「やかましい。手向かいすれば、うぬの言い分は嘘と看做《みな》す」

瞬く間に縄を打たれた大内を見下ろし、忸怩《じくじ》たる思いを吐き出した。

「無念だが、降《くだ》ると申す者は斬《き》れん。俺にはそれが認められておらんのでな。だが殿に言上《ごんじょう》すれば、必ずや首を刎《は》ねよと下知《げち》があるだろう。首を洗《あろ》うて待っておれ」

引き立てられる大内を見ながら、ふらりと腰を下ろす。額に手を当て、背を丸めて深く呼吸を繰り返し、必死で気持ちを宥《なだ》めた。

翌朝、数人の供を従えて小浜城に向かった。ところが幾らも進まぬうちに、道の向こうから馬を馳《は》せる者に出くわす。父の隠居所《いんきょじょ》、八丁目城《はっちょうめじょう》に仕える武士《ぶし》であった。

「実元《さねもと》様より、成実様をお呼びするよう仰せつかりまして」

息を呑んだ。父は今年の正月明けから具合が悪く、臥《ふ》せっている日が多いのだ。

「まさか……」

「詳しくは分かりかねます。話がある、とだけ」

遺言《ゆいごん》をするのではと、余計に不安が募った。成実は小浜行きを翌日に繰り延べ、取るものも取りあえず父の許《もと》へ参じた。

寝所はよく整頓されていて、寡黙《かもく》で厳しい父の人となりを映したようだった。長く沐浴《もくよく》していないのか、白檀《びゃくだん》の香が焚《た》きしめられている。そして己《おのれ》の他に、見舞いの客がひとりあった。

「おお、藤五郎《とうごろう》殿」

成実の十六歳上の従兄弟《いとこ》、亘理《わたり》重宗《しげむね》だった。居城の亘理城は二本松から九十里も北東の海沿いで、伊達領の北端を任されている。多忙の身なのに、遠路を越えて来てくれたのか。有難《ありがた》さに微笑が浮かぶ。と、父が掠《かす》れた息で弱々しく咳《せき》をして、重そうに身を起こし始めた。

「寝ておいでなされ」

成実は枕元《まくらもと》に腰を下ろし、押し止《とど》めようとした。だが実元は「ならぬ」と無理に起き、静かに息を整えてから、おもむろに発した。

「嫁を取れ」

「は？」

父はそれきり口を開かない。息が苦しいのか、生来の寡黙に寡黙が重なっている。重宗が代わって言い添えた。

「わしの娘が十四になる。伯父上から是非《ぜひ》にと頼まれてな」

話は呑み込めたが、心はかえって沈んだ。

「如何《いかが》なものでしょう。俺はこのとおり右手が潰《つぶ》れた身ゆえ」

「阿呆」

実元が厳しい面持《おもも》ちになり、ひと言で退けた。やはり遺言のつもりなのだ。じわりと湿った瞼《まぶた》を小《こ》袖《そで》で拭《ぬぐ》う。醜く融けた手が目に映り、面持ちが曇った。

「されど姫御前《ひめごぜ》は十四なのでしょう。斯様《かよう》に気味悪い手の夫など、かわいそうじゃ」

重宗は「いいや」と笑った。

「その手の仔細《しさい》はわしも存じておる。藤五郎殿が立派に人の主《あるじ》だという証《あかし》ではないか。朝晩握って敬うべしと、娘に言い聞かせよう」

なぜだろう。この言葉で、嘘のように胸が軽くなった。小さく頬《ほお》が緩む。重宗は、そこに真剣な眼《まな》差《ざ》しを向けてきた。

「わしが申すのも憚《はばか》られるが……伯父上が縁談を頼まれた訳は、分かるだろう」

安心させてやれ。それが子たる者の務めだ——重宗の思いが心に沁《し》みる。然《しか》り、己を措《お》いて他に、誰が父を安堵《あんど》させてやれようか。

「……承知仕《つかまつ》った。胸を張って嫁を迎えましょう」

重宗が「うむ」と嬉しそうに頷く。一方の実元は未《いま》だ厳しい面持ちを解いていない。怪訝《けげん》な目を向けると、小さく声が飛んできた。

「それから、備前《びぜん》を取り成してやれ」

大内が二本松城に参じたのを、もう知っているとは。目を白黒させて「何ゆえ」と発しかけるも、すぐに呑み込む。これも、安心させてくれと言っているのに違いない。

(そう、だったな)

二本松義継の時と同じだ。許しを請う者を突《つ》っ撥《ぱ》ねては、伊達への服従に二の足を踏む者が出る。政宗に残された時を無駄にせぬ、そのために働くと覚悟を定めたからこそ、父は己を認めてくれたのだ。

「初心を忘れてはならじ。父上のお言葉で目が覚め申した」

「よし」

実元はようやく厳父《げんぷ》の顔を捨てた。透き通った、清らかな笑顔だった。

四月末、政宗は成実の取り成しを聞き入れて大内定綱を許し、家中《かちゅう》に迎えた。子供じみた人となりこそ有していいるが、やはり英傑《えいけつ》である。時を浪費できぬと承知しているがゆえであった。

それから一ヵ月ほど後の天正十五年五月二十三日、伊達実元は世を去った。

†

実元の死と前後して、豊臣秀吉《とよとみひでよし》が九州《きゅうしゅう》を平定した。関東《かんとう》に手が伸びるのも時間の問題である。急がねば――しかし佐竹と蘆名が一体となった以上、今のままで会津攻めなど覚束《おぼつか》ない。

地力《じりき》を増さねばと、政宗の目は亘理城の北、大崎氏《おおさき》に向いた。伊達稙宗《たねむね》・晴宗《はるむね》以前には奥州探題《おうしゅうたんだい》にも任じられた名家で、今に至って五郡を従えるほどの力を残しているが、ここに内訌《ないこう》があった。当主・義隆《よしたか》の寵童《ちょうどう》二人による諍《いさか》いが転じ、重臣衆《じゅうしん》が尻馬《しりうま》に乗って、自らの力を増すべく争うに至っている。

「して、政宗公は何と？」

書状を運んだ右馬介が、戦の匂《にお》いを察して血気を滾《たぎ》らせている。屈託《くったく》のない日頃《ひごろ》の顔も慕わしいが、斯様《かよう》な時の右馬介はまさに豪勇、実に頼もしい。成実は、手中のものを膝《ひざ》の前に広げた。

「氏家吉継《うじいえよしつぐ》が援軍を頼んで参った」

大崎家中で争う一方の家老《かろう》、岩手沢城主《いわてざわじょうしゅ》である。同じく重臣の新井田刑部《にいだぎょうぶ》と対立するも、旗色《はたいろ》悪く、政宗の調略に傾いたものであった。

「出陣は十月の内だ。雪が降る前に、兵を向こうに遣っておかねば」

聞きながら、右馬介は書状に目を落としていた。やがて、つまらなそうに顔を上げる。

「我らには、二本松に留《とど》まれとのお下知ですか」

「致し方あるまい。蘆名との境目だからな」

そもそもが会津攻めの下地としての出兵である。大崎領を伊達の馬打《うまう》ち――属領と為《な》し、兵の数を増したら、すぐ次の手を打たねばならない。二本松は南を牽制《けんせい》するのが最大の役目だった。

そして十月も半ば、いざ出陣を待つばかりとなった。

ところが、そこで驚天動地の一報が入った。十月十四日、米沢《よねざわ》の北を固める鮎貝宗信《あゆかいむねのぶ》が、鮎貝城ごと離反したのである。寝返った先は山形《やまがた》の最上義光《もがみよしあき》、出羽《でわ》の狐《きつね》と二つ名を取る謀将《ぼうしょう》だった。

政宗の母・義《よし》は最上義光の妹であり、最上先代・義守《よしもり》の娘である。義が輝宗《てるむね》に嫁いだ縁で、伊達と最上は盟友となった。だが義光が父に疎《うと》まれて廃嫡《はいちゃく》されかけ、叛乱《はんらん》の末に家督を奪い取ってからは疎《そ》遠《えん》になっていた。輝宗の死後に至っては、両家は半ば反目《はんもく》している。

そして最上は、伊達の縁戚である前に大崎の分家筋なのだ。鮎貝への調略は、最上が伊達と袂《たもと》を分かった証であると同時に、政宗の大崎攻めに対する先制と言えた。大崎領への出陣は暫時《ざんじ》見送りとなった。

とは言え奥羽《おうう》統一には会津が必要であり、会津を落とすには大崎領を諦《あきら》める訳にはいかない。翌天正十六年（一五八八）一月、政宗は米沢で最上を睨《にら》みつつ、浜田景隆《はまだかげたか》を陣代《じんだい》として大崎領に兵を差し向けた。負けられぬ戦とあって、成実も二本松で戦況を見守ったのだが――。

「一大事にござる」

慌しく駆ける右馬介の足音を、ここ数日で何度聞いただろう。二月を迎えると、各地の小勢が次々と伊達を離れ始めた。大崎攻めの緒戦で伊達勢が為す術《すべ》なく敗れ、方々《ほうぼう》に動揺を与えたためである。あろうことか、陣中《じんちゅう》での諸将の対立が大敗の原因だった。

芳《かんば》しからぬ報《しら》せが相次いでいる。成実はうんざりして問うた。

「此度《こたび》は誰だ」

「塩松《しおのまつ》は小手森城、石川光昌《いしかわみつまさ》」

八百人の撫で斬りを行なった、あの城である。塩松は二本松領からすぐ東、成実の顔は瞬時に強張った。

「殿が小浜を空けた隙に……。いや待て、まさか」

「はっ。相馬です」

塩松から山ひとつ越えれば、相馬義胤《よしたね》の本拠である。小手森の離反を迎え入れたとは、即ち相馬も伊達との手切れを掲げたに等しい。大崎の内紛、虎視眈々《こしたんたん》と隙を窺《うかが》う最上、仇敵《きゅうてき》たる蘆名と佐竹、二階堂《かいどう》、白河《しらかわ》、その上に相馬まで——伊達は完全に包囲された。

こうなると、成実の役目は俄然《がぜん》重い。蘆名・佐竹は大国、相馬は小勢ながら荒武者《あらむしゃ》揃《ぞろ》い、二本松はそれらの中央に置かれた要石《かなめいし》である。

手元の兵は五百のみ、少し雇い増さねばと考えた矢先、寝耳に水の戦が起きた。

「あの……外道《げどう》め！」

城から見下ろす東の野、遠く翻る将旗《しょうき》の紋に、成実は腸《はらわた》を煮えくり返らせた。唐花菱《からはなびし》は誰あろう大内定綱である。人取橋《ひととりばし》のほど近くにある苗代田城《なわしろだじょう》を落とし、この二本松へと攻め寄せたものだった。

昨年、父の遺言を聞いて取り成してやったのに。一年も経たぬうちに掌《てのひら》を返すとはどういう料簡《りょうけん》か。

あの寝ぼけ面を切り刻んでやりたい。しかし遠目に見て大内の兵は三千ほど、伊達が与えた禄《ろく》だけで揃えられる数ではない。またも蘆名に鞍替《くらが》えし、援兵を受けたのは明らかだ。無闇《むやみ》に打って出て、返り討《う》ちに遭《あ》うことだけは避けねばならなかった。

それから、ほぼ一ヵ月。

苦しい籠城《ろうじょう》が続いていた。春三月、城山に残る二尺の雪を利して何とか守り続けているが、数に劣るこちらは日に日に兵が気を腐らせてゆく。未だ寒さが残る中で雪隠詰《せっちんづ》めに遭い、いくら鼓舞しても翌日には凋《しぼ》んでしまうのだ。

（殿、早う）

城の裏手から透破《すっぱ》を放ち、援軍を請うている。あれから二十日ほど、二本松と米沢を結ぶ道の大半は山中の谷間ゆえ、行軍にも難儀しているのだろうか。

「敵、参りましたぞ」

成実が目を掛ける馬上衆《ばじょうしゅう》・白根沢重綱《しらねざわしげつな》が参じ、今日も寄せ手が登ってきたと報じた。いざ兵を動かさねば。悩まずに済むだけ楽かも知れないと、広間の床机《しょうぎ》に腰を下ろして、あれこれの手配を命じた。

「鉄砲方を櫓《やぐら》に。他は矢だ」

山中には遮るものが多く、鉄砲は大半が無駄になる。ならば櫓から虎口《こぐち》の前、開けたところだけを狙《ねら》わせた方が敵の数を削りやすい。

「申し上げます。敵、竹束《たけたば》を立てて参りました」

伝令の声に、ぐっと奥歯を嚙《か》んだ。竹束は、何本もの竹を一尺ほどの太さに束ねた楯《たて》である。鉄砲の威力とて、頑丈《がんじょう》な竹の筋をまとめて撃ち抜けるものではない。こうした武具をすぐに揃えられる辺り、やはり大内の背後には蘆名がいる。

「鉄砲方を退《ひ》かせい。櫓は石と湯で応じよ」

人の頭ほどの石、ぐらぐらと煮立った湯、竹束にはこちらの方が効く。

門からの喧騒《けんそう》、悲鳴、伸《の》し掛かるように空気が重い。兵を奮い立たせねばと、成実は床机を立って本丸館の庭に出た。雪雲が去った東の空は青々と澄みきって、未だ日が傾く気配もない。何とか日暮れまで凌《しの》がねば。自ら指揮を取るべしと、足早に虎口へと向かった。

すると、遠く山裾《やますそ》に「わっ」と声が湧いた。何があったのかと駆け足で門へ向かい、櫓に上がって裾野《すその》を見渡した。

「……来た。来たぞ。援軍じゃ！　敵の陣を叩《たた》いておる」

ひと声吼《ほ》え、重ねて「援軍だ」と高らかに唱える。必死の抗戦を繰り広げる味方の中に、歓喜が渦《うず》を巻いた。同じ頃、敵陣の太鼓が忙《せわ》しなく拍子を刻む。

「寄せ手の阿呆共、城攻めなどしておる場合か！　陣が落ちるぞ。退《ひ》き太鼓だろう、あれは」

櫓の兵を督《とく》する右馬介が、叫びながら「これでもか」と煮え湯を撒《ま》いた。熱さに対する悲鳴が別の叫びに変わる。敵の士気が急激に凋《しぼ》んだことで、右馬介の見立てどおりだと知れた。

「弓矢、放て」

成実の下知ひとつ、土塁の内から矢が乱れ飛んだ。半時もせぬうちに寄せ手は逃げ、山裾の陣も踏み潰されていた。将旗は、どうやら前向きに倒れている。後ろからの不意打ちであろう。

大内定綱は囚《とら》われ、成実の前に曳《ひ》かれてきた。縄尻《なわじり》を持つのは片倉《かたくら》景綱だった。

「援軍、お主であったか」

広間から廊下へ飛び出し、庭へ下りて縄尻を受け取る。景綱の顔に笑みはなかった。

「まずは祝着《しゅうちゃく》。なれど、すぐ引き返さねばなり申さん」

「ひと晩くらい休んでいっても良かろう。大森《おおもり》の話など、聞きたいことも多い」

成実が二本松城主となるに当たり、元々の大森城は景綱に任されていた。政宗の裁定であり、成実も「小十郎ならば」と喜んだものだ。

景綱は幾らか嬉《うれ》しそうな面持ちを見せたが、すぐに十一歳も年嵩《としかさ》の落ち着きを取り戻し、制するようにこちらの目を見据えた。

「そうしたいのは、やまやまなれど。最上が動いてござる」

寸時、言葉を失った。ついに来てしまったか。大崎領での戦は、さらに辛いものとなろう。

「数は？」

「五千。大崎と合わせて七千。我らは氏家勢と合わせても三千に満たず」

当面は耐え、機を見て一撃を加えてから談合し、少しでも益ある和議に持ち込むしかない。交渉に長《た》ける景綱が動かねばならぬ。

「あい分かった。頼むぞ」

「殿から言伝《ことづて》にて、大内備前の処遇は任せると」

景綱はそれだけ告げると、宵闇《よいやみ》の中を帰っていった。

成実は庭に篝火《かがりび》を焚き、大内を雪の上に座らせて、廊下の床机から見下ろした。伊達の置かれた状況は厳しい。それもこれも、全てこの男のせいだ。

「重ね重ねの愚弄《ぐろう》、高く付くと心得《こころえ》い」

冷ややかに発する。それでも大内は、持ち前のすまし顔を崩さなかった。

「愚弄した覚えはござらぬ」

ぬけぬけと、良くもほざいた。怒りに衝《つ》き動かされ、立ち上がって腰の刀に手を掛ける。だが右手に力が入らず、思うように抜けない。大内はこの隙に淡々と言葉を連ねた。

「我が弟・親綱《ちかつな》は養子に出され、蘆名家中の片平《かたひら》家を継ぎ申した。これを人質に取られ、二本松を攻めれば助けてやると脅されたのみ。誓って二心《にしん》はござらぬ」

「黙れ横着者《おうちゃくもの》！」

成実はようやく刀を抜き、脇に控える右馬介に手を差し出して麻布できつく縛らせた。大内は独り言のように、気の抜けた声を続けている。

「敗れはしたものの、それがしは蘆名の申すとおりに戦を構えた。この上で親綱を斬るなら、それは約定への違背《いはい》にござる。余の国衆《くにしゅう》を惑わせるような無体は、蘆名にはできぬのです。これにて弟の身も安泰、伊達への奉公に障りがなくなり申した」

「言いたいことはそれだけか」

激昂《げきこう》して庭へ下り、刀を高く掲げる。大内はどこまでも嫌らしい笑みで応じた。

「首を刎ねてよろしいので？　それがしは新たな味方を連れてきたのに」

味方――八方塞《はっぽうふさ》がりの中、喉《のど》から手が出るほど欲しい。振り上げた右手が止まる。大内は軽く背筋《せすじ》を伸ばし、続けた。

「弟も蘆名には愛想が尽きたはず。それがしが誘えば、たちどころに鞍替えを約束しましょう。もっとも……」

そして成実の右手を、ちらりと見た。

「首のみの姿となっては、筆を取るにも苦労する」

伊達の足許《あしもと》を見て、かつ我が右手を揶揄《やゆ》し、斬れるなら斬ってみよと挑発している。その短慮が自らの首を絞めるのだと言わんばかりに。人の心を逆撫《さかな》でする才がある。そして何としたたかな男か。

成実は刀を下ろして横薙《よこな》ぎに振るい、大内の首でぴたりと寸止めした。のっぺりした四十路《よそじ》顔の不敵な笑みは、露ほども変わらなかった。

「こやつを牢に繋《つな》げ」

猛々《たけだけ》しく言い放ち、足音も荒く立ち去った。

居室に戻ると、歯噛《はが》みしながら猪苗代盛国への書状をしたためた。大内定綱の言い分は真か偽か。弟の片平親綱は口裏を合わせているやも知れぬ。二人と関わりなく、しかも蘆名重臣として仔細を知るだろう者に質《ただ》せば――。

案の定、あの申し開きは嘘だった。だが猪苗代は同時に、片平の肚《はら》も聞き出していた。片平は大内の弟だけに、蘆名家中で肩身が狭い。その恨みは兄ではなく主家《しゅか》に向いているという。

片平家は会津東端、蘆名・伊達・佐竹の境に領を持つ小勢である。境目の者は向背勝手《こうはいかって》、自らを守るべく身の振り方を決められるのが戦乱の習いだが、蘆名はそれらの国衆をきつく締め付けていた。短い間に幾度も当主を失った以上は当然だが、縛られる側には不快でしかない。

猪苗代は、驚きを以《もっ》て書状に綴《つづ》っていた。片平は今日の今日まで、その不満をおくびにも出さなかったと。

「兄を許すなら寝返るとは……。糞《くそ》ったれめ」

書状を一読し、成実はひとり毒づいた。

仔細を報じると、政宗も大内を許すと決した。それほどに、今の伊達には余裕がなかった。

†

二度も裏切りながら許された以上、大内は政宗に謝辞のひとつも述べねばならない。四月の末、成実は大内を従えて米沢に向かった。共にあるのも嫌だったが、取り成した身としての責任がある。

「我が忠節に曇りなしとお認めいただき、恐悦至極《きょうえつしごく》。殿の英明とご寛容に報いるべく、ひとつ手土産を――」

「励め」

政宗も本心では許し難く思っているのだろう。口上《こうじょう》を終《しま》いまで聞かずに主座を立ち、脇に控えた成実に目配せする。成実は大内に突《つ》っ慳貪《けんどん》な声を向けた。

「お主の屋敷は、かつて与えた時のままだ。まずは下人《げにん》を雇って掃除でもしておけ」

政宗に従って居室へと参じ、膝詰めで座を取る。疲れきった溜息が寄越された。

「思わしくない。小十郎の談合でも、伯父上は兵を退かぬ」

最上義光の介入が如何に重いか、大崎合戦の行き詰《づま》りが物語っている。大崎義隆と氏家吉継のみの争いなら、如何に緒戦で大敗したとは言え、伊達を味方に付けた氏家が何とか勝ちを捥《も》ぎ取ったはずなのに。

「弱気になられては……と申しても、無理にござろうな」

政宗の眉間《みけん》には、ずっと皺《しわ》が寄ったままである。その皺をさらに深める声が、のっぺりと廊下から渡ってきた。

「御免《ごめん》」

大内であった。成実はきつく睨み据えた。

「何しに参った。往《い》ね」

「されど、我が手土産をお聞かせしておらず」

「左様《さよう》なものが何の役に立つ」

下がろうとしない大内に苛立《いらだ》ちを募らせる。だが次のひと言で、それは吹き飛ばされた。

「最上が退くよう、細工してござる」

政宗ばかりか、成実も口をぽかんと開けた。この男は何を言っているのか。

にたにたと、薄気味悪い笑みが返された。

「二本松攻めを命じられた折、弟に頼んでおりましてな。それがしが伊達に抱えられたなら、金上遠州《えんしゅう》を騙《かた》って越後《えちご》の上杉景勝《うえすぎかげかつ》に透破を飛ばせと。出羽庄内《しょうない》を攻めさせるのです」

蘆名と上杉は盟友である。これを使い、最上の背後を衝くよう唆《そその》かしたという。成実は一笑に付した。

「分かりやすい嘘だな。それは我らの益、会津にとって損にしかならん」

「上杉が力を付ければ、蘆名は背を安んじられる。十分に益でしょう。対して、最上が退いても伊達の周りが敵だらけなのは変わらない。会津にとっては塵芥《ちりあくた》も同然にござる」

政宗が「慮外者《りよがいもの》」と激しい気性《きしよう》を顕《あらわ》にした。

「ならば何ゆえ俺に降った。機を見て、またぞろ会津に鞍替えするつもりだな」

腰を浮かせ、返答次第ではこの場で成敗《せいばい》するという勢いである。しかし大内は虫唾《むしず》の走る笑みを崩さなかった。

「会津におったからこそ蘆名の死《し》に体《たい》も存じておりまして。義広殿の近習《きんじゆ》が横着に振る舞い、佐竹との間も危うくなっておる次第」

政宗は怒りの形相《ぎようそう》のまま、上げた腰を元に戻した。

「……上杉には、蘆名と佐竹は昵懇《じつこん》じゃと伝えたのか」

「弟には、左様に言い含めており申す」

成実は、じっと大内を睨んだ。

蘆名と佐竹が一枚岩なら、なるほど、窮《きゆう》した伊達など取るに足るまい。金上盛備《かながみもりはる》を騙《かた》って両家は昵懇と伝えれば、上杉が信用して兵を動かす目もある。そうでなくとも上杉には、庄内を取る上での不利益など何ひとつない。

そして、もし大内の言うとおり、蘆名家中に佐竹を疎《うと》んじる動きがあるなら、伊達に劣らず脆弱《ぜいじやく》と言える。義広の家督を決めた金上の立場もない。

(備前め。どこまでも食えぬ山師《やまし》よ)

上杉の動き如何《いかん》によっては、蘆名と伊達の生き残りが変わってくる。これを以て両家を天秤《てんびん》にかける肚だとすれば――。今までの行ないから言って、その線は否定できない。

ならば伸《の》るか反るかだと肚を据え、政宗に目を向けた。

「上杉が兵を出すくらいの話がなければ、義光殿も慌てますまい」

「ああ。……まずは越後に透破を飛ばす」

政宗も、ぎらりと目を光らせた。

数日後、透破が戻った。引き続き米沢にあった成実は、政宗の居室に召し出された。

「備前の奴、此度ばかりは嘘を言うておらなんだ。越後に庄内攻めの動きがある」

開口一番の証言に、成実は目を丸くした。常に疑っている大内ゆえ、真実だったと言われる方が当惑する。政宗も同じ思いなのだろう、何とも言い難い笑みで「さて」と続けた。

「伯父上が慌てたところを見計らって、我ら有利の談合をまとめたいが……今のままでは弱い」

「さりとて、小十郎ほどの得手は他になく」

言い終えてから、あ、と思い当たった。交渉に長けるかどうかは知らぬが、この場合だけ力を持つ人があった。

「お東《ひがし》の上を？」

伊達家中でそう呼ばれ、敬われる女。政宗の母にして最上義光の妹、義である。

義光はことの外《ほか》、妹に甘い。伊達と疎遠になり、輝宗や政宗への書状すら絶やしながら、妹を気遣う文や進物だけは決して欠かさぬくらいだった。

もっとも、この執着も頷けぬではない。父に疎まれて廃嫡《はいちゃく》されかけ、力で家督を奪った人である。不忠不孝《ふちゅうふこう》の子と誰もが罵《ののし》る中、義だけは変わらず兄を慕い、文を送って励まし続けたのだ。苦しい時にこそ傍《そば》にいてくれる者を、人は何より有難く思う。

成実は破顔《はがん》して膝《ひざ》を叩いた。

「打って付けにござろう。お東の上は殿に輪を掛けて激しいお方じゃ。妹御《いもうとご》にだらしない義光殿を、たちどころに追い返してくれるはず」

「だがな……。母上がお聞き入れくださるだろうか」

己を疎んじ続けた人だ。そう仄《ほの》めかされたが、成実は「何を仰せか」と笑い飛ばした。

「お二人は、どこまで行っても親子なのですぞ。助けを請われたら、何とかしてやりたいと思うのが母にござる」

「おまえは気楽で良いな」

政宗は拗《す》ねたように背を丸めた。仕方のない人だ。それなら、と敢《あ》えてからかってみた。

「母御《ははご》が恐ろしゅうござるか」

「何を。俺は伊達の主だ。今さら母上を恐《こわ》がるか」

政宗の負けん気、生来の激しさに火が点《つ》いた。もうひと押しだ。

「まことかのう。何なら俺も、共に頼んでやってもよろしいが」

政宗は、やや驚いたような顔になった。しかし、すぐに元の面持ちに戻って「うるさい」と立ち、すたすたと進む。そして廊下で立ち止まった。

「踏ん切りが付いた。母上を訪ねよう。俺ひとりで大丈夫だ」

肩越しに見下ろす眼差しは、どことなく嬉しそうだった。

翌五月、政宗は最上・大崎との談合に際し、母・義を使者に立てた。義は古めかしい大鎧《おおよろい》に長巻《ながまき》引っ提げ、馬で戦場に割って入り、強引に和議交渉に持ち込んだという。

「腐っても鯛《たい》とは、良う言うたものよ」

閏《うるう》五月十一日、蘆名・佐竹の四千が伊達領・安積《あさか》郡に迫っていると伝令が入った。成実は、かえって感服《かんぷく》した。両家の間に罅《ひび》が入っていても、これだけの数をぽんと出せるとは。大崎合戦が和議に向かおうとしているなら、政宗に息をつく暇《いとま》を与えまいという構えである。

「おい、殿は何と仰せじゃ。あちこちに備えの兵を出して、迎え撃てる数は少ないが」

伝令が、ぴんと背筋を伸ばした。

「郡山《こおりやま》に六百を出して守り、将は代わり番で兵を督すると」

うん、うん、と渋く頷いて返した。大崎に出した兵は、和議が成るまで引き上げられない。最上に備えるべく、米沢も固めねばならない。東は相馬に備え、その上、南からの侵攻である。皆が皆、成さねばならぬ何かを抱えている。成実の二本松も同じであった。会津から伊達領への道はいくつもあり、此度《こたび》の四千以外にも目を光らせるべき攻め口は多い。要石《かなめいし》の城から兵を割《さ》く訳にはいかず、郡山で迎え撃つにせよ、長く二本松を留守にはできなかった。

たったの六百、しかも交替番で守るしかないという不利極まりない戦が始まった。しかし思いの外《ほか》、寄せ手の攻めは厳しくない。郡山城と出城の窪田城《くぼたじょう》を堅固に固めたせいでもあろうが、戦っても小競り合いの域を出ぬまま、秋七月の声を聞いた。

「行っていらっしゃいませ。ご武運をお祈りしております」

七月二日、齢《よわい》十五を数えた妻が二本松城の居室に三つ指を突き、頭を下げた。成実は具足《ぐそく》姿に烏帽子《えぼし》を戴き、ふわりとした笑みで応じた。

「満足な祝言《しゅうげん》もできず、輿入《こしい》れ早々に戦じゃ。すまんな」

父の喪が明けるのを待って、亘理《わたり》重宗《しげむね》の娘を迎えた。だが主家が進退窮《しんたいきわ》まっている中では、盛大に輿入れを祝ってやれなかった。その上ひと月ほどで出陣とくれば、やはり気の毒に思う。

しかし妻は「いいえ」と優しげな眼差しを向けた。

「おまえ様が信を得ている証です。妻として鼻が高《たこ》うございます」

「うむ、大層高うなっておる」

成実は右手を伸ばし、妻の団子鼻を摘《つま》んだ。妻は軽く目を吊《つ》り上げ「まあ」と膨れるも、すぐに悪戯《いたずら》っぽく笑って、癒着《ゆちゃく》した四本の指を軽く噛《か》んだ。間違っても美しいとは言えぬ女だが、気立てが良く、夫への労《いた》わりと深い情がある。

「……良いものだな」

しみじみと言い、妻の頭を撫でた。瑞々《みずみず》しい喜びと幾許《いくばく》かの不安を湛《たた》えた顔で、にこりと返ってきた。

七月四日早暁、成実は片倉景綱と共に郡山の出城・窪田城に入った。

「然《しか》らばこれより後を、よろしゅうお頼み申す」

前日の番だった白石宗実《しろいしむねざね》が発し、田《た》村孫七郎《むらまごしちろう》が長く息を吐いて張り詰めたものを解いた。四千の大軍を寄越して既に二ヵ月近く、敵はこの出城すら抜いていなかった。

暦の上では秋だが、未だ夏の名残が色濃い。夜明けは早く、暁七つ（四時）には空が漆黒から群《ぐん》青《じょう》へと変わってきた。朝闇《あさやみ》の中、次第に辺りの有様が浮かび上がる。

城の半里ほど南には西から東へと逢瀬《おうせ》川が走り、阿武隈《あぶくま》川に流れ込んでいる。阿武隈の支流にありがちな早瀬《はやせ》で、幅はさほど広くない。五十歩も進めば向こう岸まで辿《たど》り着くだろう。守りとしては心《こころ》許《もと》ない流路だが、手前に空堀《からぼり》を掘り、また土手を築いて矢来場《やらいば》——守りと見張りのための備えが造られている。ぽつぽつと篝火が並ぶ青色の野に、見張り番の影が黒く佇《たたず》んでいた。対岸にある炎の塊は敵の砦《とりで》だろう。

本丸から眺める光景に、成実は拍子抜けして発した。

「静か過ぎるな。どうにも戦場という気がせん。我らがここで道を塞いでおるから、向こうは手を拱《こまね》いておるのやも」

左隣の景綱が腕組みで唸《うな》った。

「敵は大軍にござる。道を塞がれたくらいで諦めましょうか」

「他に訳があると？」

「心当たりくらいは。一戦交えて手応《てごた》えを確かめられれば……」

しかし手元には六百のみ、守るだけで精一杯の数ゆえ、打って出る訳にもいかない。何とか向こうから攻め掛からせたいが、どうしたものか。

「あの、殿」

背後から二本松衆・遠藤駿河《えんどうするが》が呼びかけた。成実が「どうした」と問うと、遠藤は控えめな声で応じた。

「わしは人より夜目《よめ》が利きまして。敵の砦に小旗が見えるのですが、どうやら知り合いの平田左京《ひらたさきょう》かと。この者に渡りを付ければ、大掛かりに攻めぬ訳を聞き出せるのでは……」

景綱が「いや」と目を輝かせた。

「尋ねても、まことの話を聞き出せるとは言いきれん。それより、寝返りの約束を云々《うんぬん》する矢文《やぶみ》を射込んではどうか」

さすがの智慧者《ちえしゃ》、成実は「おお」と感嘆した。が、遠藤は首を傾《かし》げている。そこに向けて眉《まゆ》をひそめ、顔の前で「違う、違う」と手を振ってやった。

「約束など嘘で良いのだ。敵方が平田を疑えば動きも生まれよう。小十郎、一筆頼む」

景綱は遠藤の名を借り、敵の疑心を誘うべく筆を走らせた。仕上がった文を矢に結び、見張り番の兵に命じて砦へと放たせる。

さて、どう出るか。

待つうちに、阿武隈川の向こうにある山の上、東の空が白み始めた。やがて山の端《は》に橙色《だいだいいろ》が滲み出す。目を前に戻せば、ようよう、敵の砦も構えを明らかにしていた。

すると一羽の青鷺《あおさぎ》が川面《かわも》へと滑ってきて、城の正面より少し左の小さな中州《なかす》に舞い降りた。水を飲んでいるのか、魚でも狙っているのか、はたまた中州が棲家《すみか》なのか、再び飛び立とうとしない。

伝令が小走りに進み、片膝《かたひざ》を突いた。

「申し上げます。敵から矢文、川の青鷺を鉄砲で狙うゆえ、戦と間違えて撃ち返さんでくれと」

成実と景綱は互いに顔を見合わせて吹き出した。

「掛かり申した。藤五郎殿、どう応じます」

にやりと笑い、成実は伝令に向いた。

「何かの布に『承知』と書いて掲げてやれ」

東の山際《やまぎわ》から朝日が零《こぼ》れ、野と川を暗い茜《あかね》に染める。敵の砦から二十ほどの鉄砲方が出て、じっくりと狙いを付ける。そして斉射――ひと固まりになった弾が土手の一角を穿《うが》った。鉄砲と土手、二つの音に驚いた青鷺はどこかへ逃げていった。

「しばらく使っておらなんだゆえ、鉄砲の具合を確かめたのに違いない。仕掛けてきますぞ」

景綱の小声に頷き、成実は全ての兵に聞こえるように大声で呼ばわった。

「何じゃあ、これは。雁首《がんくび》揃えて、ひと抱えもあるような鳥にすら当てられんとは。皆々、この戦で敵方の鉄砲は恐くないぞ」

げらげらと嘲《あざけ》る。これを機に敵は砦から打って出た。明け六つまであと半時（五時）の頃《ころ》、鉄砲方は三倍にも増えた。鉄砲の後ろでは二百ほどの徒歩《かち》兵が列を作っている。朝日の下に数騎の武者《むしゃ》が進み、それらを従えて左へと進んだ。東の阿武隈川沿いを目指すのは、そちらの方が土手の切れ目が近いからだ。

成実は「よし」と血を滾らせ、景綱に向いた。

「二百を連れて俺が迎え撃つ。お主は三百で川上に備えてくれ」

景綱が「あい分かった」と応じる。成実は本丸の門へと進みながら「右馬介」と叫んだ。一の家臣《かしん》はすぐに参じ、右手に槍《やり》を縛り付けてくれる。矢来場に進むと、馬廻《うままわり》衆が曳いてきた黒鹿毛《くろかげ》に跨《またが》り、整えられた二百を前に大音声を発した。

「良いか皆の者！　敵は土手の左端から寄せる肚ぞ。だが切れ目と川の隙間《すきま》は狭い。一度に出るのは精々が十人くらいだ。我ら一丸となって返り討ちにしてくれん」

伊達随一の猛将に焚き付けられ、兵たちが「おう」と声を揃えた。五十の先手は右馬介率いる弓方、成実は中ほどに五十ずつ二隊を従えて続いた。足軽《あしがる》の一組は白根沢重綱と遠藤駿河、二組は成実が自ら率いる。後詰《ごづめ》の五十は鉄砲衆で、志賀山三郎《しがやまさぶろう》に任せた。

川の流れと土手を挟み、敵味方の兵が切れ目を指して駆け足を速めた。

「先手、そろそろ土手に登っておけ」

成実の下知に応じて兵が動く。右馬介以下は土手の上を一列になって、敵を見ながら走った。変わった動きがあれば報せてくるだろうと思ったが、敵は特段何をするでもなく、阿武隈川と逢瀬川の合流まで進んで渡りに掛かった。

「進め。えい、えい、えい」

「おう！」

敵方に鬨《とき》の声、早瀬のせせらぎとは別の水音が、ばしゃばしゃと迫ってきた。これに応じ、右馬介が土手の上で「放て」と声を張る。風を切る矢羽《やばね》の音に続き、土の向こうに幾許かの悲鳴が交じった。射られた敵は少ないだろう。精々が数人、叫ぶくらいなら傷も浅い。

やがて敵兵が川を渡りきり、空堀と土手の切れ目から踏み込んできた。互いの足軽衆が槍を掲げ、喚《わめ》き散らしながら駆け寄り合う。

「当たれえ！」

白根沢と遠藤に任せた足軽の一組が「わっ」と沸《わ》き立ち、長槍《ながやり》を叩《たた》き付けた。

「狙い付けい。味方に当てるなよ……鉄砲放て」

鉄砲方・志賀の声に従い、後詰から斉射が加えられた。味方を外せば、当然ながら対峙《たいじ》する敵にもほとんど当たらない。しかし敵は狭い隙間から押し出しているため、どうしても数が小出しである。多勢に無勢の格好とあって、鉄砲の音に怯《ひる》んだ。そして、足を止めたところに成実の徒歩が襲い掛かる。

「二組、前へ。押し返すぞ」

成実は馬を走らせ、五十の兵と共に寄せ手を囲んだ。うろたえた敵の足軽衆は、ひとり、またひとりと叩かれ、突かれ、或《あ》いは骸《むくろ》になり、或いは逃げに転じた。

以後は伊達勢の猛攻だった。ただし川は渡らず、土手の切れ目に蓋《ふた》をして、ひたすら敵の新手を迎え撃ち、追い返すのみである。退けた中には、偽の矢文を送った相手・平田左京の姿もあった。疑いを晴らさんとしたのだろう、この兵は多分に頑強だった。

（が……やはりおかしい）

平田を除けば、まるで手応えがない。四千もの大軍を率いるなら、名のある将も陣にあるはずだ。なのに、そういう者はついぞ見かけない。五十から二百ほどの隊が五月雨《さみだれ》の如く、だらだらと寄せては逃げ、退いては入れ替わりを繰り返すのみであった。

「退け、退けい」

幾つの隊を撥《は》ね除《の》けただろうか、昼八つ（十四時）頃にその声を聞いた後は、突っ掛ける者もなくなった。日暮れにはまだ二時以上も早かった。

兵をまとめて窪田城に戻ると、成実はすぐに景綱を訪ねた。

「藤五郎殿、如何でした。手応えは？」

問うてはいるが、確信した面持ちである。成実は「見たままだ」と応じた。

「奴ら、本気で戦おうとせん。当たり障りなく終わらせようとしておる。出て来たのは、どうやら国衆だけだ」

「でしょうな。日の高いうちに、あっさり退いた辺りで分かり申した」

「ああ、すまん。それは俺のせいかも知れん。向こうの肚を薄々察しながら、ついつい、まともに戦ってしもうてな」

味方は五十ほどを損じたが、敵には二百以上の犠牲を強いた。その辺りを話すと、景綱はひと頻《しき》り笑って「ふう」と息をついた。

「どうやら佐竹は、嫌々ながらに援軍を出したらしい。佐竹は先年、関白《かんぱく》と誼《よしみ》を通じている。気兼ねしておるのでしょう」

確信に満ちた目であった。景綱は今日の戦に先立って、敵の攻めが手ぬるい訳に心当たりがあると言っていた。なるほど、一戦交えればという真意は――。

「惣無事《そうぶじ》か」

「然り」

豊臣秀吉は九州征伐《せいばつ》に先立って、彼《か》の地に惣無事を言い渡した。関白の下知なく侵攻した戦を私闘《しとう》と断じ、禁ずる法度《はっと》である。九州を平定の後は全国にこれを発布《はっぷ》している。

景綱の眼差しが力強さを増した。

「我らが会津口に兵を出して三年余り、蘆名とは常に戦《たたこ》うておったようなもの。ゆえに、会津には『火の粉を払う』という名分《めいぶん》が成り立つ。されど常陸《ひたち》にはそれがない」

成実は「そうだな」と頷いた。

「伊達は自ら常陸に挑んでおらぬ。佐竹はいつも蘆名の援軍だった」

「此度も佐竹は、蘆名に頼まれて仕方なく……されど本音では無用の戦を避けたい」

「だらしない奴らじゃ。関白を恐れて縮こまっておるとは」

景綱は少し眉根《まゆね》を寄せつつ、言葉を拾うように応じた。

「それだけ豊臣の力は……。佐竹は豊臣を、我らより良く知っている。そこを突けば、兵を退かせられるやも」

「和議か。どうするのだ」

「申したとおりにござる。この戦は佐竹にとって私闘ゆえ惣無事に反すると、誰かに脅し……いやさ、忠言の労を取ってもらう」

「効くな、それは」

成実と景綱は、石川昭光《いしかわあきみつ》と岩城常隆《いわきつねたか》に白羽の矢を立てた。石川は伊達輝宗の弟、政宗の叔父に当たる。岩城は輝宗の兄の子、政宗とは従兄弟であった。縁戚とは言え、養子に出た先の家を守るべく伊達と対立している。だが血の近さを思えば、他の豪族《ごうぞく》よりずっと頼みやすい。

郡山・窪田の交替番を終えると、成実は二本松に返し、景綱は大森を素通りして米沢に向かった。景綱と政宗は、どうにか石川・岩城の仲裁を取り付けた。この戦の後、伊達は両家に兵を向けぬという約束の上である。仲裁は功を奏し、やがて蘆名・佐竹の四千は退いていった。

そして九月、ついに最上義光も兵を退いた。溺愛《できあい》する妹に強く求められ、また上杉に背後を脅《おびや》かされたとあっては大崎領に拘《こだわ》っていられない。狙いどおりだ。

「お東の上に掛かっては義光も形《かた》なしか。ええと……さらに鮭《さけ》を進物して宥《なだ》め候《そうら》えば、最上殿、和議には口出しなされずと思われ候《そうろう》。遠からず大崎領は我が馬打ちたるべし」

二本松に届いた政宗の書状を読み、成実はにやにやと笑った。隣にある妻が目を輝かせた。

「最上殿は、鮭がお好きなのですか？」

「食い付くのは、そこか」

少し吹き出す。至って真面目《まじめ》な顔を向けられた。

「好物は辛い気持ちも軽くいたしましょう？　そうだ。おまえ様を励ます時のため、お好きなものを知っておきたく存じます」

「好き嫌いはないのう。腹が膨れさえすれば」

「台所を預かる身としては、張り合いのない」

つまらなそうに言われ、あ、と作り笑いを向けた。

「さにあらず。そなたの作るものなら何でも、な」

取り繕《つくろ》った言葉だと察してはいただろう。それでも妻は照れ臭そうに笑って下を向いた。

佐竹・蘆名の兵を退かせ、最上を退かせた。大崎は和議の上で伊達の属領となり、家名を保つ道を選ぶだろう。最上の助力なしで伊達に抗《あらが》うのは得策でないのだ。

政宗はようやく包囲から逃れた。だが伊達家中に、ひと息ついている暇はなかった。

六　決戦・摺上原《すりあげはら》

陸奥《むつ》の冬は早く、長く、そして厳しい。初冬十月、道端の水溜《みずたま》りが凍るのも珍しくなかった。その氷を踏み割りながら、大崎合戦《おおさきかっせん》に出していた兵が戻ってきた。

兵の主力には二通りある。ひとつは伊達《だて》に従う国衆《くにしゅう》で、半分百姓《ひゃくしょう》の地侍《じざむらい》を束ねている。もうひとつはそれらに雇われる足軽《あしがる》で、一戦が片付くと他《ほか》の戦《いくさ》を求めて去るのが常だ。しかし政宗《まさむね》は、大崎から帰った足軽を引き続き領内に留め置いていた。

「これより評定《ひょうじょう》」

米沢城《よねざわじょう》の広間、主座の右前で片倉景綱《かたくらかげつな》が落ち着いた声を上げた。向かい合わせに座を取る重臣《じゅうしん》の中、成実《しげざね》は左手の筆頭にあった。二十余の顔が並ぶ板間に火桶《ひおけ》が六つ、いささか寒い。

「早速だが、年明けと共に会津《あいづ》攻めを進めると決めた」

政宗が口を開く。評定と言いつつ肚《はら》は決まっているようで、戦触《いくさぶ》れと言う方が正しい。居並ぶ面々が、ざわつきはじめた。

「いささか、お気が早くはござらぬか」

成実の斜向《はすむ》かい、右の列の第三席で白石宗実《しろいしむねざね》が声を上げた。

「大崎を従えて兵を集めやすうはなったが……戦を終えたばかりでは不平も生まれましょう」

「それは、いい度胸だ。俺《おれ》に従って早々に不平とはな」

政宗が剣呑《けんのん》な――それこそ殺気に満ちた笑みで応じた。こういう顔をされると、嫌でも小手森《おでもり》の撫《な》で斬《ぎ》りが思い起こされる。白石は「む」と口を噤《つぐ》んだが、代わって右手筆頭の亘理《わたり》重宗《しげむね》が懸念《けねん》を示した。

「とは申せ、大崎は我が所領《しょりょう》のすぐ北にて、あれこれ漏れ聞こえて参りますぞ」

むしろ大崎を従えたからこそ、新たな敵の脅威がある。彼《か》の地のさらに北には南部《なんぶ》や大浦《おおうら》などの大《だい》名豪族《みょうごうぞく》が控えているのだ。これらに備えつつ兵を吸い上げ、会津攻めに使うのは果たして得策なのか、と言う。政宗は鼻で笑った。

「南部や大浦が俺の背を襲うなら、奴《やつ》らの所領は伯父上……最上《もがみ》に呑《の》まれるだろうよ」

どうあっても退《ひ》かぬ構えだ。しかし皆の言うとおり、やはり会津攻めは隙《すき》も大きい。白石・亘理の両名が、間に座を取る鬼庭綱元《おににわつなもと》に目を向ける。先んじて二人とあれこれ話していたのであろう。綱元は言いにくそうに口を開いた。

「会津を攻めれば、関白《かんぱく》の発した惣無事《そうぶじ》に反しましょう」

「屈せよと申すか。挑みもせずに頭を下げるは武士《ぶし》にあらず」

綱元の父・左月斎《さげつさい》に命を救われた経緯を思ってか、政宗は怒鳴ろうとしなかった。だが肩や背に纏《まと》わり付く空気は明らかに歪《ゆが》んでいる。胸の内は大嵐《おおあらし》に違いあるまい。

「綱元。そもそも、おまえは豊臣《とよとみ》の何を知っておる」

政宗が、なお激しいものを撒《ま》き散らす。綱元は父に似た猛者《もさ》ではあるが、左月斎ほど飄々《ひょうひょう》としている訳ではない。生真面目《きまじめ》そうな顔が、主君が加えてくる重圧を無理に呑み込もうと苦しんでいるように見えた。

察したか、景綱が「おや」と政宗に目を向けた。

「殿こそ豊臣をご存知でない。七月に佐竹《さたけ》と蘆名《あしな》を退かせたのは、関白にござる」

景綱は滔々《とうとう》と続けた。郡山《こおりやま》・窪田《くぼた》の戦いは何とか凌《しの》ぎきっただけで、敵を叩《たた》いたのではない。惣無事を楯《たて》に佐竹を脅し、豊臣への気兼ねという弱みを叩いたのだと。

「加えて申さば、佐竹も蘆名も、早々に退いたことで傷は浅《あそ》うござる。殿は、よくよく綱渡りがお好きらしい」

景綱の論を得て、会津攻めを諫《いさ》めた面々が大きく頷《うなず》いている。然《しか》り、是《ぜ》か非かと言うなら、ようやく包囲から逃れたばかりで戦を構えるのは性急なのだ。

成実は黙って政宗の顔を見ていた。皆の言い分が正しいと、頭では分かっているのだろう。悔しげに歪み、激情を抑えようと懸命である。伊達の行く末を決める大事、情と理を言うなら、正しいのは常に理の方だ。

(殿は焦っておられる。が……)

ここで引き下がれば政宗の大望《たいもう》は露と消える。自らに引け目を感じながら長じた人が、生きる便《よすが》とした杖《つえ》ではないか。正しいはずの理を捨てるべき時も、あって良いはずだ。

「俺は良いと思う」

自重一辺倒の中、成実は呟《つぶや》いた。満座の目が集まる。

「婿殿、何を申される。分からぬはずはあるまいに」

岳父《がくふ》となった重宗が声を震わせた。分かる、と答える代わりにひとつ頷き、居住まいを正して声を張った。

「背が寒うなる前に会津を平らげれば良い。さすれば誰《だれ》もが擦《す》り寄ってくる。会津では猪苗代盛国《いなわしろもりくに》と片平親綱《かたひらちかつな》が我らに同心《どうしん》を約した。できぬことではなかろう」

そして景綱に向いた。

「蘆名の強さは佐竹の助けあってこそだが、当の蘆名家中には佐竹を疎《うと》んじる者が多い」

「……自らを嫌う相手など、本気で助ける義理はないと？」

「それればかりではないぞ。お主《ぬし》の申すとおり、佐竹は惣無事を恐れて郡山から手を引いたのだ。援軍を出さぬ口実でもあれば、知らぬ振りを決め込むのではないか」

景綱の顔には「できる」と書かれている。だが、なお煮えきらぬものが薄《うっす》らと覆い被《かぶ》さっていた。何を躊躇《ためら》っているかは分かる。その懸念を口にしたのは、景綱でなく綱元《つなもと》であった。

「関白に睨《にら》まれたら、伊達は潰《つぶ》されるやも知れん」

成実は「これはしたり」と軽く笑った。

「伊達は奥州探題《おうしゅうたんだい》の家柄じゃ。これは関白のさらに上、朝廷からの任であろう。当然、惣無事とやらの先に立つ。いや待て。もし我らの背を衝《つ》く者あらば、それこそ惣無事に反したと言い立てて、関白に潰させれば良い。伊達が関白を顎《あご》で使ってやるのよ」

満座が啞然《あぜん》として静かになった。我ながら横柄《おうへい》に過ぎたかと、少し不安になる。

無言の空気を、げらげらと猛々《たけだけ》しい大笑が断ち割った。政宗である。

「成実の申すとおりだ。そも秀吉《ひでよし》は、今でこそ関白じゃとふんぞり返っておるが、元を糾《ただ》せば猿面《さるづら》の百姓と蔑《さげす》まれておった者ではないか。惣無事だと？　笑わせるな。左様《さよう》なものは戦の道具に過ぎぬ！　関東《かんとう》を見よ。それを使うて北条《ほうじょう》を脅しておるだろう」

そうだ。それゆえ政宗は焦っている。

北条が降伏を迫られているのは、上野《こうずけ》の所領にまつわる問題に端を発する。かつて北条は徳川《とくがわ》と盟約を結び、信濃《しなの》は徳川、上野は北条の所領と取り決めた。在地の国衆からすれば迷惑この上ない話だったろうが、大国には重大事である。国衆をどれだけ従えられるかで生き残りの可否が分かたれるからだ。

往時《おうじ》の徳川には真田昌幸《さなだまさゆき》という難物《なんぶつ》が従っており、これが上野沼田《ぬまた》の領を手放そうとしなかった。徳川が信濃に代地を出すと言っても聞き入れず、やがて袂《たもと》を分かって秀吉に降《くだ》っている。

北条は関白の顔を立て、惣無事に則《のっと》って沼田領の裁定を仰いだ。だがこの訴えは中途半端に退けられた。沼田こそ北条領と認められるも、支城の名胡桃《なぐるみ》は真田領のままとされたのだ。喉元《のどもと》に刃《やいば》を突き付けられた格好の北条は、兵を出して名胡桃城を奪うに至った。これが惣無事に反すると咎《とが》められている。

法度《はっと》を手前有利に使うのは、為政者として当然だろう。しかし政宗にとって、北条は前途を照らす一条の光に他ならない。道を閉ざされてなるものかという激情が溢《あふ》れ出し、衝《つ》き動かされるように吼《ほ》えた。

「北条が降る前に手を組まねば、俺の天下はない。さにあらずとも、化け猿に尻尾《しっぽ》を振らずにきた俺だ。いずれ難癖《なんくせ》を付けられる。会津を下さねば、抗《あらが》うことすらできん」

景綱は眉《まゆ》をひそめているが、先ほどまでの迷いは振り切ったように見える。体ごと主座に向き直り、押し潰した声で発した。

「後戻りはできませぬぞ。それで良ければ智慧《ちえ》を絞りましょう」

政宗は寸時《すんじ》、虚を衝かれた面持《おもも》ちだった。しかしすぐに目を爛々《らんらん》と輝かせて「上等だ」と胸を反らせた。

四ヵ月が過ぎて天正《てんしょう》十七年（一五八九）二月、政宗はまず大内定綱《おおうちさだつな》の弟・片平親綱《かたひらちかつな》を寝返らせた。片平領は郡山よりやや西の仙道《せんどう》沿いである。ここが味方に付けば南方の須賀川《すかがわ》、二階堂《にかいどう》への牽制《けんせい》となり、また蘆名と佐竹の間に楔《くさび》を打ち込める。

次いで三月、成実は自ら猪《い》苗代盛国《なわしろもりくに》を訪ねた。

蘆名本城・黒川《くろかわ》は会津盆地中央の東方にあり、会津街道を抱える要衝《ようしょう》であった。会津街道は東へ進めば奥州《おうしゅう》の主要路・仙道《せんどう》に至り、山に囲まれた地を潤わすに必須の街道である。また、北西に向かえば伊達本城・米沢に至る。伊達にとって会津を落とすのは、七十万石《ごく》の地を得る他に、この街道を握れるという利もあった。山間の谷を這《は》う細道を伝い、ようやく大森に出てから仙道に向かうという労苦が大きく減じられる。

蘆名の側もそれは承知《しょうち》していて、ゆえにこそ黒川城の守りは固い。盆地の大半を占める平地の中、盛り上がった丘に築かれた平山城《ひらやまじろ》はそれ自体が堅牢《けんろう》、かつ会津街道沿いにも多くの城が築かれ、幾重《いくえ》にも亘《わた》る備えで敵の侵攻を防ぐ構えである。猪苗代城はそれらの中、黒川の東に指呼《しこ》の間という最大の楯であった。

「其許《そこもと》自らとは、思うておらなんだわい」

会津猪苗代城の広間、猪苗代盛国が驚きと呆《あき》れの中間のような声を寄越した。成実は頬《ほお》かむりを取り、わざわざ土で汚した顔を見せた。

「そろそろ、書状のみでもあるまいと存じ」

片平親綱の証言によれば、猪苗代の嫡子《ちゃくし》・盛胤《もりたね》は蘆名本城の黒川に詰めているらしい。伊達への寝返りを嫌う者が留守と知り、自ら忍びで運んだものであった。

「百姓の姿など慣れぬだろうに」

「いやいや。ぼろぼろの着物は身を締め付けず、かえって動きやすい」

そして「ふふ」と頬を歪めた。

「貴公は動きにくそうじゃな」

かつて伊達の調略《ちょうりゃく》に応じながら、嫡子・盛胤の同意を得られぬまま露見《ろけん》するに至り、以後は黒川城から厳しい目を向けられている——そこを衝かれ、猪苗代は嫌そうに鼻を鳴らした。

「つまり……動きやすうしてくれるのか」

「来月、兵を出す。とは申せ、いつまでも大崎の備えを薄くすれば南部や大浦がうるさい」

「会津は一朝一夕には落とせぬぞ」

寝返りを決めているとは言え、蘆名はそこまで弱くないとばかり、不愉快そうである。成実は不敵な眼差《まなざ》しで、ゆっくりと首を横に振った。

「できぬ話なら、できるようにするまで。この策は一時、一刻が勝負の分かれ目じゃ。互いに顔を知らんでは、もたつくやも知れんのでな」

そして声をひそめ、政宗と景綱の策を語った。猪苗代はまず驚愕《きょうがく》の面持ちを見せた。が、次第に高《こう》揚《よう》へと変わってゆく。

「それなら、できる」

「然《しか》らばこれにて貴公は伊達家中《かちゅう》だ。所領は猪苗代領の他に五百貫《かん》。良いな」

成実は家老《かろう》なみの厚遇を約束し、猪苗代の次子を人質に連れて立ち去った。

†

四月初め、正式に戦触れの朱印《しゅいん》が届く。記された諸々《もろもろ》に目を通し、成実は力強く頷いた。

「さすがは小十郎《こじゅうろう》」

先般、景綱の調略に乗って、常陸《ひたち》で小野崎照道《おのざきてるみち》が謀叛《むほん》を起こしていた。重臣ながら、過去には主家《しゅか》の所領を押領《おうりょう》するなど心得《こころえ》の悪かった男である。これに目を付け、佐竹に取って代われと唆《そそのか》したのだ。調略は利で人を動かすもの、小野崎にとっては自らの驕心《きょうしん》を満足させるのが何よりの益だったらしい。

この謀叛は、佐竹が援軍を出さない口実となる。四月二十二日、政宗は総勢一万八千を率いて米沢を発《た》ち、会津攻めの軍を起こした。成実は二本松城《にほんまつじょう》でこれを迎え、国衆と足軽を合わせた三千で合流した。しかし、向かう先は会津黒川城ではない。まずは郡山からやや北、会津街道と仙道が行き当たる辺りの安子《あこ》ヶ島城《しまじょう》を目指した。

「進め！」

五月四日、成実が大将となって安子ヶ島城を攻めた。四方を山に囲まれた会津盆地の東の入り口、要路の城だが然《さ》して堅牢ではない。丘に築かれた平山城だが上り坂は緩やかで、高さも二階屋ほどである。郭《くるわ》が東西にだらだらと連なる拙《つたな》い縄張りは、本郭《ほんぐるわ》の門を打ち抜きさえすれば落とせるだろう。成実の勇猛を最も活《い》かせる城攻めだった。

とは言え、ひとつだけ厄介なところがある。丘の肌には木立が薄く、全《すべ》ての郭から矢玉《やだま》を集められやすい。寄せ手が登ると、途端に全ての郭から鉄砲が鳴り響いた。

「伏せい」

下知《げち》と共に、成実も自ら地に突っ伏した。今日ばかりは徒歩《かち》である。辺りでは屈《かが》み遅れた者が三人、四人と斃《たお》れ、また掠《かす》り傷を負って悲鳴を上げた。

「怯《ひる》むな！　弾込めの隙を狙《ねら》うのだ」

言うが早いか、身を起こして丘を駆けた。兵の群れを縫《ぬ》い、追い越してゆく。

「伊達成実じゃ。城方《しろがた》よ、手柄首《てがらくび》ぞ」

弾込めの時を稼ぐべく、矢の雨が降る。自らの身を囮《おとり》にそれを集め、右手に括《くく》り付けた槍《やり》で一気に叩き払った。

「斯様《かよう》に腑抜《ふぬ》けた矢で、この毛虫を射抜けるか。弱い弱い！」

大将の勇姿に気を支えられた兵が、わっ、と続いてきた。それらの後ろから、二本松衆が竹束《たけたば》と楯、丸太を運んでいる。

「脇、囲え」

羽田右馬介《はねだうまのすけ》の声に応じ、楯持ち衆が押し寄せる。そして虎口《こぐち》の両脇に列を作り、斜めに迫る矢玉を無益なものと為《な》した。遠藤駿河《えんどうするが》の「ぶち当たれ」に続き、丸太を抱えた足軽が、楯に切り取られた道を一気に駆け上がる。鉄砲の音、弾《はじ》く竹束、矢の雨にカンカンと鳴る楯、それらに門扉《もんぴ》を叩く激しい音と足軽の喚《わめ》き声が混ざり、耳が痛くなりそうな喧騒《けんそう》となった。

「せえの！」

二十数度めに丸太が突っ込んでゆく。良く乾いた木の音を残し、虎口の門扉が砕けた。錆《さ》びかけの蝶番《ちょうつがい》だけが両の柱に残っている。そこへ、白根沢重綱《しらねざわしげつな》の徒歩勢が真っ先に突っ掛けた。

「踏み込め」

土塁の向こうに入ってしまえば、他の郭からの矢玉は届かない。本郭の内も、猛将・伊達成実の姿に右往左往するばかりであった。

安子ヶ島城は楽に落ちた。政宗は次に、その西にある高玉城《たかたまじょう》に降伏を迫った。会津街道の出口を二重に押さえておけば、蘆名勢が押し寄せる行路は南方からの一路に絞られる。高玉城は安子ヶ島に比べて構えも小さく、兵も少ない。城方は万事休すを悟ったものの、降るを潔しとせず総勢が自害して果てた。

二城を落として押さえの兵を成実に託すと、政宗は相馬《そうま》領へと向かった。会津攻めに於《お》いては背後を取られるのが最も恐《こわ》い。政宗自らが動き、相馬を封じ込めるのが第一の目的であった。

そして半月余り——。

「殿！　来ましたぞ」

安子ヶ島城本郭の館《やかた》で昼餉《ひるげ》の湯漬け飯を啜《すす》っていると、右馬介が喜び勇んで駆け込んだ。成実は「お」と箸《はし》を置き、左脇に膳《ぜん》を退《ど》けた。

「どこだ。数は」

「須賀川にござる。蘆名は総勢一万二千なれど、我らを窺《うかが》って動かずにおり申す」

安子ヶ島城は小城で、かつ難攻不落の城ではない。政宗の留守を衝《つ》いて兵を寄越したのは、奪い返せると踏んだからだろう。だが成実が守っていると知り、敵は自らの手綱《たづな》を引いた。人取橋《ひととりばし》で見せた獅子《しし》奮迅《ふんじん》の働きを、蘆名は未《いま》だ鮮やかに覚えている。

成実は、にやりと笑った。

「掛かりおった。早速、政宗公に伝令せい」

右馬介は「承知」と一礼して下がっていった。時に五月二十八日であった。

四日して六月二日、政宗は「待っていた」とばかり、一気に安子ヶ島まで取って返した。成実は本郭の館でこれを迎えた。

「全て狙いどおりだ」

政宗の目には確信があった。いよいよ会津が俺のものになるのだ、と。成実は気を引き締め、眼差し厳しく応じた。

「然らば俺は、猪苗代へ向かい申す」

「急げよ。昨日のうちに小十郎と左馬之助《さまのすけ》を遣ったが、二人は兵を連れておらん」

片倉景綱と原田宗時《はらだむねとき》、政宗の近習《きんじゅ》二人が手勢を連れていないのは、政宗の本隊から数を減らさぬためだった。本隊が安子ヶ島に戻った後なら、大軍が隠れ蓑となって成実の手勢三千が動きやすい。蘆名方を欺き、伊達勢が未だ会津に入っていないと見せかけるのだ。

夕刻、成実は城の裏手から出て、夜陰《やいん》に紛れて会津街道を西へ進んだ。

兵の駆け足の中、馬を馳《は》せながら思う。政宗は戦の申し子だ。いったん相馬領に向かったのは牽制《けんせい》のためだけではない。蘆名の大軍を誘《おび》き出し、隙を作るのが真の狙いだった。

真っすぐ黒川城を目指していたら、きっと中途で阻まれて戦となったはず。結果、勝っても会津領の辺縁を切り取るのが関の山だ。そうやって時を無駄にしてはならない。一気に会津を手中にせねば、天下への道は断たれる。

だから政宗は、まず安子ヶ島と高玉の二城を落とした。そして相馬領へ向かい、隙ありと見せかけて蘆名の大軍を誘き出したのだ。安子ヶ島と高玉は小城だが、それでも備えが二枚あれば、南へ迂回《うかい》して兵を出すに違いない。会津街道は手薄にならざるを得ず、猪苗代——敵の本拠・黒川城の喉元まで素通りできる。

（一戦して全てを奪う。斯様《かよう》な戦、他の誰ができようか）

天下人の威勢と大軍を除けば、政宗以外に成し得る者などいない。まさに天下の器、己《おのれ》はその人の力となっている。その胸の高鳴りが、行軍の疲れを吹き飛ばした。

「駆け足急げ。大戦《おおいくさ》の始まりじゃ」

兵を励まし、自らも満足に休まぬまま急いだ。

六月三日早暁、成実は猪苗代城に入った。黒川城からは、徒歩の行軍でも半日で行き果せるくらいに近い。率いた三千は誰かの目に止まったであろう。それで良い。猪苗代の寝返りを明らかにするのも己《おの》が役目である。

「これで義広《よしひろ》は慌てふためく」

成実は猪苗代盛国と轡《くつわ》を並べ、ほくそ笑んだ。片倉景綱が少し遅れて続いている。戦を前に、戦場となるべき地を細かく見て回っていた。

「須賀川から返すのに、どれほどかかろうな」

猪苗代が右の馬上で腕を組む。景綱が後ろから声を寄越した。

「南を回れば、どう無理をしても早くて明後日《あさって》。その間に、政宗公は真っすぐ猪苗代に入れる」

つまり伊達勢は黒川城に肉薄した上で態勢十分、向こうは疲れきった体に動揺を抱えて戦わねばならない。大いに有利な戦であった。

案内された摺上原《すりあげはら》は、とにかく広かった。磐梯山南麓《ばんだいさんなんろく》の猪苗代城からでは、野の先にあるはずの猪苗代湖も見渡せない。時折、地平の雲にぼんやりと光の乱れが認められ、それによって水があると知れるくらいである。

敵が布陣《ふじん》しそうな場所、街道や抜け道、大小の山や丘を見て回る。中でも、磐梯山は「会津富士《ふじ》」の二つ名に恥じぬ雄大な佇《たたず》まいであった。周囲の山は四つ、五つの頂《いただき》が低く峰《みね》を連ねているが、磐梯だけは連峰《れんぽう》から離れて屹然《きつぜん》とし、頭ひとつ抜けている。盛夏六月、勢いのある緑が盛り上がって力強い。夏空は濃い青が煮詰まって澱《よど》んでいるが、それさえ山と木立の生気ゆえではないかと思えた。

「盛国殿、あそこは？」

成実は磐梯山から南西に伸びる森に目を付けた。天を望む木々は細身かつまばらだが、生い茂る緑の笠が日を遮って、思いの外に陰が濃い。

「ああ。あれは七ヶ森《ななもり》じゃ」

「小十郎、これは使えるぞ」

景綱も「然《しか》り」と返した。あの森なら、幾らか内に入り込めば敵の目に付くまい。それでいて森の中からは戦場の動きが良く見えそうだ。

どこを、どう進んで兵を動かすか。どこに潜み、どの頃合《ころあい》で仕掛けるか。話し合いながら摺上原を南へ二里ほど、ようやく猪苗代湖が見えるようになった。気が遠くなりそうに大きい。阿武隈《あぶくま》川は大河だと思っていたが、この水面《みなも》はまるで大海である。

「驚かれたか。会津の二分目くらいある」

猪苗代は得意そうである。驚くには驚いたが、成実は「戦に使えそうにない」と応じて額の汗を拭《ぬぐ》った。

「どちらかと言えば、この暑さの方が驚きだ。風こそあれ、少しも涼しくならん。会津は冬ごとに雪に埋もれるそうだが、嘘《うそ》ではないのか」

「まことの話ぞ。四方八方を山に囲まれると、夏は暑く、冬は寒うなるのだ。京《きょう》の都と同じと聞いておる」

そういうものかと、今度は首筋を拭う。景綱が何とも渋い顔を向けた。

「須賀川から南を通って返すなら、蘆名勢は黒川から摺上原に出て来る。つまり西からじゃ。そこに、この風……ずっと西から吹いておるが、夏はいつもこうなのだろうか」

「概《おおむ》ね、そうだ」

猪苗代の返答を受け、景綱は「やはり」と唸《うな》った。

「我らは、向かい風を受けながら戦わねばならぬ」

成実は「む」と腕を組んだ。摺上原の土はあまりの暑さに乾ききって、風に濛々《もうもう》と土煙を流している。東側に陣取るだろう伊達にとっては、矢玉の妨げにもなるだろう。

「せっかく殿の策で作った利が……帳消しになっては」

「いやいや、それなら懸念には及ぶまい」

猪苗代が自信満々に言い放った。成実と景綱が揃《そろ》って目を向けると、またも得意げに頷きながら語り始めた。

「長年この地におるゆえ分かるが、こう暑い日が続くと決まって雨が降る。そろそろだろう。会津では『東風《こち》吹けば雨』と申して、雨の前には東から強く吹き付ける」

「そろそろとは、いつの話か」

景綱が食い付いた。しかし猪苗代は「そこまでは知らぬ」と胸を張る始末だった。

「戦の勝敗を分けるやも知れんのだ」

なお食い下がる景綱の勢いに気後《きおく》れしたか、猪苗代は口籠《くちご》もりながら返した。

「ならば漁夫に聞け。あやつら、それを知らねば船を出せんのだ」

景綱は「うむ」と頷き、湖岸を指して猛然と馬を馳せた。成実と猪苗代が慌てて追う。しばらく行くと、水際《みずぎわ》で網の手入れをしている者があり、景綱がその肩を摑《つか》んで幾度も頷いている姿が見えた。

「小十郎」

呼ばわると、満面の笑みが向けられた。景綱も大声であった。

「雨は三日後か、遅くとも四日後！　魚の獲れ具合から見て間違いないと」

馬に跨《また》がって猪苗代城に戻る。道中、景綱は成実や猪苗代に何を言われても生返事であった。厳しい顔で口の中にぶつぶつと呟き、時折、にやりと笑みを浮かべている。戦の算段が整いつつあるらしかった。

猪苗代盛国の寝返りを知り、蘆名義広は安子ヶ島の政宗を捨て置いて、須賀川から退いたらしい。

もっとも政宗は、蘆名勢が黒川に戻るよりも早く猪苗代に入った。丁寧に叩き固められた街道を素通りできるとあっては当然の帰結であった。

†

六月五日の空が白む前、成実は猪苗代城の広間に政宗を迎えた。即刻、軍評定《いくさひょうじょう》となる。

「ここまでは目論見《もくろみ》どおりだ。小十郎、成実。戦の算段は定まっておろうな」

卓を挟んで並ぶ床机《しょうぎ》の中、政宗の右手筆頭にある景綱がすくと立った。卓には摺上原の地図がある。

「我らは、この猪苗代城を背にして西向きに備えを布く。陣立《じんだ》ては六段。先手《さきて》は猪苗代盛国、二番手は原田宗時。三番手は右に片平親綱、左に大内定綱、真ん中に、それがしの三組を置く。四番手には白石宗実、五番手は殿の本陣、六番手は後詰《ごづめ》の伊達成実。斯様に決し申した」

政宗が「おい」と少しの驚愕を見せた。

「何ゆえ成実と宗実を後ろに置く。心を乱しておるとは申せ、蘆名は強いぞ」

白石の騎馬《きば》衆と成実の徒歩衆は伊達の主力である。しかし景綱は自信満々に言い放った。

「まともに当たって勝つのみでは、蘆名は潰せませせぬ」

次を見据えるには、一戦で蘆名を滅ぼし、会津を併呑《へいどん》せねばならない。そのための布陣であると聞かされ、政宗も「うむ」と頷いた。

「分かった。まずは詳しく聞こう」

成実は「然らば」と地図に進み、景綱と共に一々を語った。策の次第が知れるほどに、集った一堂の顔が「それなら」と血気の赤に染まっていった。

日の出を前に、伊達勢は摺上原に布陣した。成実の後詰は本陣の右後ろ、そこから半里ほど前に白石宗実の四番手。これらは、いずれも磐梯の山裾《やますそ》に広がる森の際《きわ》である。

相変わらずの西風に、朝一番から土埃《つちぼこり》が舞う。本陣正面、三番手までの陣は野にあって真正面から薄茶色を受けていた。人影は煙に巻かれる羽虫にも等しい。

夏の夜明けは早く、陣を布き終えていくらもせぬうちに、背後から強い光が渡った。山越えの朝日は既に幾らか高みにあって、降り注ぐ光が土煙の中にいくつもの筋を引いた。

「来たようだ」

遠く西、くすんだ地平のずっと先に、具足《ぐそく》の黒が一団となって浮かび上がる。須賀川から引き上げた兵に黒川の兵を加えたようだが、味方の二万余に比べて幾分少ないかも知れない。とは言え、この戦は数の利を当てにできない。当面は三番手まで、一万五千で互角に戦わねばならぬ。

(だが……)

成実は腹に力を込めて息を殺した。早く仕掛けてこい。おまえたちは崖っ縁《ぷち》なのだろう。そして俺を、この成実が後詰にあるのをその目で見るが良い。見たが最後、蘆名は潰《つい》える。

呑み込んでやる、という伊達勢の軒昂《けんこう》。勝たねば終わり、という蘆名勢の悲壮《ひそう》。両軍に乾坤一擲《けんこんいってき》の気勢が高まり、摺上原が揺れる。そして、蘆名勢に法螺貝《ほらがい》が鳴った。

「進めい」

成実の左前、本陣《ほんじん》の政宗が軍配《ぐんばい》を振るった。伝令の者が低く通る声で復唱し、それを繋《つな》いで三番手の景綱へ、二番手の原田宗時へ。猪苗代盛国の先手で鬨《とき》の声が上がった。

「いざ参る。えい、えい」

「おう」

幾度か「えい」と「おう」を繰り返した後、猪苗代の三千が腰まで伸びた夏草を踏み越えていった。

敵の先手は誰か分からない。見通しが悪く、小さな指物《さしもの》の印が見えないのだ。

「おっ」

そうした中、土に濁った空気に翻る将旗《しょうき》があった。揉み合う先手の向こう、つまり二番手である。目を細めて見遣れば、大旗には微《かす》かに「丸《まる》に三引両《みつひきりょう》」の紋が認められた。会津の執権《しっけん》と謳《うた》われる老将・金上盛備《かながみもりはる》だ。

金上は蘆名の英主《えいしゅ》・盛氏《もりうじ》の頃《ころ》から仕えた老将である。かつては織田信長《おだのぶなが》の許《もと》へ、昨今では豊臣秀吉の許へも使者として上がり、深い見識と風雅《ふうが》の心得で唸らせ、盟約を勝ち取った。加えて、伊達の調略に乗った猪苗代盛国を一度は丸め込み、相次いで当主が命を落とす中で孤軍奮闘《こぐんふんとう》を続けてきた。何に於いても優れた力を持つ、伊達で言えば片倉景綱に当たる能臣《のうしん》である。猪苗代も言っていたが、この男以外に蘆名勢の実際を担うべき者などいない。

「金上遠州……進むでもない、退くでもない」

まずはこちらの陣立《じんだ》てを検分《けんぶん》しているらしい。ならば、もう少しだ。

敵の先手は追い風の土煙と共に突っ掛けてきている。迎え撃つ猪苗代の兵は目を開けているのも辛《つら》かろう。良く凌いでいるが、じわりと下がっている。それによって、先には分からなかった敵の指物が辛うじて見えた。富田将監《とみたしょうげん》、蘆名重臣・富田家の若武者《わかむしゃ》である。あの人取橋でも多くの兜首《かぶとくび》を挙げたと聞く。

「殿。金上が前に出てござる」

成実の五間（一間は約一・八メートル）ほど前、右馬介が声を上げた。再び三引両の旗に目を凝らせば、確かにじわじわと前に詰めてきていた。富田の押しに猪苗代勢は防戦一方、なるほど、戦の流れを見る目も確かである。金上が前に出たのは、富田の背を支えるためであり、また伊達の陣立てを摑んだという証《あかし》でもあった。

「あと少し待つ。皆の者、その間に支度を万端にせよ」

既に整列している兵を、二本松衆が引き締めに掛かる。戦場では金上の後詰を得た富田隊がさらに気勢を上げていた。喚き声が風に乗り、ことさらに大きく響く。そして――。

じわりと進んでいた金上の隊が、ざっと足を速めた。

「……来た。殿！」

成実の声に応じ、政宗が命じる。本陣の後ろに据えられた陣太鼓《じんだいこ》が打ち鳴らされ、四人でひと抱えという太い胴が、ドドドン、ドドドン、と空気を揺るがした。

「太鼓、打てい！」

「参る」

静かに命じた声に、家臣たちも「はっ」と落ち着いて返す。固く口を噤んだ兵を従え、成実は本陣の後詰を外れた。四番手の白石も同じように兵を動かし、粛々と山裾の森に消えてゆく。

富田に加勢した金上はこの動きを察するだろうか。戦上手《いくさじょうず》には違いあるまいが、それは考えにくい。戦場に踏み込んだ以上、眼前の戦いをこそ重んじねばならぬはずだ。追い風の蘆名勢は伊達勢より辺りを見やすいが、この濁った空気の中、戦いながら検分を続けるのは極めて難しい。

成実の徒歩三千と白石の騎馬二千は、磐梯山の緑に紛れて西へ向かった。森の中からは、摺上原北辺の小高い丘が見える。そこには見物衆《けんぶつしゅう》が群れていた。骸《むくろ》となった兵から腰兵糧《こしびょうろう》を奪い、また武具を剝《は》ぎ取って銭に替えようという、戦場には付き物の亡者《もうじゃ》たちである。

見方であった。

あの丘の上なら戦場の全てを見渡せる。見物衆がここに腰を据えることは、成実と景綱の一致した

（案の定だ）

（これで半分……）

策の残り半分は、本当に風向きが変わるかどうかで違ってくる。漁夫の見立てが当たってくれればと念じながら、成実は昼なお暗い森を進んだ。摺上原は丘の陰に隠れて既に見えず、殺し合いの喧騒《けんそう》が届くばかりであった。

†

成実は七ヶ森に潜んでいた。下見で目を付けたとおり、一本ずつの木は細く、体の半分も隠れそうにない。だが森の切れ目から五間も引っ込めば、生い茂る葉の陰に呑まれ、外からは見えにくかった。共に行軍した白石も同様に、やや東寄りの名もなき森で時を待っている。

「申し上げます」

野と森の境から、遠藤駿河が戻った。

「どうだ」

「良う見えましてござる。蘆名勢、落ち着いて前に出ておる由《よし》にて」

静かに頷いて遥か頭上を見上げた。西風に靡《なび》く枝と枝が擦《こす》れ合い、がさがさと騒々しい。時、未だ至らず。以後も成実は物見《ものみ》を繰り返した。

七ヶ森の中は、摺上原の暑さが嘘のように冷《ひ》んやりと心地良かった。まばらな木漏れ日は、光その

ものが深い緑に染まったようで、どれほど時が経《た》ったのかも分かりにくい。

「成実殿」

左手の背後遠く呼ばわる声に、ようやくだ、と振り向く。

「待ちくたびれたぞ」

「さほどに時をかけてはおらぬ。申し合わせたとおりじゃ」

木陰の薄闇《うすやみ》から馬を寄せたのは、先手で戦っていたはずの猪苗代盛国であった。二百の兵を連れている。成実は軽く息をつき、馬首を向けて「どうだった」と問うた。猪苗代は鬱陶《うっとう》しそうに土色の汗を拭った。

「富田の子倅《こせがれ》め、強いの何の。金上の爺《じじい》を引き摺《ず》り込むにも苦労したわい」

蘆名の戦はいつも、金上が中備《なかぞな》えから動かしている。猪苗代の証言に従い、成実と景綱は策を練った。

ただ一戦で蘆名を呑み込むには、壊滅させねばならない。浮き足立たせ、全ての兵を蹴散《けち》らすのだ。それゆえ成実と白石は、ここぞの伏兵と決まった。だが伊達の主力二人が初めから戦場になければ、金上は嫌でも伏せ勢を疑うだろう。老獪《ろうかい》な敵将の心を欺くため、わざわざ、いったん姿を見せてから潜むという困難なやり方を選んだ。この別働を成らしめるには、先手と二番手が行軍の時を稼がねばならなかった。

「金上を誘《おび》き出して半時ほど足止めした。示し合わせたとおりだ」

猪苗代が胸を張る。成実は「ご苦労」と応じて問うた。

「お主が退いた後は？　この森には、騒ぎの声も小さくしか届かん」

「そうじゃのう。原田は強いが、まあ……あと一時もせんで崩れるだろう」

「……お主がこれへ参って一時では、ちと早いな」

「致し方あるまい、朝より風も強うなっておる。文句は小十郎に申せ」

これはもしや、風向きが変わらぬ場合も見据えておかねばなるまいか。渋い顔で二度頷いた。

「あい分かった。次の役目に向かってくれ」

「人使いの荒いことだ。五百貫では合わぬわい」

ぼやきながら、猪苗代は森の奥、さらに西へと進んでいった。成実はその背に「文句は殿に申せ」と毒づいた。

七ヶ森に届く喧騒は、さらに小さくなっている。味方が押し込まれ、ぶつかり合いの場が東側にずれたのだ。本陣に迫られていなければ良いが。

風向きは、と再び高みを見上げる。猪苗代の言ったとおり、西風はまた少し強くなっていた。

百姓や漁夫、外で毎日の天気と付き合う者は風雨に通じている。特に漁夫は、時化《しけ》の日に船を出せば命を落とすだけに、一層詳しい。一昨日《おととい》の漁夫は、はっきり言っていたそうだ。今日は昼前に船を戻すと。

（盛国がここへ来たなら、そろそろ昼のはずだが）

ただし「弘法《こうぼう》にも筆の誤り」と言うように、あの見立てが絶対とは言いきれない。そこが、この戦の賭けであった。

風向きが変わらねば、味方は土煙に巻かれたままで苦戦は免れない。本陣近くまで寄せられるようなら、景綱が三回に分けて鉄砲の合図を送る手筈《てはず》である。その時には己と白石の五千のみで敵本陣を叩かねばならない。不確かな戦いになる。

さあ、どうなる。合図はあるのか。全てを逃すべからずと気を研ぎ澄まし、耳をそばだてた。

（ん？）

戦場の喧騒が幾らか強く届いている。押し返したのか。

違う。山々にこだまする喚声を聞く限り、出どころはむしろ遠退《とおの》いている。つまりは、と三たび頭上を仰いだ。

そして見た。聞いた。枝の揺れが緩やかになり、騒々しい物音が収まりかけている。

「……当たりだ」

囁《ささや》き声で、左手の手綱をぐっと握った。

来い、もっと来いと強く念じ、固唾《かたず》を呑んで見守った。踊る緑が少しずつ鎮まってゆく。そして、そよそよと葉が揺れるほどに弱まり、やがて再び踊り始めた。これまでとは逆の動きであった。しかと分かる。雨の前の東風だ。次第に強くなっている。

「右馬介、駿河。兵を整えておけ」

命じて馬を進め、森の切れ目へと向かう。摺上原の煙幕が東から西に逆流していた。

そこへ――。

皆が一斉に西を向いた。鉄砲の音だ。しかし三度に分けた「外れ」の合図ではない。三段めの中央、景綱が率いる三百挺《ちょう》をまとめて放った轟音《ごうおん》である。

「戦が動く」

呟いて、ごくりと喉を動かす。少しの後、慌てふためいた悲鳴が東風に乗ってきた。にやりと笑う成実の額に汗が浮かんだ。

「策の本筋だ。勝った！」

渡ってきた悲鳴の主は、見物衆である。戦の残骸《ざんがい》を漁《あさ》りに来た餓鬼《がき》の群れを、景綱は撃ったのだ。

見物衆は、ならず者だが兵ではない。いきなり鉄砲を向けられたら、必要以上に慌てふためく。そして、この惑乱《わくらん》の声こそが蘆名勢の意気を挫《くじ》く。猪苗代盛国の裏切りで端《はな》から心を乱していた敵なのだ。またぞろ寝返りかと疑うのは必定《ひつじょう》であった。

「殿！　いつでも行けますぞ」

背後に右馬介が進んできた。肩越しに見れば、三千の徒歩兵が目をぎらつかせ、今や遅しと出番を待っている。

「焦るなよ。俺たちは敵の息の根を止めねばならん」

早く。暴れたいのだ。まだか。殺したいのだ。そういう爛《ただ》れた熱気を制し、皆が摺上原に目を向ける。荒い息を必死で押し止め、虎視《こし》眈々《たんたん》と窺《うかが》っている。

やがて左手、やや東寄りの辺りで喊声《かんせい》が上がった。白石宗実の騎馬二千が、敵の横腹に突撃を食らわせたらしい。成実の右手、麻布で槍を縛られた拳《こぶし》の中が、珍しく汗に濡れた。左手で得物《えもの》を扱《しご》くように回し、滑《ぬめ》り気を飛ばす。

見遣る向こうの野に、壊乱して逃げる兵がちらほらと現れ始めた。目の前にある小枝にも似た黒い影が、腰を抜かして転げるように駆けている。人があの大きさに見えるなら概ね一里か。

さらに見張り続けると、小枝の如《ごと》き敵兵が草の青を半ばまで覆った。

「進め！」

成実は、ついにその下知を飛ばした。大音声と共に黒鹿毛馬《くろかげうま》の腹を蹴る。血に飢えた兵たちが猛然と駆け出し、未だ足の速まらぬ馬を追い越していった。成実と家臣《かしん》の七騎を中央に包んで、徒歩の一団が狂気の渦《うず》となる。小枝の如しと見えた敵の群れが次第に大きさを増し、こちらが一歩を進めるごとに、ひとり、またひとりと足音を察して振り向き始めた。

「当たれ」

成実の咆哮《ほうこう》に、周囲の兵が「ぎゃあ」と猛《たけ》り狂った叫びで応じる。もう敵兵個々の顔が見えるくらいに近付いていた。どの顔も混乱の上に絶望を重ね、押し寄せる虐殺の気配に突き飛ばされるが如く、四方八方へ逃げ散ろうとした。成実の兵はそれらを追い、捉《つか》まえて、案山子《かかし》でも壊すかのように乱《らん》行《ぎょう》を働いた。

「あっぎゃ」

「ひぃいゃあああ！」

「やめ、やめ……」

悲鳴、悲鳴、悲鳴、その一色である。せせら笑って味方の兵が暴れ回る。阿鼻叫喚《あびきょうかん》の地獄絵図《じごくえず》を目の当たりにして、敵は散りぢりに逃げるのをやめた。最も進みやすい道、黒川城へと続く街道を進んでゆく。成実以下はその背に迫って殴り付け、斬り付け、散々にいたぶった。やがて白石の騎馬が追い付き、五千の一団が哀れな敗残の衆を追い立てる。

「何か、こりゃあ！」

逃げる兵の先頭で、裏返った声が上がった。一縷《いちる》の望みさえ断たれた者の断末魔《だんまつま》である。摺上原と黒川を分かつ日橋川《にっぱしがわ》、そこにあるはずの橋が焼け落ちていた。猪苗代盛国の手配であった。

「おいこら、ごじゃっぺ！　何やってんだ」

「さっさと行け！　泳げ、馬鹿介《ばかすけ》！」

道が断たれ、前が詰まっている。後ろを走る敵兵は追い付かれる恐怖から逃れようと、前で足をすくめる者を川に突き落とし、続いて自らも突き落とされていた。それらの大半は、錆《さ》びた貸し具足の重さに耐えきれずに沈んでいった。

奥州最大の決戦は一日で終わった。

摺上原の戦いを制した伊達勢は、一路、黒川を指して行軍した。成実は即座に日橋川の橋を架け直したが、仮普請《かりぶしん》までに四日を要した。大軍が川を越えたのは六月十日であった。

奇しくもその日、蘆名義広が会津を追われていた。

近習に守られ、まさに命からがら逃げ帰ったのだろう。しかし黒川城番《じょうばん》の重臣衆に裏切られ、入城を拒まれた。佐竹との繋がりを疎んじる者は、それほどに多かったのだ。入嗣《にゅうし》を決めた金上盛備《かながみもりはる》も討ち死にし、義広を守ってくれる者は誰もいない。父の領国・常陸へ落ち延びたのは当然の帰結である。

六月十一日、政宗は黒川城に入った。降る気のない者は既にどこかへ逃げたか、そうでなければ討ち死にしている。残る会津衆は一も二もなく伊達への奉公《ほうこう》を決めた。

七十万石の大国・会津が、ただの一戦で叩き潰された。誰もが驚愕《きょうがく》に揺れる中、成実や景綱、鬼庭綱元《おににわつなもと》、原田宗時、後藤信康《ごとうのぶやす》らの重臣は、奥州《おうしゅう》の小勢《こぜい》を恫喝《どうかつ》して回った。

翌月には白河《しらかわ》が、さらに三ヵ月して十月には二階堂が膝《ひざ》を折る。政宗の叔父・石川昭光《いしかわあきみつ》や従兄弟《いとこ》の岩城常隆《いわきつねたか》も、十一月には帰順を決めた。

政宗はついに、陸奥の覇者となった。出羽《でわ》には未だ最上義光《よしあき》らが割拠《かっきょ》しているが、これらとて今の伊達に勝る力を備えてはいなかった。

七　主と家臣

奥羽《おうう》の小勢《こぜい》を束ね終えて一ヵ月、天正《てんしょう》十七年（一五八九）も十二月を迎えた。成実《しげざね》を始め、誘降《ゆうこう》を進めていた将たちは新たな本拠・会津黒川《あいづくろかわ》に詰めている。北条《ほうじょう》との談合を進めている最中とあって、重臣《じゅうしん》には為《な》すべきことが多くあった。

いざ、これからだ。誰《だれ》もがそう思っていただろう。しかし。

「おおお、あああああッ！　糞《くそ》ったれ！　畜生《ちくしょう》め」

月半ばのある晩、黒川城の本丸館《ほんまるやかた》に激しい叫びが轟《とどろ》いた。成実は自室で日記を付けていたのだが、驚いて廊下に飛び出した。

（殿の声だ）

思う間もなく激しい物音。右手に持ったままだった筆を部屋に放り込み、政宗の居室へと小走りに向かった。

着いてみると、廊下には障子の木枠が砕けて飛び散り、破れた紙が寒風にふらふらと揺れていた。片倉景綱《かたくらかげつな》や白石宗実《しろいしむねざね》、後藤信康《ごとうのぶやす》ら、他《ほか》に駆け付けた者と眼差《まなざ》しを交わす。成実は皆を目で制し、中を覗《のぞ》こうと一歩を踏み出した。そこへ、またも苦しげな絶叫が響き渡った。

「なぜだ！　天は」

叫びと共に火桶《ひおけ》が飛んできた。踏み出した足が止まり、うわ、と逆に二歩ほど下がる。桶が廊下の床板に跳ね、箍《たが》が外れてばらばらになった。中の灰が濛々《もうもう》と煙を作り、濁った空気の底に赤い光が点々と浮かぶ。

「炭の火……」

成実は思わず息を呑《の》んだ。頭の中に、右手を潰《つぶ》した日がありありと思い起こされる。

「危ない！」

後藤信康が桶の破片を拾い、慌てて赤い塊を叩《たた》き払った。炭火は次々と庭に落ち、薄く積もった雪の上で、じゅう、と音を立てた。皆が胸を撫《な》で下ろす。

「殿！　何です、これは」

成実は目を吊《つ》り上げて部屋に踏み込んだ。景綱も続く。政宗はどこを見ているのか分からぬ目つきで髪を振り乱し、肩で息をしながら低く割れた声を搾《しぼ》り出した。

「壊せ……こんな城など、燃えてなくなれば良いのだ。成実！　小十郎《こじゅうろう》！　百姓《ひやくしよう》衆を引っ張り出して、片《かた》っ端《ぱし》から首を刎《は》ねい！　信康と宗実は寺という寺に火を点《つ》けて回れ。今すぐだ！」

元来が激しい人だが、正気の沙汰《さた》ではない。どろどろした思念が止《と》め処《ど》なく溢《あふ》れている。

「落ち着かれませい」

景綱だ。静かながら、凛《りん》と張った声が真正面からぶつかってゆく。

「落ち着けるものか」

政宗は暴れ狂う気性《きしよう》のままに吼《ほ》え、床に転がっていた紙玉を蹴飛《けと》ばした。成実の膝《ひざ》に当たって転がる。景綱が拾い、眉《まゆ》をひそめながら丁寧に拡げて目を落とした。

ぎりぎりと聞こえるほどに歯噛《はが》みして、政宗は乱暴に床を幾度も踏み鳴らした。

「……関白《かんぱく》が小田原《おだわら》を攻める。参陣《さんじん》せよと言ってきた。間に合わなんだのだ、俺《おれ》は！」

景綱が観念したように鼻息を抜く。書状を成実に手渡しつつ皆に向けて発した。

「明くる年の三月を期して戦《いくさ》に踏み切ると」

真っ先に駆け付けた四人の他にも、新たに数人が参じている。廊下の惨状《さんじょう》に唖然《あぜん》としていた皆が、ざわ、と声を上げた。

成実は政宗に歩み寄り、書状を押し付けた。

「会津攻めが法度《はっと》に触れるゆえ、申し開きをせよとほざいておる。どうなされるのです」

政宗は、自らの手に戻った書状を忌々《いまいま》しそうに引き裂いた。

「……天下への夢は露と消えた。だが会津は俺が、伊達《だて》の皆が血を流して勝ち取ったのだ。何もせぬ関白にくれてやるくらいなら、俺の手で全《すべ》てを壊し——」

「馬鹿《ばか》も休み休み申されませい」

景綱が冷え冷えとした声を響かせた。

「関白が会津を召し上げる肚《はら》だとて、殿の仰《おお》せは間違っておられる。乱妨狼藉《らんぼうろうぜき》を働いては、向こうに征伐《せいばつ》の大義名分《たいぎめいぶん》を与えます。それでなくとも天下人は、思うがままに法度を作れる」

この落ち着きは、年嵩《としかさ》の者ならではか。成実は苦い面《おも》持ちながら、幾分心強く思って景綱に問うた。

「会津召し上げだけで済ませられるのか」

「分かりません。されど、どう足掻《あが》いても会津だけは奪われましょう」

廊下から、後藤と白石が「ならば」と声を上げた。

「やはり関白と戦うのみ。北条との談合は、とうに進んでおるのです」

「小田原に参じよと申すなら、もっけの幸い。参陣に託《かこつ》けて関東《かんとう》勢と手を携《たずさ》え、猿の冠者《かじゃう》を討ち取ってやればよろしい」

そのとおりだと頷《うなず》く者は少なかった。大方は、どうしたら良いのか、という顔である。ふと政宗を見れば、先の剣幕《けんまく》は影をひそめ、透き通ったような面持ちに気持ちの揺れを映していた。成実には、その姿が幼少の日と重なって見えた。右目を失い、泣き暮らしていた頃《ころ》の頼りなさである。

（いかん）

政宗の激情は、一面で脆《もろ》さの裏返しと思える節がある。大崎合戦《おおさきかっせん》の折、母に仲裁を頼もうと決めながら煮えきらぬ風を見せていたのは、その最たるところだ。心の土台が抱える揺らぎを覆い隠そうと、我知らず、生来の激しさを狂気と紙一重《かみひとえ》にまで嵩《こう》じさせてきたのだろう。ところが関白という巨大な壁を前に、仕舞い込んだはずの顔が出てきている。

俺が支えねば——成実は肚を決め、敢《あ》えて高らかに笑った。

「信康と宗実殿の申すとおりじゃ。小田原城は難攻不落、かつては上杉謙信《うえすぎけんしん》の大軍をも退けたほどにござる。上杉は関東の地で兵糧《ひょうろう》を得られず、冬を迎える前に退《ひ》かざるを得なかった」

兵糧は自前の輜重《しちょう》のみではない。特に長陣《ながじん》ともなれば、攻め入った地で奪い取るのが戦の常道である。しかし在地の国衆《くにしゅう》や地侍《じざむらい》、民などは、さほどの蓄えを持っていない。あまりに多くの兵を率いれば、その数こそが仇《あだ》となる。

「北条を戦で下すなら、どれほどの兵を連れねばならぬか。猿関白は、すぐに兵糧が心許《こころもと》なくなろうて。荷駄《にだ》も大坂《おおさか》から運ばねばなり申さん。さすれば」

「……滞《とどこお》るな。きっと」

政宗の顔に、いくらか明るさが戻った。成実は「そのとおり」と大きく頷いた。

「北条とて、初めから小田原に籠《こ》もる気はござるまい。伊豆《いず》で陸と海の道を封じ、抗《あらが》うに相違なし。やがて豊臣《とよとみ》方が窮した時こそ、我らは北条を後詰《ごづめ》して攻め掛かり、関白を血祭りに上げる」

皆が口々に「おお」「それなら」と声を上げ、場の空気が俄《にわ》かに軽くなった。

だが景綱だけは、最前からの落ち着き払った佇《たたず》まいで伏し目がちに黙っていた。いささか気になって、成実は声を向けた。景綱に「よし」と言わせるのが、政宗には最も効き目がある。

「お主《ぬし》はどう思う」

「……悪くは、ござらん」

はっきりしない返答であった。決して良くもないと言われた感がある。

「より良い手立てがあるなら、殿にお聞かせするがよかろう」

「今のところ、ござらぬ。まずは関白の下知《げち》を握り潰し、北条と談合しながら成り行きを見守るのみ」

どうにも物足りない。だが政宗は、また少し安堵《あんど》したようであった。

翌日、返書が発せられた。伊達は奥州探題《おうしゅうたんだい》の家柄で、秀吉の関白と同じく、朝廷から受けた任である。ならば伊達が奥州を切り盛りするのは惣無事《そうぶじ》に触れぬはず——小田原参陣を否《いや》とも応《おう》とも言わず、自らの立場を述べるのみの書状であった。

†

豊臣と綱引きの最中ゆえ、成実以下は新年参賀の後も黒川城に留《とど》まっていた。そして天正十八年（一五九〇）三月十三日——。

「北条攻めの兵を出せとは申さず。まずは申し開きのため、小田原に参じられたし」

黒川城本丸館の広間、伊達重臣が向かい合わせに列を成す中央で、秀吉の使者が居《い》丈高《たけだか》に口上《こうじょう》を述べた。名を木村吉清《きむらよしきよ》という。武士《ぶし》とは思えぬほどに線が細い。

「幾度も書状にて促《うなが》したれど、一向に埒《らち》が明かぬ。この上は色好《いろよ》い返事を頂戴《ちょうだい》できるまで、会津を動かぬ所存にござる」

大半の顔には、来るべきものが来てしまった、という気持ちが色濃く滲《にじ》んでいた。だが成実を始め、抗戦を是《ぜ》とする者も相応にある。それらは使者の態度に嫌悪を覚えた面持ちだった。

「と、いうのが」

気配を察したか、木村は一転して朗らかな大声を上げた。

「関白殿下から仰せつかったお話にて。まあ、それがしも弱りきっておりましてな。伊達殿の参陣を取り付けるまで帰るなと……奉公人《ほうこうにん》の辛さ、我が苦衷《くちゅう》はお察しいただけましょう。されど、いま一度お考えくだされ。先んじて書状を差し上げたとおり、殿下は、参陣すれば会津攻めは不問に付すと仰せです。悪い話ではないと存ずるが」

成実は心中に「巧いな」と唸《うな》り、政宗の左手筆頭から木村に呼ばわった。

「関白様のご意向に添えるかどうかは、分かりませぬぞ。かく申す俺は、参陣すべからずと思うておる」

木村はこちらに向き、少し困った顔を見せた。

「左様に決せられたら、それがしも困りますな」

面持ちとは裏腹に、どっしりと落ち着いた物言いである。

（こやつ……）

成実は軽く喉《のど》の渇きを覚え、口中の唾《つば》を呑み込んだ。

それがし「も」困るとは、政宗も困るという意味か。主座へと目を流せば、案の定、思い悩んだ空気である。

この期に及んで政宗が苦悩しているのは、既に小田原攻めの兵が発せられているからだ。先手《さきて》はもう駿河《するが》の沼津《ぬまづ》に達し、北条領の西端・伊豆を虎視《こし》眈々《たんたん》と窺《うかが》っている。

北条とて手を拱《こまね》いてはいなかった。小田原の備えを厚くし、伊豆では山中城《やまなかじょう》や韮山城《にらやまじょう》を堅固に整えている。足止めすれば豊臣方の兵糧が尽きるという、成実と同じ見通しだったのだろう。

だが、ひとつだけ見当が外れていた。戦ごとに雇われる足軽《あしがる》衆が「天下人に勝てるものか」と尻込《しりご》みし、全くと言って良いほど集まらなかったのだ。北条領は二百五十万石《ごく》、年貢《ねんぐ》は四公六民である。五公五民の他国に比べて実入りは少ないが、それでも十万近くを雇う力はあったのに。

政宗が「木村殿」と静かに問うた。

「沼津の先手は、どれほどか」

「山中城を睨《にら》む者が十万、韮山城を睨む者が七万。北条の百姓兵など相手になり申さず」

大名豪族《だいみょうごうぞく》は民と地侍をひと絡げに「百姓」と呼び習わしている。しかし両者は、平時に田畑を作る以外は別物だった。地侍は農作の傍ら武芸を磨き、村を守って年貢を取りまとめる――その際、幾らか懐に入れてしまう――顔役であり、村同士の諍《いさか》いや戦の際は兵として働く。対して民は、戦場では雑役番《ざつえきばん》しか命じられない。武芸の心得《こころえ》がなければ、長く重い足軽槍《あしがるやり》など扱えないからだ。足軽を集められなかった北条は、この掛け値なしの民を兵として駆り出していた。

「……ふむ。なるほどな」

頷いて、政宗は「これ」と手を叩いた。すぐに近習《きんじゅ》のひとり、屋代《やしろ》勘解由《かげゆ》が参じた。きょろりとした目には心を映す光がない。蛇を思わせる若者であった。

「勘解由。木村殿を宿所に案内して差し上げよ」

政宗は改めて木村に顔を向けた。

「参陣の是非《ぜひ》は評定《ひょうじょう》にて決する。それまで城下に留まられよ」

翌日から、黒川に詰めていない評定衆を召致《しょうち》に掛かる。そして十日、三月二十四日の朝から評定となった。参陣の命令が届いた時にはうろたえていた者たちも、この頃になると、各々胸に秘めるものがあるようだった。

まず原田宗時《はらだむねとき》が「ただちに参陣を」と声を上げた。

「沼津の先手だけで十七万、対して北条は五万ですぞ。勝ち目などござるまい」

村田宗殖《むらたむねたね》が「何を申す」と食って掛かる。

「十万だの七万だのは水増しだ。実のところは半分と見て良い」

すると亘理重宗《わたりしげむね》が「いいや」と声を上げた。

「それだとて、北条の兵は百姓ぞ。しかも山中城や韮山城は、精々が二本松《にほんまつ》と同じくらいの構えと聞く」

成実には腰の引けた舅《しゅうと》の姿が無念であった。だが防戦が難しいというのには一理ある。二本松ほどの城なら、山中と韮山には多くて五千しか入れられない。

「いやさ！　たとえ百姓兵だとて、石くらいなら投げられよう。足軽や地侍共がひとりもおらぬ訳ではあるまいし、将たる者も守りに就くのだ。勝てぬはずはない」

摺上原《すりあげはら》で共に伏せ勢を率いた男、白石宗実である。伊達の一門だが寄騎大名《よりきだいみょう》でもあり、それゆえ政宗とは別に参陣を命じられている。この分では、きっと応じる気はないのだろう。

以後も侃々諤々《かんかんがくがく》の論が飛び交った。参陣を推す声の方が多かったが、抗戦を唱える者は誰《だれ》も血気盛んで勢いがある。ゆえに両者は、どこまで行っても交わらない。夕刻を迎え、次第に皆が疲れ始める。

成実の岳父《がくふ》・重宗が「婿殿」と矛先を向けてきた。

「評定が始まってから、ひと言もござらんが」

「俺の気持ちは、皆が存じており申す」

「ならぬ！　ならぬぞ婿殿。それは伊達を潰す道だ」

「左様にござろうか」

重宗は、そして参陣を勧める者の全てが驚愕《きょうがく》の面持ちを向けてきた。なるほど、必ず勝てるかと問われれば、正直なところ心許《こころもと》ない。だが——。

「我らはずっと関白の横着を蹴飛ばしてきた。向こうが伊達をどう思うておるかなど、明白ではござらんか。今さらおめおめと参陣するのは、わざわざ首を取られに行くようなものじゃ」

皆が黙った。政宗が斬首《ざんしゅ》となれば伊達の行く末は同じなのだ。

「ならば、まだ戦う方が望みはある。豊臣の如《ごと》き成り上がりに膝を折った者共など、腑抜《ふぬ》け揃《ぞろ》いとは思わぬか。対して伊達は猛者《もさ》揃いよ。人取橋《ひととりばし》に郡山《こおりやま》、摺上原。苦しい戦を勝ち抜いてきた者共が、我が二本松城でも腕を撫《ぶ》しておる。俺が一戦して、豊臣方を烏合《うごう》の衆と変えてくれよう」

勇ましく吼《ほ》える。抗戦を唱えていた皆が一斉に「そうだ」と拳《こぶし》を突き上げる。しかし原田は右膝を立て、ことと次第によっては、という構えを見せる。

「戦はまず数の勝負にござろう。郡山を勝ち抜いたと申されたが、あの時に小勢の辛《つら》さを思い知ったはず。如何《いか》にせん、天下の勢いは豊臣じゃ。一戦して勝つくらいでは覆せん。無益な戦をするべからず」

途端、満座が怒号で埋め尽くされた。殿を死なせる気か、戦えば許される見込みはない、何だと、何を、と喧《かまびす》しい。

「静まれ」

政宗の一喝《いっかつ》で誰もが口を噤《つぐ》んだ。急な静寂に、きん、と耳が鳴る。

「皆が伊達の行く末を思っておるのは、良う分かった。少し休みを挟んで頭を冷やせ」

静かに発すると、政宗はすくと立って広間を辞した。

残された皆は誰ひとり口を開かず、立ち去ろうともしなかった。そうした中、ひとり景綱が腰を上げる。激しい言い合いにあって、この男だけは最後の最後まで口を閉ざしたままだった。

（小十郎……）

自らの思いを伝えに行ったのだろう。景綱の背を目で追いつつ、成実は密《ひそ》かに期待した。政宗の傅《もり》役《やく》として誰よりも長く共にあり、いつも最善の道を探ってきた慧眼《けいがん》である。政宗にとって小田原参陣は死出《しで》の旅だと、分からぬはずはない。そうでなくとも、参陣すれば秀吉に降《くだ》ったことになるではないか。

（殿は、ずっと）

天下への大望《たいもう》を唱えてきた。それによって、何とか自らの心を支え続けたのだ。豊臣に臣礼《しんれい》を取って雄志を捨てれば、首が繋《つな》がったとて死んだと同じなのである。

広間の中は引き続きの無言だった。和戦両論のそれぞれが、互いを敵だと思っている。

その重苦しい空気へと、二つの足音が近付いてきた。

「評定を……。いや、俺は決めたぞ」

政宗の声に皆が背筋《せすじ》を伸ばす。景綱が主座の右手前に戻ると、おもむろに言葉が継がれた。

「豊臣の兵は、群がる青蠅《あおばえ》の如し」

成実は、膝の上の左手を「よし」と握った。しかし。

「対して伊達は、団扇《うちわ》一枚を持つばかりだ。追い払ったとて、きりがない。……小田原に参る」

頭の中が真っ白になった。信じられない。聞き違いか。何を言っているのだ。

「殿！」

声を上げた成実に、政宗は寂しげな笑みで首を横に振った。

「俺が決めたのだ」

家臣《かしん》にとって、それは絶対である。皆が「はっ」と頭を下げた。

政宗が去り、ひとり、またひとり、評定衆が辞してゆく。成実と景綱の二人だけが、最後に残った。

「参陣……お主が勧めたのか。どうしてだ」

無念であった。自らの言い分が退けられたからではない。政宗が、長年に亘《わた》って生きる便《よすが》とした節《せつ》を曲げた。それが悔しくてならなかった。

景綱は瞼《まぶた》を半ば閉じ、こちらと目を合わせずに返した。

「殿は昔から聡明にござった。会津を握り、奥羽に覇を唱えたとは申せ……北条攻めが始まったからには、この先はない。戦乱が終わると察しておられたのです。泰平《たいへい》の大名になる道と御自《おんみずか》らの大望に挟まれ、苦しんでおられた」

「たわけたことを！」

つい大声が出た。景綱には、政宗という人の礎《いしずえ》が分かっていなかったのか。

「苦しんでおった、つまりは戦乱が続く目に賭けたいと思うておられたのだ。家臣なら、傅役《もりやく》なら！主君の大望を後押しするのが道理だろう」

景綱が少し瞼を持ち上げ、眼差しを流してきた。

「それは、ひとりの望みにござる。当主の肩には、如何にして生き残るか、如何にして家臣を守るかも懸かっている。殿は……稚児《ちご》の如きところも多いお方なれど、人の主《あるじ》としての道だけは違《たが》えなかった。存亡こそ第一の道理なのだと」

「お主は、梵天《ぼんてん》の身になって考えていない！」

「はい」

さらりと返された。はい、だと？　どういうつもりだ。

「おい。いったい……」

「それがしには、道理を云々《うんぬん》するしかでき申さぬ。殿の身になって差し上げられるのは、藤五郎《とうごろう》殿のみにござろう」

「だから戦えと申したのだ！　梵天には天下の大望が全てだった。泰平の大名になるなど、あいつを腑抜《ふぬ》けさせるだけではないか。左様《さよう》な決定など分かってやれぬ！　俺はどこまでも、梵天を支えたいのだ」

景綱の目が、かっ、と見開かれた。

「違い申す！　人を支えるとは――」

「黙れ！」

成実はそれきり無言を貫いた。長い沈黙、景綱がじっと見ている。思うところを全て吐き出せと促しているのだ。話せばどうなるだろう。

ふう、と重い息が漏れた。

「……よそう。堂々巡りだ」

ゆっくりと立ち上がる。頭が痛い。体も疲れきっていた。

「なあ小十郎。俺はお主が好きだ。言い合いを重ねて仲違《なかたが》いしとうない。この先も、今の問答なら決して応じまいぞ」

言い残し、肩を落として広間から去った。春三月、陸奥《むつ》の宵《よい》は未《いま》だ寒かった。

それから数日、関東では北条征伐《せいばつ》が始まった。

小田原に踏み込ませてなるものか。関白の兵糧が尽きるまで伊豆で食い止めるべし。北条はそのつもりだったろう。だが豊臣勢の前に百姓兵は何の力も持たなかった。山中城と韮山城は呆気《あっけ》なく抜かれ、小田原はたちまち包囲されるに至った。

†

「毒だと」

夜半の寝所へと届けられた一報に、成実は寝巻きのまま青ざめた。

四月五日、小田原行きを明日に控えた政宗は、母――輝宗の死後に得度《とくど》して保春院《ほしゅんいん》の号を得ている――に招かれ、ひとり黒川城本丸の西館を訪ねていた。出立の餞《はなむけ》にと、向こうからの招きである。政宗は、どれほど嬉しかっただろう。成実も潤いを得た思いだった。

然《しか》るに、餞の膳《ぜん》に鳥兜《とりかぶと》が仕込まれていたとは。

「殿はどうなされておる。生きておられるのか」

伝令に来た屋代勘解由《やしろかげゆ》が、ぼそぼそと応じた。

「いち早く毒に勘付かれ、全て吐き出したそうで」

「良かった……」

安堵《あんど》して両足から力が抜け、床板にぺたりと尻《しり》を落とした。背を丸めて呟《つぶや》く。

「小田原行きは繰り延べだな」

「とは申せ、いつまでも延ばす訳には。近く沙汰《さた》を下すとの仰せです」

落ちていた首が跳ね上がった。

「沙汰だと？　まさか」

「あり得ましょうな」

「あり得るものか！」

「殿は左様なお方です」

平然と返され、怒りがこみ上げてきた。かねて蛇を思わせる男だと思っていたが、まさにそのとおりだと睨み上げる。

「それでも実の母御《ははご》だ。手に掛けるなど、あってはならん」

相手の眼差しが、闇《やみ》に光った気がした。

「実の父御《ちちご》を手に掛けたお方にござる」

「おまえは！」

弾かれるように立ち上がり、胸座《むなぐら》を摑《つか》んだ。政宗がどういう思いで父を撃たせたか、あの場にいなかった者に何が分かる。

「……殿にお会いして、お諫《いさ》めする」

「ご無体《むたい》な。未だ臥せっておられますのに」

「うるさい」

飽くまで動じない屋代を突き飛ばし、政宗の寝所へと急いで参じた。障子は締め切られ、二人の近習、牛越内膳《うしごえないぜん》と鈴木重信《すずきしげのぶ》が廊下に座り込んでいた。

「どけ。殿にお話がある」

蛇男の屋代と同じで、二人は「なりませぬ」としか言わない。成実が「いいから通せ」と押し退《の》けたところ、部屋の中から弱々しい声が渡った。

「成実か」

障子越しに「殿」と跪《ひざまず》き、腹に力を込めた。

「お東《ひがし》の上に罪を問うてはなりませぬぞ。大崎の戦いを思い出されませい」

保春院は長らく政宗を疎《うと》んじてきた。幼い頃には崩れた面相《めんそう》を、長じて後は型破りで激しすぎる気性を強く嫌ったのだ。それでも、奥羽の衆に包囲された大崎合戦では政宗の請いを容《い》れ、和議のために奔走《ほんそう》してくれたではないか。

寝所の内から、くぐもった声が漏れ出した。

「小次郎《こじろう》を、だ」

自嘲《じちょう》するような響きに、深く胸を刺された気がした。保春院の目には、弟・小次郎しか映っていない。大崎の折も、俺を助けるためではなかったはずだ。政宗はそう言っている。

「悲しいことを……母御ではござらんか。殿がお許しになれば、必ずや」

「小次郎を斬《き》る。俺しか子がいなくなれば、母上も」

ぎくりとした。父を手に掛けた人だ、という屋代の声が耳に蘇る。

「なりませぬ。思い直されよ」

「少し眠る」

政宗はもう、何を言っても返事をしてくれなかった。

二日後の四月七日、政宗は自らの手で弟を斬った。

ついに、やってしまったか。報《しら》せを受け、成実は自室でうな垂れていた。

「もう、知っておるようだな」

足音もなく、いきなり声が聞こえた。ゆらりと頭を上げ、げっそりした顔の政宗に、恨み言のような問いを向けた。

「これで、お東の上も殿を重んじると。まことに左様お思いか」

「生かしておけば、小次郎は火種となる。母上はきっと、俺が小田原に参じた隙《すき》に……」

伊達家を奪われると思っているのか。あまりの情けなさに涙すら出ない。その思いが、成実の胸に烈火を巻き起こした。

「ならば小田原になど行かぬが良い。そうまでして、母御に恨まれてまで家督《かとく》にしがみ付こうとは！天下を目指しておった頃の殿は、左様に小さなお人ではなかった」

「たわけ！」

静かな佇まいから一変、政宗は瞬時に激情の塊と化した。

「見くびるな。俺は道を正したのみ」

政宗は言葉を切り、食い入るような眼差しを向けてきた。

「当主を亡き者にしようとして、誰も咎《とが》められねば伊達家はどうなる。母上の代わりに小次郎を斬った。斬らねばならなかった！　おまえにだけは、分かってもらえると……どうやら俺は己惚《うぬぼ》れていたようだ」

真っ赤に染まった苦渋の面持ちが、ぷいと背を向けた。足音が軽い。疲れているのだ。死にかけて、そして自らの心を苛《さいな》んで。それを思い知ると、渦巻《うずま》く業火《ごうか》の如き怒りは成実自身に激しく襲い掛かった。苦しい。辛い。ああそして、何たる痛みか。

「殿、お待ちあれ。俺が間違っておりました」

前のめりになり、後ろ姿にすがるように廊下へ転げ出る。政宗は数歩の先で、静かに歩みを止めた。

「ひとつ、途中までしか話していなかったな。もし母上が小次郎に家督を取らせたら、関白は伊達を許したと思うか」

言葉が出なかった。許されるはずがない。政宗ほど修羅場《しゅらば》を潜《くぐ》っていない小次郎では「与《くみ》しやすし」と侮《あなど》られ、一層厳しい扱いを受けるに決まっている。

「成実。おまえは小田原に来るな。黒川の留守居《るすい》を命じる」

力のない、しかし決然とした口ぶりで言い放ち、政宗は静かに去っていった。

†

家中の動揺に筋道を付け、自らの身も癒《い》えると、政宗は黒川を発《た》った。四月十五日、引き連れたのは二十騎のみである。片倉景綱、鬼庭綱元《おににわつなもと》、原田宗時らは無論のこと、政宗の覇業を散々に悩ませた大内定綱《おおうちさだつな》でさえ随行を許されている。

一行を見送ると、成実は自らの部屋で背を丸めた。

「俺は、ここで何をしておるのかのう」

誰にでもない、自らへの問いであった。留守を預かるのは家臣の誉れである。自身も「この男にならし」と羽田右馬介《はねだうまのすけ》に二本松城を任せている。だが黒川城代の任は、逆に、信を失ったがゆえと思えた。

寂しい。悲しい。いたたまれない思いに肩が落ちる。

「おまえ様」

妻の声だ。城代を命じられたと聞き、右馬介が寄越したのである。余計な気を遣いおってと、うな垂れたまま首を横に振った。

「すまん。ひとりにしてくれ」

「……はい。失礼いたしました」

痛々しい囁きを残し、楚々《そそ》とした足音が遠ざかっていった。

その晩はなかなか寝付かれなかった。否、このところずっとだ。思い悩み、疲れ果て、外が白み始める頃になると、いつの間にか眠りに落ちている。早くその時分にならぬかと、横たえた身を持て余し、幾度も寝返りを打った。

夏四月の夜明けは早い。少しまどろむと、もう日は高くなっていた。

小姓《こしょう》が二つの膳を運び、妻と向かい合わせで朝餉《あさげ》を取る。砂を噛むような思いで、ただ腹に入れているだけだった。

「今朝の椀《わん》は如何《いかが》でしょう。わたくしが、こしらえたのですが」

ぼんやりと顔を上げると、妻が柔らかく笑みを向けていた。

「ああ。……うん。旨《うま》いのか、まずいのか」

妻は悲しそうな顔になった。成実は椀を膳に戻し、深く頭を下げた。

「すまん。味が分からんのだ、今は」

「このところ、すまん、ばかりですね」

優しげな声が、かえって辛い。己は妻の心まで煩《わずら》わせている。

「それでは、いかんな」

「はい。今日は遠乗りにでも出られては？」

にこりと、作り笑いを向けてやった。妻は少しだけ安堵したようだった。

朝餉を終えると、勧めに従って厩《うまや》へ向かった。遠乗りは気晴らしにも、身を鍛えるにも良い。自らの黒鹿毛《くろかげ》を引き出して鞍《くら》を置く。そこへ二人の男が歩み寄った。

「我らも共に、よろしいか」

白石宗実と村田宗殖であった。二人とも成実と同じく、豊臣への抗戦を唱えていた。村田はそのせいで残されたのだが、白石の場合は事情が違った。伊達の寄騎としてではなく、白石城の大名として、自らの意志で残ったものである。

「皆で気晴らしといくか」

己と同じ心持ちではあるまいが、この二人とて憂さは抱えている。共に馬を駆り、互いに励まし合うのも良いだろう。

成実と白石、村田の三人は、黒川城から会津街道を東へ、日橋川《にっぱし》を越えて猪苗代湖《いなわしろ》へと馬を馳《は》せた。西風が水面《みなも》にさざ波を散らし、夏の強い日を八方へ飛ばしている。北の野を青々と埋め尽くした草は、風が吹くたびに波打って根本《ねもと》の白さを見せていた。

三人は馬を止めると、額の汗を拭《ぬぐ》った。成実は北西に繁る七ヶ森《ななもり》を見遣った。

「摺上原か。あれから一年も経《た》っておらんのにな」

「わしと藤五郎殿は伏せ勢にござった」

白石も、たった十ヵ月前の戦を懐かしむようである。だが、どこか様子がおかしかった。村田と軽く眼差しを交わし、二人して真っすぐにこちらを向く。

「どうした」

当惑しながら問う。白石は再び村田を向き、ひとつ頷いて目を戻した。

「必死で取った会津を、何もしておらぬ豊臣に奪われる。藤五郎殿は悔しくないのか」

「悔しかろうと、俺に何ができる」

静かに頭を振ると、村田が低い小声を寄越した。

「まことに、会津の召し上げだけで済みましょうか。貴殿が申されたとおり、参陣は進んで首を差し出しに行くようなもの」

二人とも目が据わっている。成実は厳しく眉を寄せた。

「何が言いたい」

白石が思いきったように顎を引いた。

「殿の次を見据えておかねば。貴公の役目にござろう」

「謀叛《むほん》せよと申すのか」

驚愕《きょうがく》と怒りの口ぶりに向け、村田が「さにあらず」と馬を数歩寄せた。

「殿が首のみのお姿と成り果てたら、藤五郎殿の他に家督を取れる者がないと申しておる。小次郎様とてお手討《てう》ちにしてしもうたのじゃ」

「今から、家中《かちゆう》を束ねる支度をしておかれませい」

念を押すように白石が続く。成実は軽く目を伏せて馬首《ばしゆ》を返した。

「帰る」

黒鹿毛を闊歩《かつぽ》させると、二人が「待たれよ」と追ってくる。肩越しに睨み付け、鋭い声を向けた。

「この話は二度とするな。殿が殺されると案ずるなら、神仏に無事を祈れ」

乗り馬に鞭《むち》を入れて一気に走らせる。白石と村田も、仕方ないとばかりに付いてきた。帰り道は三人とも無言のままであった。

そして二日後。

黒川の本丸館に政宗の姿があった。具足《ぐそく》を解いて鎧下《よろいした》だけを着け、傍らに屋代勘解由を従えている。

成実は広間の中央で平伏した。

「まずは、お帰りなされませ。何ぞ気懸かりでもござったか」

発《はっ》して、伏せた顔が「もしや」と呆《ほう》けた。勢い良く頭を上げ、目を輝かせる。

「小田原行きを、おやめになられたか。関白と戦を構え——」

「違う」

政宗はひと言で遮《さえぎ》り、いくらか苛立《いらだ》った溜息《ためいき》で目を逸《そ》らした。どうしたのだろう、と怪訝《けげん》なものが頭を満たす。平らかな声音で冷や水が浴びせられた。

「……成実に不穏な動きありと、報せがあってな」

「馬鹿な！」

思わず腰が浮いた。が、蛇のような眼差しに気が付いて、再び座り直す。

「左様な話、根も葉もない噂《うわさ》じゃ」

「白石宗実、村田宗殖。この二人の名も上がっておる」

まさか、遠乗りの日か。三人で外に出たのは留守居の皆が知っている。だが、いったい誰が。

ふと左前の気配が変わった。目を流せば、蛇男が珍しくにやついていた。

（こやつ……）

話の出どころは、この忌々しい男か。かねて白石と村田の不平を知っていたのだろう。じろりと睨み、政宗に向いて居住まいを正す。

「一昨日《おととい》、その二人と遠乗りに出てござる。これを邪推した者がおるのでしょう。二人は、殿が関白に斬られはせぬかと懸念しておりました」

「そして、次は貴殿じゃと唆《そその》かされた」

屋代の粘ついた物言いに、腸《はらわた》が煮えくり返った。

「不安がる前に祈れと、両名を窘《たしな》めた！　天地神明《てんちしんめい》に誓って異心《いしん》などあろうか」

怒鳴り付けて黙らせ、挑む思いで政宗の顔を見つめた。

「信じてくだされましょうや。たとえ腹を切れと命じられても、俺は従い申す」

さあ言ってくれ。俺をどうするのか。確かめたいのだ。

「……おまえの申すことだ。それが正しいのだろう」

成実は両の目を見開いた。信じてくれている。それが分かっただけで十分だ。他に何が要ると言うのか。——いや。欲しいものがひとつだけある。屋代を横目に捉えつつ胸を張った。

「斯様《かよう》な噂が立ったのは、俺の脇が甘かったせいでしょう。それについては如何なるお咎《とが》めをも頂戴する所存《しょぞん》なれど、間違《まちご》うた話を触れ回った者にも、厳しい罰を申し付けて然るべきではござらんか。俺が謀叛じゃなどと、どこの誰が申したかは知りませぬが」

「それは、ならん」

驚いて顔が強張《こわば》った。どうしてだ。信じると言ってくれたのに。何ゆえ屋代を許す。

「些細《ささい》な噂であれ、俺の耳に入れるのが役目という者もおる。おまえに異心がないのは分かったが、他も同じと思うのは甘い」

「されど」

「成実には改めて黒川城代を命ずる。加えて二本松城は石母田景頼《いしもだかげより》を城代とし、羽田右馬介以下の二本松衆を黒川に移すべし」

愕然《がくぜん》として唇が震える。政宗は冷えびえと響く声で続けた。

「俺が小田原にある間、領内にはいささかの乱れをも生んではならん。関白にとって、それは付け入る隙だ。ゆえに、おまえの家臣は目の届くところに置くのが良かろう」

目の届くところ——我が目ではない。政宗が逐一を摑んでいられるように、である。信じるとは口先ばかりで、やはり俺を疑っているのか。

「何ゆえ」

そこまでで止まった。皆まで問うたが最後、己こそ主君を疑っていることになる。

政宗は、小さく鼻で笑った。

「留守の間だけだ。おまえでさえ、自らの城を差配できぬ……そういう形にしておけば、他も同じ扱いにできるだろう」

飽くまで他の叛意《はんい》を防ぐためだと言う。従わぬ訳にはいかなかった。

言葉どおり、家臣を城代から外されたのは、成実だけではなかった。豊臣への抗戦を強く唱えた者は軒並み同じである。ひととおりの差配を終えると、五月九日、政宗は再び小田原に向けて発った。

成実は鬱々《うつうつ》と過ごしていた。

(殿は俺を)

どう思っているのだろう。分からない。信じると言いつつ、手足を捥《も》いでいったのだ。所領《しょりょう》を自ら動かせないのでは、いざ何かあった時に身動きが取れない。

留守の間、少しの乱れも生んではならぬ。政宗の話は分からぬでもない。屋代のような男を重んじるのも、耳が早く、人に勘付かれず諸々《もろもろ》を探る力を備えているからなのだろう。だが、そうまでして豊臣に媚《こ》びるのか。それが伊達を守り、泰平の大名になる道であるなら――。

「おまえ様、昼餉《ひるげ》ですよ。今日も、わたくしが作りました」

膳が運ばれてくる。妻は膝詰《ひざづ》めで腰を下ろし、柔らかく包むような眼差しを寄越した。

「何か悩んでおられましょう。でも、妻はどこまでも夫の味方――」

「女の出る幕ではない！」

炎の如き一喝を加える。すくみ上がった妻の顔に息が詰まった。

（いったい……俺は、何をしているのだ）

顔が歪《ゆが》む。身の置きどころがない。成実はすくと立ち、昼餉を捨て置いて部屋を出た。そして広間に入り、薄暗くなるまでひとり座っていた。

「こちらに、おられましたか」

女の声に、あ、と驚いて平伏した。

「これは、お方様」

政宗の正室・愛《めご》が広間に入り、少しの間を隔てて静かに腰を下ろした。

「藤五郎殿の奥方は、よき女子《おなご》ですね」

「痛み入ります。されど」

返しつつ頭を上げる。遠く残照を湛《たた》えた空を背に、愛の笑みが美しい。

「されど、何でしょう」

「男の話に口を出され、叱《しか》りました」

「まあ、ひどい」

色々な話を聞いた。政宗の身を案じる苦悶《くもん》は、愛にも間違いなくある。そうした思いを、我が妻は日々慰めに行っているそうだ。また、小次郎を失って悲嘆に暮れる保春院を訪ね、悔やみを言い、あれこれと労《いた》わっているらしい。

「全て藤五郎殿のためですよ。殿方に殿方だけのお話があるなら、女子にも女子だけの働きがあります。妻として夫に寄り添うのも、そうではないでしょうか」

やはり当主の正室である。教えられ、打ちひしがれる思いだった。

（あいつが、いてくれるのに）

きっと妻は、愛に泣き言を。そうさせたのは誰だ。我が心はこれほどに荒《すさ》んでいたのか。

「後で……謝っておきます」

「それが良いですね」

愛は、にこりと笑って去って行った。夏の宵、匂《にお》い袋から漂う清楚《せいそ》な梅の香に胸を洗われる気がした。

†

書状を見て、成実は飛ぶように立ち上がった。片倉景綱が小田原から飛ばしたものである。

「やった。やったぞ！」

ばたばたと廊下を踏み鳴らし、妻の居室へと急ぐ。だが妻はそこにおらず、四つ向こうの奥の間から出てきて、驚いた顔を見せた。こちらの声を聞き付けたのか知らん。いや、そのようなことはどうでも良かった。

「やったぞ、おい」

目に涙を滲ませながら、妻をきつく抱いた。

「お、おまえ様。おやめくだされ」

「構うものか。こんなに嬉《うれ》しい日はない」

「お方様が」

見れば、閉めかけの障子の向こうで愛が背を丸め、笑いを噛み殺していた。しまった、と咳払《せきばら》いでごまかし、妻の身を離して跪いた。

「お方様、お喜びあれ。殿は生きて帰られますぞ」

政宗は許された。報せると、寸時《すんじ》の間を置いて「おお」と小さな叫びが上がる。そして、さめざめと涙が続いた。

「おまえ様。お方様を、おひとりに」

妻に頷き返し、静かに立ち去った。居室まで運ぶ間に、両目からぽろぽろと涙が落ちた。政宗へのわだかまりを抱えていたくせに、生きて帰ると知ればこれほどに嬉しい。ここ一ヵ月の苦悶が馬鹿馬鹿しく思えて、泣き顔に晴れやかな笑みが浮かんだ。

最初の一報はごく短い書状だったが、景綱は追って仔細《しさい》を報せてきた。

会津攻めの申し開きは、かねての言い分そのままであった。そもそも、それ以外には何とも言いようがない。天下人には通じないはずの論だったが、しかし半分だけは是《ぜ》とされた。会津を治めていた蘆名《あしな》が、二本松義継《よしつぐ》の後ろ楯《だて》だったのが大きい。政宗にとっては父の仇討《かたきう》ちに准ずると認められ、会津は召し上げとなるも、他の所領は安堵だという。

それもこれも、秀吉の近習、浅野長吉《あさのながよし》や木村吉清《きむらよしきよ》が必死に取り成してくれた成果だそうだ。秀吉当人はどうか知らぬが、豊臣家中には伊達を潰す気などなかったというのが、景綱が肌で感じた所見《しょけん》である。

「やはり兵糧《ひょうろう》か」

浅野や木村は戦場での働きも然《さ》りながら、此度《こたび》の陣では奉行《ぶぎょう》として輜重《しちょう》その他の手配りに大きく関《かか》わっている。そういう者が伊達を守ろうとしたのは、追い詰めて敵に回られては困ると思っていたからだろう。

「だが……二十万とは。曲がりなりにも四ヵ月近く」

深い溜息が漏れた。桁外《けたはず》れの大軍を乱妨取《らんぼうど》り――略奪なしで賄《まかな》ってきた事実が、豊臣の力を物語っている。成実は書状を畳み、膝元《ひざもと》から少し離して置くと、それに向かって頭を下げた。

「参ったよ、小十郎。お主の見通しは大したものだ」

不思議と笑みが浮かんだ。景綱の先見には負けたが、悔しさはなかった。斯様《かよう》な目利きが政宗に付いている。それが、ただ有難《ありがた》く思えた。

六月二十五日、政宗は小田原落城を待たず会津に帰った。家中の重臣全てが黒川城に参じ、無事の帰還を祝った。

「参陣と申し開きは、我らの勝ちと申して良かろう。皆、心配をかけたな」

小田原落城の折には、黒川城を明け渡して米沢に移らねばならない。早々に支度を整えよと命じ、政宗は安らいだ面持ちを見せた。

「米沢《よねざわ》か。……懐かしいな。戻ったら皆で祝いだ」

一同が「はっ」と声を揃《そろ》える。政宗は頷いて応《こた》え、成実に目を向けた。

「城代の任、ご苦労だった」

「殿の信に応えるのが家臣の役目にござる」

主座正面、成実の顔からは一切の迷いが消えていた。

挨拶を終えた政宗は、軽い足取りで下がっていった。参集した皆も、ばらばらと立ち去ってゆく。

成実はその中から景綱を捉《つか》まえ、声をかけた。

「少し、いいか」

「はい」

怪訝《けげん》そうな返答に、成実は決まりの悪い笑みで頭を下げた。

「色々と駄々《だだ》を捏《こ》ねて、すまなんだ。小田原が囲まれるのも、その先も、お主は見越しておったのだな」

「ああ……。ええ、まあ」

豊臣が大坂から輜重を運ぶのはひと苦労である。しかし景綱は、果たしてそれが本当に泣きどころとなるのかと、疑っていたという。

「会津攻めに先立って、常陸《ひたち》に細工をしましたろう」

佐竹《さたけ》から蘆名への援軍を防ぐため、小野崎照道《おのざきてるみち》に謀叛を起こさせた一件である。その折、ぼんやりとだが、豊臣家中に相当の切れ者がいるという話を摑んでいたそうだ。

「佐竹を関白に取り次いだ、石田三成《いしだみつなり》なる者がおるそうで。裏方の任に巧みな男という話でしたが、どれほどの力かは分からず終《じま》いで」

成実は「ああ」と感嘆の声を漏らした。だから景綱は、評定では何も言わなかったのだ。力量を摑みかねる者を云々《うんぬん》して豊臣への降《こう》を説いても、誰も取り合わなかったろう。

「だが、お主が正しかった。二十万の兵がこれほど長く飢えなかったのだからな」

もし兵糧が尽きれば、豊臣は兵を退かざるを得なかったろう。だが二十万を四ヵ月も食わせる財があり、その取り回しに巧みな者があるなら、北条が態勢を立て直す前に次の兵を寄越したに違いない。関東は一気に呑み込まれ、そのまま奥州征伐が始まっていたはずである。伊達を敵に回しては——豊臣がそう思っているわずかな間隙《かんげき》にしか、生き残りの道はなかったのだ。

はあ、と息が漏れた。

「お主のお陰で、自分がどれほど殿を慕っているか思い出せた。礼を申す」

会釈《えしやく》して背を向け、立ち去った。夕焼け空の橙色《だいだいいろ》に照らされて、何とも言えぬ笑みが頬に浮かんだ。この先、政宗は道を誤るまい。あの人は心に歪みを宿し、常に土台がぐらついている。それゆえに見えないものを、景綱なら正しく見て、教えてやれる。景綱こそ主君の右目なのだ。政宗は泰平の大名になる道を選んだ。戦い、争い、その中でしか支えられない己より、景綱の方が遥かに適任であろう。

（穏やかな思いだ。が……寂しいな）

おまえの右目になってやる。幼い砌《みぎり》の誓いは、果たしてやれなかった。己の今までは無駄だったのかも知れない。そしてこれからは、どうやって政宗に仕えれば良いのだろう。

「いやさ。俺も小十郎のようにならねば」

伊達は泰平の世の大名として一歩を踏み出した。戦乱が終わるなら、己も他家との交渉や領国の内治、そうした平穏な道で伊達を支えてゆく力になりたい。今は景綱に遠く及ばずとも、追い付き、追い越すつもりで励むべし。

成実は空を見上げ、心中で冥土《めいど》の父に誓った。不得手《ふえて》な役目だとて怯《ひる》むまい。立ち向かう気概を示し、己に従う皆を奮い立たせよう。そして、できぬはずのことを成し遂げるのだと。

蜩《ひぐらし》の寂しげな声が、遠くカナカナと響く。暦の上では未だ夏だが、陸奥の日暮れに吹く風はだいぶ涼しくなっていた。

月が変わって七月五日、小田原は落城し、関東の覇者・北条は滅んだ。これを受けて七月十三日、政宗以下は黒川城を退去して木村吉清に明け渡す。米沢に戻ると、当主の帰還を祝う盛大な宴が催された。

八　一揆煽動

北条《ほうじょう》が豊臣《とよとみ》への服属を拒み続けていた頃《ころ》、奥羽《おうう》にとって天下人の威光は未《いま》だ余所《よそ》の話でしかなかった。しかし伊達《だて》政宗《まさむね》と最上《もがみ》義光《よしあき》、陸奥《むつ》と出羽《でわ》の雄《ゆう》が小田原《おだわら》攻めに参陣《さんじん》を決めたことで、関白《かんぱく》の差配は一気に鄙《ひな》の地に及ぶに至った。

奥羽仕置《しおき》――小田原落城の翌月、八月から両国の再編が始まった。陸奥の仕置は木村《きむら》吉清《よしきよ》や石田《いしだ》三《みつ》成《なり》など、秀吉の腹心たちによって進められる。これを案内するのは政宗の役目であり、米沢《よねざわ》の留守は成実《しげざね》に任された。

政宗が伊達領内の差配を終え、大崎《おおさき》の地へと案内に出てから二日が経《た》った。

「やはり合点がいかぬ」

「わしもじゃ。長らくの忠勤を、殿は如何様《いかよう》にお考えなのか」

猪苗代《いなわしろ》盛国《もりくに》と白石《しろいし》宗実《むねざね》、年嵩《としかさ》の二人に詰め寄られて、成実は眉《まゆ》をひそめた。二人の後ろにも後《ご》藤信《とうのぶ》康《やす》や桑折《こおり》政長《まさなが》ら、数人の若手が顔を揃《そろ》えている。

「そう申されるな。昭光《あきみつ》殿の第一席だけは、殿も思い止《とど》まってくだされたのだ」

政宗の叔父・石川《いしかわ》昭光は会津《あいづ》攻めの後に伊達の寄騎《よりき》となったが、寄騎は主家《しゅか》に従いながらも豪族《ごうぞく》としての独立を保っており、それゆえ政宗とは別に小田原参陣を命じられていた。

しかし石川は、成実と同じく豊臣との対決を望んでいたため、参陣の命令に応じなかった。結果、居城の三芦城《みよしじよう》と所領《しよりよう》を召し上げられ、伊達に泣き付いてきた。政宗は血縁を重んじ、家中《かちゆう》第一席の立場で召し抱えようとしたが、反発も多かった。皆の突き上げを食らい、成実は政宗と談判して石川の家格を下げさせていた。

「この上、あれこれ言われるとは思うておらなんだわい」

軽く恨み言を漏らす。後藤や桑折らの若手はそれで口を噤《つぐ》んだが、猪苗代はなお不平を申し立てた。

「自らの第一席を守って、貴公は満足かも知れぬ。じゃが、わしは面白うない。新しゅう召し抱える者は猪苗代の座上《ざじよう》に置かずと、殿にお認め戴《いただ》いたはず」

少々かちんと来た。こいつめ、と棘《とげ》のある言葉を向ける。

「されど昭光殿は殿の叔父御《おじご》じゃ。盛国殿とは、そもそもの格が違う」

「そもそもと申されるなら、わしにも言い分はある。そもそも石川殿は、関白殿下のお下知《げち》に逆らって、勝手に所領を召し上げられたのだ」

厭味《いやみ》が分かっていないのか、かえって胸を張る始末である。そこに白石が噛《か》み付いた。

「おい。それは、わしへの当て付けか」

参陣せずに所領を召し上げられたのは、この男も同じである。猪苗代は「揚げ足を取るな」と鼻息が荒い。

「お主《ぬし》は、これまでと同格で家臣《かしん》となるのだろうが。それでも我が上座じゃ」

「それとこれとは別だ。わしは城を召し上げられたのだぞ」

「会津召し上げで、わしとて城は失うた。手元に残ったのは五百貫《かん》の禄《ろく》のみ。お主以上に割を食うておる」

互いに「何を」「何だと」とやり合っている。差配への不満で一致した者が、この体《てい》たらくでは世話はない。成実は大声を上げて制した。

「お静まりあれ」

するとニ人が剣呑《けんのん》な眼差《まなざ》しを向けてくる。やれやれ、と重い息を吐き出した。

「これ以上の不平は、各々《おのおの》が殿に言上《ごんじよう》なされい。されど、厄介なご気性《きしよう》のお人じゃ。お手討《てう》ちの沙汰《さた》は覚悟しておかれるが良い」

軽く睨《にら》み、眼差しで語る。政宗に強く言えるのは、この成実と景綱《かげつな》くらいのものだ。余の者が手前勝手に騒ぎ立てれば、政宗はいつ癇癪《かんしやく》を起こすか分からないぞ、と。皆は不承《ふしよう》ぶしょうという風ながら、ばらばらと去って行った。

「困ったものよな」

成実は小さく独りごち、自らの居室を出た。深く息を吸い込んで気を落ち着ける。遠く右奥、目に入った庭木の楓《かえで》は、稚児《ちご》の頃から見知ったものだった。昔に比べて枝が広く張り、深まる秋にほとんどの葉が赤い。木の向こうにある渡り廊下は、政宗がまだ梵天丸《ぼんてんまる》と呼ばれていた頃の居室へと続いている。景綱が政宗の右目を抜き取った日を思い出した。

「あれから、ずいぶん経った」

己《おのれ》にせよ政宗にせよ、景綱には幾度となく助けられてきた。追い付き追い越すべき背だが、だからこそ教えを請うのも手だ。

「皆の不平……相談するのが良かろうな」

景綱は二日前、政宗と共に米沢を発《た》っていた。仕置の一行と途中まで同道し、その足で自らの大森《おおもり》城《じよう》に帰る手筈《てはず》であった。

「久しぶりに大森も見たい」

早いうちに訪ねようと決め、少しばかり胸のすく思いがした。清らかな秋の空気を胸一杯に吸い込み、大きく吐き出して、部屋に戻ろうと踵《きびす》を返した。

と、目の端に人影が映った。柱の陰から近くの一室に入ったようだ。違和を覚え、その部屋へと足を速める。覗《のぞ》いてみれば、正面奥の襖《ふすま》を閉めようとしている者と目が合った。

「斯様《かよう》なところで、ひとりで何をしておる」

屋代勘解由《やしろかげゆ》である。ぬめぬめとした眼差しは相変わらず蛇を思わせた。

「皆の声が聞こえ、何を騒いでおるのやらと気になりましてな。成実殿も、ご苦労なされておるようで」

にい、と目を光らせながら会釈《えしやく》し、屋代は襖を閉めた。

「奴《やつ》め」

嗅《か》ぎ回っている。謀叛《むほん》の讒訴《ざんそ》をされた時と同じだ。人が集まれば、必ずどこかに不満は生まれる。己がその拠《よ》り所となっているのは、堤となって政宗を守るためだ。しかし屋代にとっては意味合いが違うらしい。

（殿の差配なのか……）

小田原参陣の折、政宗は「留守中にいささかの乱れもあってはならない」と言っていた。それが豊臣家中に加わるということなら、泰平に生きる道とは窮屈である。

だが、嘆いても始まらない。政宗が戻った後にでも大森を訪ね、皆の不満が抑えられているうちに、景綱に色々と問うてみよう。疲れた息を「ふう」と抜き、居室へと戻る。秋風に揺れる楓の枝がさらさらと鳴って、足音を覆い隠した。

一ヵ月ほどして九月二十八日、案内の役目を終えて政宗が戻った。帰還に際して召し出されたとのことで、景綱も同日に米沢に入る。成実は留守居《るすい》として二人を迎えた。良い機会ゆえ、政宗も交えて皆の不平を話し合いたいところだったが――。

「おまえたちに聞かせておきたい話がある」

政宗は稚児のように胸を躍《おど》らせた風であった。成実は景綱と並んで主座に向き合い、おや、と怪訝《けげん》なものを覚えた。

「伊達は会津を召し上げられた上、各地の小勢《こぜい》を家臣として迎え入れた。今のままでは所領が足りぬとは思わんか」

どこかおかしい。この浮ついた様子は何だろう。

左隣の景綱が、ざわついた胸の内を滲《にじ》ませている。目を向ければ、面差《おもざ》しが「危うい」と語っていた。

（いつも落ち着いておる男が）

どうしたのだろう。それほどの大事なのか。成実は言い知れぬ焦りを覚え、政宗に向いた。

「足りぬからとて、関白殿下のお仕置に従う他《ほか》はござるまい」

政宗を包む邪気が、わっ、と膨らむ。左目に反骨の心が映し出された。

「従えぬ者とておるだろう。小田原に参陣せなんだ葛西晴信《かさいはるのぶ》と大崎義隆《おおさきよしたか》は、所領召し上げと決まってな。二人合わせて十三郡、如何《いか》に痩《や》せた土地だとて、伊達の十二郡を超える地を全《すべ》て失うのだ。無念に違いあるまい」

「なりませぬぞ、それは！　下手をすれば……奥州《おうしゅう》が小田原になってしまう」

景綱が勢い良く腰を浮かせた。再び見遣れば、青ざめている。成実の背に嫌な痺《しび》れが走り、喉《のど》がごくりと上下に動いた。

「まさか……謀叛を唆《そそのか》されたか。大崎に案内したのも、そのためだったと？」

政宗は不敵な——と言うよりも、常軌を逸した眼差しであった。

「葛西と大崎の残党は関白を恨んでおる。一揆《いっき》を起こしたとて無理もなかろう。俺《おれ》がそれを鎮めれば、関白とて新恩《しんおん》を宛《あて》がわぬ訳にはいかん」

「左様《さよう》な話、天下人が見抜けぬはずはござるまい」

口角泡《こうかくあわ》を飛ばす景綱に、政宗はぎろりと目を剝《む》いた。

「案ずるな。大崎の衆とは話が付いている。体《てい》良く負けて降《くだ》れば、十三郡を捥《も》ぎ取った上で召し抱えてやるという約束だ」

「陰で手引きしていると知れたら、伊達そのものを潰《つぶ》しかねんのですぞ」

なお食い下がる景綱に、政宗は冷笑を加えた。

「ならば明るみに出ぬよう、おまえが目を光らせておけ」

成実は瞑目《めいもく》した。

主君が見せた奇異な気配、その正体は、成り上がろうという不屈の心である。ほんの半年前まで、政宗は常にああいう顔をしていたのだ。我が胸の内を切り替えてしまったせいか、遠い昔のことに思える。

だが、その大望《たいもう》は捨てたのではなかったか。戦乱の終わりを察し、泰平《たいへい》の大名《だいみょう》という道を受け入れて関白に降り、必死に申し開きをして生き残ったのに。そうまでして勝ち得たものを、どうして賭けの形《かた》にしようとする。

「成実」

声を向けられて瞼《まぶた》を上げる。政宗は嬉々《きき》として、爛々《らんらん》と目を輝かせていた。

「また梯子《はしご》を見つけたぞ。おまえ、天下を取らせてくれるのだったよな」

「できると……お思いか」

何を血迷っている。それなら小田原参陣を蹴飛《けと》ばし、北条に加勢した方がよほど良かったではないか。関東《かんとう》二百五十万石《ごく》の雄はもう滅んだのだ。味方もなしに天下人に挑むなど、正気の沙汰ではない。

政宗は総身《そうみ》から激情を迸《ほとばし》らせ、げらげらと狂おしい哄笑《こうしょう》を上げた。

「できぬ話をするものか。北条なき後の関東には、徳川《とくがわ》が据えられておる。関白め、加増《かぞう》して恩を売りながら、勝手の分からん地に追い遣ったのだ。つまり……徳川を恐れておる。俺と徳川が手を組まば、関白とて迂闊《うかつ》に手は出せまい」

奥羽仕置に先んじて、徳川家康《いえやす》は東海《とうかい》から関東に国替《くにが》えを命じられていた。秀吉の肚《はら》は政宗の言うとおりかも知れない。徳川を戦《いくさ》で下せず、交渉でようやく膝《ひざ》を折らせたのだ。心から服しているはずがないと警戒している。しかし。

「徳川殿が内心、関白に服さずとしても……。果たして、我らと結ぶや否《いな》や」

言葉を拾うように問う。含み笑いが返された。

「家康はな、俺の味方だと申した。小田原で……悪いようにはせぬと。最上の伯父上とも親しく語ったそうだ。肚に一物あるぞ、あれは」

ぞくりとした。政宗の中で何かが大きく波打っている。

（どうした……梵天）

己は小田原に参じておらず、徳川家康という人を知らぬ。ゆえに、尋常な考え方でしか推し測れない。果たして本当に徳川は動くのか。そこまで向こう見ずな男なのか。伊達と北条が結んだ上での話なら、盟約の道もあったはずだが。

気が付けば、景綱の眼差しが寄越されていた。ちらりと見れば、すがるような顔。しかも苦いものが見え隠れしている。なぜだ。どうして、そのような目を。

「おまえの望みどおり、俺は関白と戦うつもりだ」

政宗の声に正面を向く。楽しそうな、それでいて苦しそうな笑みが胸に突き刺さった。

(俺の……俺が?)

暴挙に駆り立てたのは、この成実だと言うのか。何ゆえに。

「如何なる時でも主家を支えよ。大叔父上……実元《さねもと》殿は、おまえにそう教えていたはずだ」

それを言われては「然《しか》り」と返すしかない。固唾《かたず》を呑《の》み、やっとの思いで声を出した。

「殿を、支えて参る所存」

今の政宗は何かが乱れている。支えてやらねばならない。そのために何ができるのだろう。何をすれば良い——。

†

「これより出陣。向かうは下草城《しもくさじょう》だ」

政宗の号令ひとつ、伊達軍が雪道を進む。十月二十六日、成実もこの行軍と共にあった。前を進む羽田右馬介《はねだうまのすけ》が馬上でぼやいた。

「久しぶりに殿と戦に出ますのに、この雪とは」

確かにな、と頷《うなず》いた。何しろ至るところ雪ばかりで道すら判然とせず、木立の有無で見分ける以外にない。前に立つ兵たちは、膝の上まで積もった雪を搔《か》き、両脇の林へと捨てて少しずつ進んでいた。

それを繰り返すうち、兵の捨てた白群色《びゃくぐんいろ》の塊が木の幹に当たった。頭上まで張り出した枝が揺れ、どうにか湛《こら》えていたはずの白いものが、ばさりと落ちる。頭からかぶった兵は「あひゃあ」と悲鳴を上げているが、他の兵は「何してんだ」と咎《とが》めていた。掻いて捨てたより多くの雪を降らせてしまっては、致し方あるまい。

「この分では下草まで幾日かかるか。一揆が起きたのは十日も前なのでしょう」

到着までに一揆衆が一層勢い付くのではと、右馬介が懸念を漏らす。成実は努めて穏やかに返した。

「何とかなる。ならねば、俺たちで何とかするのだ」

「左様ですな」

右馬介が、肩越しに人懐こい笑みを寄越す。変わらぬ人となりに少し気持ちが軽くなったが、不安が消えてなくなる訳ではない。行軍の中備《なかぞな》えから、成実はちらりと後ろを向いた。弦月《げんげつ》の兜《かぶと》に黒い仏胴具足《ほとけどうぐそく》、練り革の眼帯、政宗はいつもの戦装束《いくさしょうぞく》で馬上に胸を張っている。

（一揆衆と通じていたとて）

果たして筋書きどおりにいくのだろうか。眼差しを察したか、政宗はこちらを見て顎《あご》をしゃくり、余所見《よそみ》をするなと示した。

葛西・大崎の残党は十月十六日に決起した。まず大崎残党が地侍《じざむらい》や領民を焚《た》き付け、大崎領北西の岩手沢城《いわてざわじょう》を奪った。これを機に一揆は全土に広まり、次いで岩手沢の東方約五十里、佐沼城《さぬまじょう》にて木村吉清の子・清久《きよひさ》を包囲する。我が子を救援せんと駆け付けた木村も反攻に遭《あ》い、父子揃って佐沼城に閉じ込められるに至った。一揆はさらに勢い付き、大崎が本拠とした名生城《みょうじょう》、次いで葛西が本拠とした寺池城《てらいけじょう》を奪っている。

ここまでは企みどおりだが、その先が誤算であった。鎮圧に名乗りを上げた政宗に秀吉が「待った」をかけたのだ。討伐《とうばつ》の総大将《そうだいしょう》は蒲生氏郷《がもううじさと》に任せるという。伊達が明け渡した会津に転封《てんぽう》され、奥羽の押さえとされた男であった。政宗はこれに従い、ならば、と先手《さきて》を買って出た。大崎のすぐ南、下草城に向かうのは、蒲生と戦の手筈を談合するためである。

「気張れよ。少しでも早う進まねばならぬ」

雪搔きを督《とく》する原田宗時《はらだむねとき》が大声を上げた。政宗の策略を知る者は、成実と景綱、さらにはこの原田や鬼庭綱元《おににわつなもと》ら政宗の近習《きんじゅ》に加え、一揆衆と交わす書状をしたためた右筆《ゆうひつ》のみである。それらの者と余の者では、この一戦を見る目が違う。しかし行軍の遅れが命取りになることは、皆が等しく承知《しょうち》していた。

　討伐軍の到着が遅れるほどに、一揆は葛西・大崎の各地を席巻《せっけん》してゆくだろう。旧領十三郡を全て制してしまえば、両家は再興したも同じである。そうなれば、一揆衆が政宗との約束を守るとは限らない。示し合わせたとおりに動くにせよ、あまりに呆気《あっけ》なく負けては、裏で気脈を通じたことを気取《けど》られるやも知れぬ。どちらにしても時はかけられないのだ。とにかく急がねばと、常より多くの飯を宛がうなどして兵を励まし、必死の行軍を続けた。

　しかし、天がそれを阻んだ。

　その晩から吹雪《ふぶき》となって行軍は遅れに遅れ、伊達勢が下草城に到着したのは十一月十四日の夕刻という有様であった。もっとも、吹雪のせいで一揆も身動きが取れず、出陣の頃と大差ない戦況が続いている。これだけは不幸中の幸いと言えた。

「伊達左京大夫《さきょうのだいぶ》、政宗にござる。後ろに控えるは、一の家臣・伊達成実、ならびに片倉《かたくら》景綱」

「蒲生左近《さこん》、氏郷。供は岡左内《おかさない》、および蒲生郷成《さとなり》の両名」

　下草城に入った翌日の十一月十五日、政宗は蒲生と軍評定《いくさひょうじょう》に及んだ。奥州の常として広間は板間である。上方の畳敷きに慣れているのか、蒲生はやや居心地が悪そうだった。

「早速じゃが、一揆を如何様《いかよう》に攻めるか、まずは所見《しょけん》をお聞かせ願いたい。奥州の仔細《しさい》は伊達殿が詳しかろうしな」

成実はすまし顔を装いつつ、肚の内で「これは難物《なんぶつ》だ」と唸《うな》った。ぽんと会津七十万石の主《あるじ》に据えられるなど、それだけで相当に能のある証《あかし》だ。細面に優美な切れ長の目、しかし軟弱な優男《やさおとこ》ではない。鼻筋太く口元が凜《りん》と締まった、武骨者《ぶこつもの》の面構《つらがま》えである。何より成実の血が、あたかも戦場で相対したかのように滾《たぎ》っている。間違いなく剛《ごう》の者、そうでなければ戦上手《いくさじょうず》だ。一揆衆と談合した芝居など通じないのではないか。

思いを余所《よそ》に、政宗は「然らば」と応じた。

「出陣の頃より透破《すっぱ》を飛ばし、探っており申した。一揆の者共は次々と城を奪って気が大きゅうなり、大崎と葛西の境目、高清水城《たかしみずじょう》に押し寄せてござる。そこまでの間に敵らしき敵はなく、この先は行軍も捗《はかど》ると存ずる」

初耳だ。と言うより、嘘《うそ》だろう。政宗はどういうつもりなのだ。成実は極限の驚愕《きょうがく》を必死で押さえ込み、固唾《かたず》を呑んで、膝の上の右手をぴくりと動かした。左隣の景綱は至って平静、指の一本すら動かさない。談合や交渉には、戦場とは別の胆力が要るようである。

蒲生は「ふむ」と頷いた。

「然らば我らは明日、十六日の日の出を以て出陣と致そう。伊達殿の先手に露払《つゆはら》いを……っと、敵はおらんのだったな」

穏やかな頷きである。どうやら信じているらしい。

「高清水城に至らば蒲生殿に正面をお任せし、我らは搦《から》め手より攻め掛かろう。所詮《しょせん》は賊共、袋の鼠《ねずみ》としてやれば烏合《うごう》の衆に落ちましょうな」

それなら、一揆衆がろくに戦わぬまま降っても蒲生の目を欺ける。だが高清水城まで敵がいないというのは、いったい——。

訝《いぶか》しい思いで、控えめなすまし顔を保つ。蒲生が「よし」と座を立った。作法どおりに一礼する政宗に従い、成実も静かに頭を下げた。

蒲生主従の足音が消えた後、まず口を開いたのは景綱であった。

「何ゆえ、あのような嘘を」

「氏郷め、気を抜いて行軍するだろう。そこへ一揆の者が襲い掛かる。俺は蒲生を助けるために鉄砲を放たせるのだ」

政宗は「ふふ」とほくそ笑む。まさか「流れ弾」で蒲生を葬る気か。成実の顔に、押さえ続けていた驚きが弾《はじ》けた。なのに声は、潰れたような囁《ささや》きしか出ない。

「誰《だれ》が、どこをどう見ておるか分からんのですぞ」

「乱戦で味方の弾に当たるのは、戦場の常だ」

さらりと返された。しかし、しかし。成実は逃げ場を探すように、景綱に目を向けた。

「……敵と斬《き》り結びながら、狙《ねら》って撃ったかどうかは見分けられませぬ」

政宗の言い分を是《ぜ》としつつ、浮かぬ顔でじっと目を見てくる。

成実の胸が、どくりと脈を打った。景綱は己に何かを求め、期待している。何をだ。今の俺にできるのは——。

「殿……もう十分にござる。後戻りできるうちに、退《ひ》かれませい」

囁き声の諫言《かんげん》に、政宗は虚を衝《つ》かれたような面持ちを見せた。しかし、すぐにそれを拭《ぬぐ》い去って、鼻でせせら笑った。

「毛虫の成実が何を申す。関白に喧嘩《けんか》を売るとは、斯様《かよう》なことぞ」

「されど」

「くどい」

ひと言で遮り、政宗は、にやりと笑った。そして立ち上がると、こちらの肩をぽんと叩《たた》いて去って行った。

「やんぬるかな。せっかく藤五郎《とうごろう》殿が……。いや」

景綱が途方に暮れたように呟《つぶや》く。成実は「え？」と眉《まゆ》をひそめた。

「せっかく、何だ？」

「思うても詮《せん》ない話にござる。詳しくお聞かせしておる暇もござらぬし……。これより我ら、忙しゅうなりますぞ」

会釈して、景綱も政宗を追って行った。成実は狐《きつね》に摘《つま》まれたような思いで、ぽつねんと広間に佇《たたず》んだ。

†

明日は日の出と共に出陣である。朝も早いと、早々に灯《あか》りを消して床に就く。そこへ慌しい足音が響いた。

「成実、成実！」

騒々しい音の主は政宗である。何かがあった——腹の内に熱いものを覚え、床から飛び出して障子を開けた。

「おい、伯耆《ほうき》を見なんだか」

顔を見るなり捲《まく》し立ててくる。政宗の額には、暗闇《くらやみ》でもそれと分かる脂汗が浮いていた。

「見ておりませぬが。いったい、どうなされた」

「やはり……逃げおったのだ」

ぞくりと身が震えた。須田《すだ》伯耆は政宗の右筆であり、当然ながら一揆のからくりを全て知っている。

それが逃げたとは、つまり。

「露見したと？」

政宗は奥歯をぎりぎりと嚙み締め、無理に首を縦に振った。

「蒲生左近が宵《よい》の口に出陣した。明日の約束を破り、先手の俺を残して」

「何と……。小十郎《こじゅうろう》には？」

「もう話した。勘解由と共に、伯耆の足取りを確かめさせておる」

言わぬことではない。そう毒づいてしまえたら、どれほど楽だったろう。しかし話は伊達の存亡に関《かか》わる。

「成実！　すぐに兵をまとめて出陣だ。蒲生を追って背中から襲ってやる」

髪振り乱した政宗の肩を両手で押さえ、成実は「むう」と唸った。

「左様なことをすれば、ますます立場が悪うなりますぞ。それに今から動いたとて、追い付くのは明日にござろう。蒲生殿はその前に、名生城《みょうじょう》に至っておるはず」

ここから最も近い、大崎の本拠だった城である。高清水城まで敵はなしという政宗の言が嘘である以上、名生城にも一揆衆は入っている。追い付く前に蒲生はそれを知るのだ。もう、どうあっても言い逃れはできない。

両手に力を込め、まずは、と政宗を座らせた。自らも腰を下ろし、互いの膝が触れるほどに間合いを詰める。

「仕損じた場合を考えずに策を立てるは、うすら馬鹿《ばか》じゃ。斯様な時はどうするかと、予《あらかじ》めお決めあられたはず」

政宗は幾度か荒い息を繰り返し、搾《しぼ》り出すように呟いた。

「だが、やりとうない」

「やらねば、なりませぬ」

政宗の背後から声が渡った。景綱である。そして忌々《いまいま》しい。屋代勘解由も共にあり、景綱の後を引き取ってさらりと続けた。

「須田伯耆は間違いなく蒲生殿の陣に駆け込んだ由《よし》。かくなる上は、我らの手で一揆衆を蹴散《けち》らさねばなり申さん。戦は皆様にお任せし、それがしは後々の話を進めて参ります」

政宗の返答を待たず、屋代は一礼して足早に去ってゆく。景綱が重い足取りで近寄り、こちら二人の脇に腰を下ろした。

「伯耆は一揆衆と交わした書状を持って逃げ申した。伊達と一揆は関わりなしと、戦にて証を立てる外《ほか》はござるまい」

強張《こわば》っていた政宗の体から力が抜けた。背を丸め、肩を落とすように頷く。

「致し方ない。されど一揆の者たちは……俺を信じておったと申すに」

この手を打ちたがらなかったのは、葛西・大崎十三郡を惜しんだのではない。裏切るのが嫌だったのだ。策の多い政宗にして、この心根は良しと言える。だが成実の中には、どこか、もやもやしたものがあった。

透破を飛ばし、また物見《ものみ》を出して、一睡もせぬまま朝を迎える。出陣は見合わせ、まずは蒲生の動きを摑《つか》まねばと八方手を尽くした。

結果は、最悪と言える事態であった。

蒲生氏郷は名生城を攻め、二千人の一揆衆を蹴散らして、そのまま城に籠《こ》もってしまった。政宗を疑い、伊達と戦う意志を示したものである。当然ながら上方の秀吉にも仔細が報じられているだろう。どこまで取り繕《つくろ》えるかは分からぬが、何もせぬ訳にはいかない。伊達勢は下草城を発し、十一月二十日、名生城東南の師山城《もろやまじょう》、兵庫館《ひょうごやかた》、千石城《せんごくじょう》を攻め落とした。小城に拠《よ》った一揆衆は各々二百足らずと数も少なかったが、ひと当たりするだけで呆気なく搦め手から逃げ出していった。

そして四日後の十一月二十四日――。

「掛かれ！」

政宗の狂おしい雄叫《おたけ》びに応じ、伊達勢は雪を蹴り上げながら敵城に殺到した。名生城の北東約五十里、木村吉清・清久父子が閉じ込められた佐沼城である。

一揆衆は初め、伊達の寄せ手に対して慌てた様子がなかった。さもありなん、戦っているように見せかけ、程々のところで逃げれば良いと思っていたのだ。

しかし伊達は一揆煽動《せんどう》の咎《とが》から逃れるため、城中の木村に奮戦を見せ付けねばならない。狙いすました足軽《あしがる》の長槍《ながやり》が、これでもかと一揆の兵を叩き据える。こちらの本気を悟ったか、一揆衆は「訳が分からない」という風に乱れ、逃げ惑い始めた。

「川に追い詰めい」

成実は左手で手綱《たづな》を操り、右手に縛り付けた槍《やり》で指し示した。佐沼城の向こう、右奥から手前へと流れる迫川《はさま》である。壊乱に陥った一揆衆を南と西から圧迫し、一気にそちらへと追い立ててゆく。

すると、人波に揉まれる馬上の指物《さしもの》が目に付いた。上弦の月に七星、見慣れぬ紋である。その武者は成実を認めると、ひしめき合う有象無象《うぞうむぞう》を押し退《の》けて馬を馳《は》せてきた。

「こなくそ！」

右の上段から斜めに一撃が加えられる。成実は槍を構えて受け止めようとしたが、それより早く右馬介が左手から駆け込み、下から槍を振り上げて叩き払った。

「我が殿に槍を付けようとは、命知らずな」

右馬介の大喝《だいかつ》にも、七星紋の武者は怯《ひる》まない。むしろ一層の気勢を上げ、馬上でりゅうりゅうと長柄《ながえ》を扱《しご》いている。

「話が違うぞ、毛虫！」

参った。毛虫の前立《まえだて》は政宗の一の家臣と知って、恨み言を吐きに来たのか。

「下郎《げろう》め、名乗らぬか」

鋭く二度、右馬介が突き上げる。馬上の武者《むしゃ》は身を捻《ひね》って一撃をかわしたものの、二つめは手甲《てっこう》で受け止めざるを得ず、それによって古びた菊池槍《きくちやり》を取り落とした。

「葛西の臣、矢作修理亮《やはぎしゅりのすけ》だ」

名には聞き覚えがある。確か外館城《そとだてじょう》の城主だったはず。

その間にも一揆衆は川に追い詰められ、身を切るような冷たい流れに叩き落とされていた。仲間たちの悲鳴を耳に、矢作は血涙《けつるい》を流さんばかりの悲痛な声を寄越した。

「伊達を信じた報いがこれか。騙《だま》され、裏切られて、先祖代々の地を掠《かす》め取られるなど……」

政宗の謀《はかりごと》を知らぬ右馬介が、目を白黒させている。成実は内心に「まずい」と察し、屋代が言っていた「後々の話」とやらを思い出して、矢作の具足に左手を伸ばした。ぐいと引き寄せ、馬上で耳打ちする。

「関白に企《たくら》みを知られた。だが後の手筈は進めておる。今は川上に逃げよ」

矢作の顔に驚きと、わずかな喜びが浮かんだ。成実は半ば突き飛ばすように手を放し、それを以《もっ》て「行け」と示した。矢作は頷くように一礼し、目尻《めじり》を拭って馬首を返した。

佐沼城の包囲は一日で解かれた。

木村父子が助け出されると、景綱が談合に及ぶ。蒲生氏郷は伊達が一揆を唆《そそのか》したと勘違いしている。だが、城中から我らの戦ぶりを見ただろう。どうか、蒲生の誤解を解いてはもらえぬだろうか——二重に塗り固めた嘘だったが、偽りの奮戦を目の当たりにした木村はこれを信じて蒲生氏郷に取り成してくれた。

「人質を？」

蒲生から出された和解の条件である。下草城に戻った成実は、政宗の口からそれを聞いた。

「ああ。木村の取り成しだけでは足りぬとほざいたそうだ」

懸命に戦っていたという木村の証言と、伊達から逃げた須田伯耆の証言、どちらが真実かを判じかねているらしい。相応の立場にある者を人質に立てねば、納得させられないだろう。

「誰を出すのです」

「小十郎を寄越せと。だが……関白が申し開きをせいと騒いでおってな」

苦悶《くもん》の顔である。駆け引きにせよ味方を得るにせよ、言い逃れの場に景綱の智慧《ちえ》や交渉がなければ苦難は疑いない。成実の胸が、ちくりと痛んだ。

一揆衆と戦う前に感じた、得体の知れぬもやもやを思い出した。政宗は一揆衆を裏切りたくないという理由で、本気の征伐《せいばつ》を躊躇《ためら》った。己には叛心《はんしん》さえ問うたくせに、ろくに知らぬ一揆衆の信を重んじたのだ。そして今、景綱を差し出せと言われて、これほど悩んでいる。成実にとっては二つとも同じ心の動き――嫉妬《しっと》の一語に尽きる。

（恥ずべき話だ。が……）

分かってはいる。政宗の右目となるのは景綱だ。己はその後を追い、これから力を付けてゆくべき未熟者である。それでも、湧き上がる妬《ねた》みを押さえられない。

「人質には俺が参りましょう。曲がりなりにも家中第一席、小十郎の代わりになるはず」

口を衝いて出ていた。政宗は、何を聞いたのか分からないという顔だ。

「いや。されどな……」

先ほどとは別の苦悶が滲《にじ》んでいる。主君の胸には今、どういう思いが渦巻《うずま》いているのだろう。しばしの沈黙を破り、重々しい声が寄越された。

「……分かった。されど成実、死ぬなよ。いざとなれば蒲生を討ち、伊達と一揆衆を束ねて暴れてやれ」

渇いた喉が、ごくりと動いた。

「いざとなれば、とは？」

「言い逃れが叶《かな》わずば、俺は腹を切らされる。その時に伊達を動かせるのは、おまえだけだ」

どん、と胸が高鳴った。脳天から震えが降りてくる。嬉《うれ》しい。だが、だからこそ聞き入れてはならない。乱れていた思いが押し流され、肚が据わった。

「その時には俺も腹を切り申す。俺が死んで殿が生きる世はあれど、殿が死んで俺が生きる訳には参らぬ」

「おい」

政宗の左目が虚《うつ》ろになっている。力の籠もった声で笑みを向けてやった。

「豊臣家中に加わると決められたのでしょう。なのに……関白と戦えと、俺が息巻いておったせいでしょうや。もう左様な話は忘れ、覚悟を定めて申し開きをなされませい。殿が生き残り、俺も助かるように」

「……そうだな。すまぬ」

政宗の目が不意の輝きを湛えた。どこか満足そうな、何とも美しい涙であった。

†

蒲生氏郷が名生城を出たのは明くる年、天正十九年（一五九一）元日であった。一揆は未だ続いていたが、まずは伊達の向背《こうはい》を明らかにせねばと会津黒川城《くろかわじょう》への帰途に就《つ》く。成実および国分盛重《こくぶんもりしげ》も、人質として随行した。

道の雪掻きは終わっていたが、土の黒は見えない。どうにか人馬が歩けるくらいに整えられているのみであった。それでも、と左の馬上から声が向けられる。

「去年の吹雪の中に比べれば、極楽ですなあ。周りが蒲生殿の兵というのが、ちと息苦しゅうございますが」

髯《ひげ》だらけの頬《ほお》、右馬介である。成実が人質に決まると、自らも共にと名生城に入っていた。

「ござりますが、ではない。おまえまで来る必要はないと申したろうが」

右馬介は「何を仰《おお》せか」と心外そうに口を尖《とが》らせた。

「殿は伊達の第一席として、政宗公に尽くすべく人質になられた。わしは殿の一の家臣なれば、殿をお守りするのが当然。所領の差配はご懸念なく。白根沢《しらねざわ》に任せており申す」

白根沢重綱《しげつな》か。武勇のみでなく頭も切れるとあって、成実も目を掛けている。しかし、長く所領を任せるにはまだ若い。ゆえに右馬介には、幾度か「二本松《にほんまつ》に戻れ」と叱責《しっせき》を加えた。そのたびに、こうして頑《かたく》なに拒むのである。

「何より、殿は御自《おんみずか》らの右手を潰してまで我が命を救ってくだされた。わしは殿の右手になろうと決めたのです。他の場合はいざ知らず、斯様《かよう》な一大事に離れておられようか」

「やれやれ……好きにせい」

溜息《ためいき》交じりに、ぷいと顔を背ける。だが気心の知れた者が傍《そば》にあるだけで、ずいぶんと心強いものではあった。

成実が黒川城に入って一ヵ月ほど、政宗は一月三十日に下草城を発って上洛《じょうらく》した。

伊達はどうなるのだろう。申し開きが通じるのだろうか。景綱ほどの智慧者が付いていても、天下人が白と言えば白、黒と言えば黒なのだ。

やきもきしながらの毎日を慰めたのは、やはり右馬介であった。つい塞《ふさ》ぎがちになるも、そういう時には「庭に出ましょう」と声をかけてくれる。そして稚児の頃《ころ》を思い出すように、武芸の稽古《けいこ》をして気を紛らわせた。

閏《うるう》一月を挟み、黒川城に留め置かれて六ヵ月ほどが過ぎる。夏五月二十日、蒲生氏郷が部屋を訪ねて「成実殿」と声をかけた。薪《まき》割りをしていた右馬介が庭で跪《ひざまず》く。成実も少し恐縮して居住まいを正した。

「お呼びくだされば、こちらから参りましたのに」

「いやいや。其許《そこもと》はもう、人質ではのうなったゆえ」

軽く目を見張った。ならば——。

「許されたと?」

蒲生は何とも言い難い笑みで頷いた。

「正直なところ、得心《とくしん》しかねるがな」

聞けば、政宗は須田伯耆の持参した書状は偽物だと強弁したそうだ。奸計《かんけい》に陥れられぬよう、書状に記す鶺鴒《せきれい》の花押《かおう》には常に針の穴で目を開けている。須田の書状にはその目がない、と。針の話は嘘ではない。つまり露見した場合を考え、わざと鶺鴒の目を開けずにおいたのだ。

関白・秀吉は、からくりを見破れなかったのか。違うだろう。家督《かとく》を取ってわずかの間に会津を攻め下した実力と、天下人に咎《とが》められて開き直る度胸を買ったのだ。

「生きてお戻りになる……」

政宗が小田原から戻った時と同じ、否、それ以上の喜びに声が揺れた。蒲生はこちらの顔を見て穏やかに微笑《ほほえ》んでいる。しかし釘を刺すことを忘れなかった。

「じゃが、併《あわ》せて厳しい沙汰も下ったぞ」

形の上ではお咎めなしとなったが、秀吉は政宗に転封を言い渡した。葛西・大崎の十三郡を与え、今の所領十二郡のうち六郡を召し上げるという。

「言ってしまえば関白殿下は、さらなる証を求められたのじゃ。一揆を鎮めて十三郡を勝ち取るべし、さもなくば……とな。あの無法者も、これで懲《こ》りてくれれば良いのだが」

「これは手厳しい」

実のところは減封《げんぽう》の沙汰である。葛西・大崎の十三郡を勝ち取っても、六郡を召し上げとなれば、伊達の所領は今の七十二万石から五十八万石となる。さらに、一揆によって荒れ果てた地は、向こう二年から三年は収穫が旧に復さないだろう。証を求められたと言うより、締め上げられた格好である。

「のう成実殿。もし伊達殿が窮するようなら、其許《そこもと》、我が家中に参らぬか。其許には抜きん出た武勇があり、あの暴れ馬と違って分別もある」

蒲生の眼差しは落ち着きと威厳、そして誠心に満ちていた。

黒川で半年も見ていたから分かる。この人は初めて会った時に感じたとおりの武辺者《ぶへんもの》であったが、政宗の無頼《ぶらい》とはまた違う魅力に溢《あふ》れていた。家臣に対しては実に厳しいが、厳しさと同じだけの誠《まこと》を以て接する好漢で、どことなく己《おの》が父・実元に通じるところがある。もし己が蒲生の臣であったなら、政宗への思いと同じものを抱いていただろう。

そうした人から望まれるのは、身の誉れと言える。だが己は政宗を無二の主君と定めているのだ。成実は、きっぱりと首を横に振った。

「主を支えるために何ができるか。俺は、それだけを思うております。この先も、きっと変わらんでしょう」

「そうか……。いや戯言《ざれごと》、戯言。さあ、米沢に戻られるが良い」

蒲生は「はは」と軽く笑いながら腰を上げた。笑みの裏側には、そこはかとなく湿った思いがあるように感じられた。

成実はいったん二本松に戻って右馬介を城に残し、数人の小姓《こしょう》を供に米沢へと参じた。本丸館《ほんまるやかた》の取次ぎが「殿のお部屋に」と告げる。従って居室に至ると、そこには政宗のみであった。景綱も、正室の愛《めご》もいない。入り口で立ったまま、気持ちを嚙み締めながら発した。

「良くぞご無事で」

「おまえこそ」

しばし互いに言葉が続かない。庭木の蟬《せみ》がけたたましい声を上げ、ようやく空気が動いた。照れ笑いで一礼し、部屋に入って腰を下ろす。

「仔細は蒲生殿から聞き申した」

政宗は長く息を吐き、寂しそうに頷いた。

「これで、どうあっても逆らえぬようになった」

「されど、命あっての物種と申すゆえ」

政宗はまたひとつ頷き、しみじみと語り始めた。

秀吉に目通りをしたのは閏《うるう》一月二十七日、尾張《おわり》の清洲城《きよすじょう》だったという。徳川家康や前田利家《まえだとしいえ》らの重鎮を始め、関白近習の奉行衆《ぶぎょう》も同席していた。

「殿下にお目通りする前の晩、徳川殿と会うてな。此度も取り成してやるから気を確かに持てと言うてくれて……小田原に続いて、またも助けられた。あれは大した男だ」

本当に取り成したのかどうかは知れぬが、そう言ってもらっただけで、気を落ち着けて秀吉と対峙《たいじ》できたという。政宗は穏やかな声で続けた。

「あの御仁《ごじん》も、望んで豊臣家中に入った訳ではない。殿下が関白になる前に戦を構えておるのだから、恐れて膝を折ったのでもなかろう。それでも、ああして家中一番の力を持っておる」

家康が何を思って政宗のために骨を折り、また励ましたのかは知らない。ただひとつ、これまでの政宗とは明らかに違う――考えを改めたことだけは分かった。

「教えられましたか」

「ああ。借りができた」

借り。いつか返さねばならぬもの。恩と言っても良いだろう。政宗がそれを受け入れている。今度こそ、真剣に泰平と向き合おうとしているのだ。

「戦乱は、まことに終わりましたな」

本音を言えば寂しい。だが、これが「戦ではない力」への仕切り直しなのだ。政宗も同じ気持ちか、何も言わずに頷いた。その顔は、どこか晴れやかでもあった。

半月余りして六月十四日、陸奥の短い夏に翳《かげ》りが見え始める。伊達軍は改めて一揆討伐に出陣した。今回は秀吉の甥《おい》・豊臣秀次《とよとみひでつぐ》が総大将となり、徳川家康も家中一の将・井伊直政《いいなおまさ》を陣代《じんだい》に立てて兵を寄越している。

「申し上げます。浜田景隆《はまだかげたか》様、佐藤為信《さとうためのぶ》様、ご生涯となられました」

討伐軍の先手となった伊達勢、四番手に控えた成実の元に注進が入った。浜田と佐藤は伊達の重臣《じゅうしん》、特に浜田は会津攻めで政宗の本陣を守った剛の者だ。それが討ち死にするほどに、一揆勢は猛烈に抗《あらが》っている。葛西の本拠だった寺池城の守りは固いが、これほど善戦するとは。やはり政宗の裏切りに憤っているのだろう。

ならば力で鎮める外はなし。成実は兜の緒を締め直し、すくと床机《しょうぎ》を立った。

「馬曳《ひ》け！　出るぞ」

五百の騎馬《きば》と千の徒歩《かち》を従え、平地の中に突き出た山城へと進んだ。南の一角には追手口《おうてぐち》があり、浜田や佐藤らの勇戦によって既に門が打ち抜かれている。

しかし、そこから二之郭《にのくるわ》まで続く山道が難所であった。なだらかな一本道ながら、幅が狭く大人数を進められない。加えてこの細道を見下ろすように、三之郭、四之郭が構えられている。踏み込むまでは苦労せずとも、中に入れば岩や丸太、矢玉《やだま》が雨霰《あめあられ》と降らされるのだ。

先に立てた徒歩勢の多くを退けられ、ついに成実自身も門をくぐった。即座に矢の雨が降る。

「らあっ」

槍をひと振り、迫る殺意を叩き払う。見上げる矢の出どころには「上弦の月に七星」の紋が見えた。

佐沼城の戦いで相見《あいまみ》えた葛西の残党、矢作修理亮《やはぎしゅりのすけ》である。

「修理！　何ゆえ抗う」

大音声に呼ばわると、次の矢を番《つが》え終えた弓方を掻き分け、矢作が姿を現した。豆粒ほどに見える顔には、どろどろした怨念を感じない。ただ力強く、小さな頷きを残して、再び奥へと戻っていった。

（そうか。修理……）

佐沼攻めの折、先々の手筈を整えていると耳打ちした。矢作の顔はそれゆえか。どうやら一揆勢の多くにも、あの話は行き渡っている。つまりは豊臣に対して意地を見せたいだけなのだ。総大将が秀吉の甥であるがゆえ、どうしても引けないのだろう。だが、それでは結局、一揆の側が割を食う。相応のところで降る道を選んで欲しい。

そこに「放て」の号令ひとつ、矢に加えて、人の胴ほどもある岩が投げ落とされた。頭に食らった兵が、悲鳴を上げる間もなく血の泉と化す。いったん城から出なければ無駄に兵を失うばかりだ。成実は手綱を操って馬首《ばしゅ》を返した。

「やや退《ひ》け！　敵の矢玉や石とて、いくらでもある訳ではない」

抗う術《すべ》がなくなれば、きっと降ってくれる。そう信じて手負いの兵と共に門を出た。

そこへ――。

「いざ、突っ込め」

鬼の如き咆哮《ほうこう》、具足を朱《あけ》に染めた井伊直政の「赤備《あかぞな》え」が、追手門の脇を一気に駆け抜けてゆく。

搦め手を叩く肚か。伊達勢が散々に血を流し、猛戦して敵の兵を引き付けたところで、馬の速さを利してがら空きの背後を急襲する。伊達勢は捨て石にされた格好だが、ここぞの機を逃さぬ井伊の戦ぶりに、成実は「やるな」と唸った。

七月四日、寺池城は落城した。以後、残る一揆衆も続々と降るに至り、葛西大崎一揆はようやく終わった。最大の要害《ようがい》・寺池を失ったせいでもあろうが、九ヵ月も抗い続けたにしては呆気ない幕切れであった。

だが成実は、それをおかしいとは思わなかった。矢作修理亮の振る舞いを見るに、豊臣方に一矢報いて気が済んだのだろう。或《ある》いは政宗の裏切りを恨む者もあったろうが、それとて浜田や佐藤ほどの者を討ち取って溜飲《りゅういん》を下げたのではあるまいか。

ともあれ、これで伊達の新領は定まった。旧十二郡のうち六郡は召し上げとなり、これには本城の米沢や成実の二本松、景綱の大森など、伊達の故地が多く含まれていた。

政宗はひとまず寺池城に留まった。これから本拠を決め直し、成実以下、旧領が召し上げとなった者についても追って割り振りが為《な》される。それまでの間、皆が寺池に詰めていた。

翌八月、一揆の残党がひとところに集まっていると聞こえてきた。葛西旧領の東部、石巻《いしのまき》の須江《すえ》山である。何が起きたのかと、成実は政宗を訪ねた。だが返答は喜ばしいものだった。

「一揆衆に、幾らかでも領を安堵《あんど》してやると触れ回ったのだ」

「勘解由が申していた『後々の話』という、あれですか」

葛西・大崎の残党からすれば、旧領の回復こそが何よりの望みである。政宗の企みが潰れて手順は狂い、戦で死んだ者も多い。だが幾らかでも宛《あて》がわれるというのなら、呑めぬ話ではないだろう。伊達も減封となった以上、旧領の全ては宛がってやれない。

「我らも一揆衆も、まずは互いに細々と食いつなぐしかござるまい。されど、これで落ち着きましょうな」

成実は安堵して腰を上げた。そこに屋代勘解由が廊下を進んでくる。

「お役目、果たして参りました」

屋代は血まみれの具足姿で、成実など目に入らぬかのように、広間の中央へと進む。その手には未だ血の滴る三つの首級《しゆきゆう》が提げられていた。

「須江山に集うた者共、残さず討ち果たしてござる。一揆を企んだ者の首は、これに」

成実は唖然《あぜん》としつつ、屋代が床に置いた三つの首へと目を移した。二人は知らぬ顔だった。ああ、だが、しかし！　残るひとつが、あの矢作修理亮だとは。

「殿。これは……」

震える声で言葉少なに問うた。先に聞いた「所領の宛がい」は、残党を始末するための罠だったのか。自ら煽《あお》り立てた一揆衆に、どこまでも裏切りで報いるとは。

咎《とが》める思いを察したのだろう。政宗は心を押し殺したように、気味悪いほど平らかに語った。

「こうでもせねば、殿下は得心なされまい。伊達の家臣に宛がう知行《ちぎよう》も足りなくなる。裏切ったなら……最後まで裏切らねばならんのだ」

それが泰平に生きる道だと言うのか。天下人の臣になるとは、そういうことなのか。怒りを覚え、戦場にあるかの如く血が煮え滾《たぎ》った。

しかし、しかし。一揆で荒れ果てた地を渡され、伊達にはもう何の勢いもない。家を保つためには他に道がないと言われたら、分かったと言うしかないのだ。

「ああああ！　ああ、ああああああ！」

成実はどさりと尻《しり》を落とし、その勢いのまま床板を殴り付けた。激しく響いた音が、いつまでも耳の中にこびり付いていた。

九月、政宗はかつて氏家吉継《うじいえよしつぐ》が領していた岩手沢を新たな本城と定め、名を「岩出山城《いわでやまじょう》」と改めた。葛西と大崎の本拠だった城に入る気には、なれなかったのだろう。成実には岳父《がくふ》・亘理重宗《わたりしげむね》の所領近く、角田城《かくだじょう》が与えられた。

角田に入る日、成実は門前で馬の足を止めたまま、しばし動かなかった。後ろに従う右馬介が怪訝《けげん》そうに声を寄越した。

「如何《いかが》なされました」

「この所領……無念のうちに死んだ者の上にあるのかと思うてな」

戦場で人が死ぬのは致し方ない。だが須江山の一件は、胸の中に深い傷として残っている。それを受け入れねばならぬとは、何と切ないことだろう。

右馬介も無言だった。静かに乗り馬を進め、右脇に至る。そしてこちらの不自由な手を取り、力強く握った。

「無駄死にではなかったと……死んでいった者に分かってもらえるよう、この地を良く治めて参りましょう。わしらにできるのは、それだけにござる」

成実は笑みを作り、自らに言い聞かせるように強く頷いた。

九　豊臣家中

戦《いくさ》が始まる。それも海の向こうと。

新たな所領《しよりよう》で迎えた新年、天正二十年（一五九二）の正月早々、成実《しげざね》は出陣する。広間の床机《しようぎ》に腰を下ろし、羽田右馬介《はねだうまのすけ》に所領の諸々《もろもろ》を託していると、下座の廊下から若い声が渡ってきた。

「殿。もう皆の支度は済んでおりますぞ。お早くお出ましを」

白根沢重綱《しらねざわしげつな》である。嬉《うれ》しくて堪《たま》らないという顔であった。

「分かった。すぐ参るゆえ、皆をまとめておけ」

「お待ち申し上げております」

勢い良く一礼し、立ち去っていった。此度《こたび》の出陣に於《お》いては右馬介を城代に残し、若い白根沢に一隊を任せる。右馬介が、それに対する憂いを申し述べた。

「やはり重綱でなく、わしがお供するべきではござらぬか。あやつは戦になると血気に逸《はや》り過ぎる。何か取り返しの付かぬ不手際でもあったらと、心配でなりませぬ」

右馬介との付き合いは実に長く、ともすれば歳《とし》の差を忘れそうになるが、やはりこの男は十三も年嵩《としかさ》である。色々と気を回してくれるのが有難《ありがた》い。

しかし、成実は「だからこそだ」と応じた。

「俺《おれ》とて奴《やつ》の気性《きしよう》は承知《しようち》しておる。武勇もあるし、領内もきちんと視《み》られるのに、戦以外の働きを低く見ておる。まあ武士《ぶし》は概《おお》ね同じだが、重綱は特にそれが強い」

右馬介が眉《まゆ》をひそめて頷《うなず》く。成実は、ひとつ溜息《ためいき》を挟んで続けた。

「此度の戦はいつまでの長陣《ながじん》になるか……。その間、奴を国に置いたままでは余計に心許《こころもと》ない」

「ですが、わしは所領の差配《さしはい》など得手《えて》ではありませんぞ」

ゆっくりと頭《かぶり》を振って返し、眼差《まなざ》しに思いを込めた。

「おまえは信義に篤い。大過なく諸々を丸く収めてくれよう。それが何より大事なのだ」

「未《いま》だ海の向こうとは戦じゃと申しますに、この国は泰平《たいへい》か。窮屈なものですな。ひとつでも綻《ほころ》びがあれば伊達《だて》の存亡に関《かか》わるとは……」

「何とか踏ん張ってくれ。勘解由《かげゆ》に餌《えさ》を与えるなよ」

成実は腰を上げ、右馬介の肩をぽんと叩《たた》いて広間を辞した。

葛西大崎一揆《かさいおおさきいっき》を経て、伊達は大いに締め上げられた。表向きは「一揆と関わりなし」とされたものの、実のところは睨《にら》まれている。領内の統治だろうと何だろうと、手抜かりがあれば、たちどころに咎《とが》めを受けるだろう。災いの芽は早くに摘まねばならない。政宗が屋代《やしろ》勘解由を重用するのも、小さな齟齬《そご》を見付け、探るのが巧いからだ。もっともその役目のせいか、屋代には物事を穿《うが》って見る癖がある。何かあれば針小棒大に報じられかねない。

痛くもない腹を探られるのは御免《ごめん》だ。篤実な右馬介に所領を託したのは、それを避けるためである。また遠藤駿河《えんどうするが》や内崎元隆《うちざきもとたか》のように、所領の差配に通じる者も残した。槍働《やりばたら》きも望める遠藤を残したのは苦心の差配であった。

「待たせたな。参るぞ」

成実は白根沢以下を引き連れ、政宗の本拠・岩出山城《いわでやまじょう》に合流した。

翌一月五日、伊達家中《かちゅう》は揃《そろ》って上洛《じょうらく》の途に着いた。唐入《からい》り――朝鮮《ちょうせん》に渡り、陸路を取って明《みん》帝国に攻め入るためである。兵三千を率いて雪道を踏み、一路南を指す。成実は馬上から行軍を眺《なが》め、穏やかな苦笑を浮かべた。

（殿の負けず嫌いは相変わらずだ）

本来の割り当ては千五百だったのだ。伊達を締め上げた秀吉だが、戦という銭食い虫の計策を取るに当たっては、無理な要求を避けたらしい。しかし政宗は逆に「何としても」と、この数を掻《か》き集めた。家臣《かしん》一同、足軽《あしがる》の雇い入れには苦労したものだ。

そうした気持ちなど他人事《ひとごと》のように、白根沢が後ろの馬上から声を寄越した。

「唐土《もろこし》とは如何《いか》なるところでしょうな。ああ、戦が待ち遠しゅうござる」

なるほど、右馬介が懸念したとおり、これでは戦場でも失態を演じかねない。歳を重ねれば白根沢も変わってくるとは思うが。まずは少しばかり血気を冷ましてやらねばと、背を向けたまま応じた。

「その心意気や良し。だが此度《こたび》は、相手がどういう者共か分からん。海を渡るのも、いつになるかは聞かされておらんのだ。何ごとも手堅く行なうよう自らを戒《いまし》めよ」

「されど俺は手柄《てがら》を立てて、いずれ殿から一城を任される身になりたいのです」

不満そうである。成実は肩越しに向き、諭《さと》すように返した。

「海を渡っての戦はあれど、日《ひ》の本《もと》は泰平の世じゃ。所領を治める方で手柄を上げる道も考えておけ。おまえにならば、できるはずだ。俺も、そうせねばならん」

「それで城持ちになれますか」

「分からん。伊達の所領が増えねば、城持ちになれるかどうか。おまえのみならず、他《ほか》の誰《だれ》もが同じだ」

白根沢はさらに不満を増した顔で軽く一礼し、黙ってしまった。

岩出山《いわでやま》から遠路を越えて一ヵ月余、伊達の行軍は二月十三日に入京《にゆうきよう》した。初めて見る都に、目も眩《くら》むかという驚きを覚えた。奥州《おうしゆう》にも藤原《ふじわら》三代の栄華、平泉《ひらいずみ》という風雅《ふうが》の地はある。しかし、とても比べものにならない。平泉を幾つも詰め込み、さらに磨き上げたようなところ。それが京《きよう》の都であった。

公卿《くぎよう》の屋敷は見慣れた主殿造《しゆでんづく》りが多い。ただし、各々《おのおの》の造りは岩出山の本丸御殿《ほんまるごてん》よりも大きかった。そうかと思えば、少し行った先には内外二つの塀で仕切られた屋敷がある。古めかしい寝殿造《しんでんづく》りが残っているのだ。道は碁盤《ごばん》の目と言われるとおりで、しかも引かれた道の一条ごとに一定の幅を保っている。町衆《まちしゆう》の住まいも奥州の城下とはまるで違い、整然とした道に沿って行儀良く軒を連ねていた。

「やあ。見いや、あれ。誰か分かるか」

「奥州の伊達様やて聞いたなあ」

道端から民の声が流れてきた。唐入《からい》りのために上洛する大名《だいみよう》の見物か、あちらに十人、こちらに数人、京雀《きようすずめ》たちが群れ集っている。

「田舎《いなか》の荒夷《あらえびす》やて思うとったけど、こら凄《すご》いわ」

「見てみい、あの男立て。太閤《たいこう》はんにも負けんのと違うか」

ひそひそ話が耳に入り、成実は少し気恥ずかしく思った。

上洛に際し、政宗は軍兵《ぐんぴよう》の出で立ちにも、なけなしの財を叩《はた》いていた。足軽の貸し具足《ぐそく》や長槍《ながやり》は新調し、胴は黒光りする漆塗り、前後に金箔《きんぱく》で丸く星を打っている。頭には背丈の半分もある長い尖《とが》り笠《がさ》、これも金箔を押してあった。この他、士分の刀と脇差《わきざし》は鞘《さや》を朱に塗り、銀細工を施して飾り立てている。

馬上にある重臣《じゅうしん》も、京を前に具足を替えた。どれも色鮮やかな糸縅《いとおどし》、背に負う黒母衣《くろほろ》には政宗の前立《まえだて》と同じ弦月《げんげつ》の縫《ぬ》い取り、これも金糸である。馬には豹《ひょう》や虎《とら》、熊《くま》の毛皮を縫い合わせた馬鎧《うまよろい》を着せ、成実の黒鹿毛馬《くろかげうま》に至っては孔雀《くじゃく》の羽まであしらわれていた。

本音を言えば居心地が悪い。しかし京の町衆には絢爛《けんらん》と映るようだ。人の好みは土地によって違うものなのか。

目を白黒させるような思いで進む。向こうに関白《かんぱく》の政庁・聚楽第《じゅらくだい》が見え始めると、今度は目が回る気がした。

「何だ、あれは……」

絶句した。とにかく光っている。平山城《ひらやまじろ》の追手口《おうてぐち》から山肌に沿って、大小七つほどの郭《くるわ》が構えられているが、建物の屋根がひととおり金瓦《きんがわら》なのだ。春二月の麗《うら》らかな日差しの下、それはさながら金の山稜《さんりょう》であった。天守《てんしゅ》を見上げれば、眩《まばゆ》い輝きが棚引《たなび》く雲と相互に照らし合い、霞がかって見える。近付くほどに、怪異な塊が覆い被《かぶ》さってくる気がした。

（これが豊臣《おい》の……太閤の力か）

秀吉は甥《おい》の秀次《ひでつぐ》を養子に取って関白の位を譲り、自身は太閤と尊称される身になっていた。とは言え隠居《いんきょ》は形ばかり、実のところは唐入りに専念するためである。京の南、伏見《ふしみ》に隠居所を構えるらしいが、まだ場所も定められていない。秀吉は引き続き聚楽第にあった。

「止まれ」

政宗の声で行軍が止まる。成実は額に浮いた脂汗を拭《ぬぐ》い、兵たちに「脇へ」と命じて道を開けさせた。そこを通って金糸の陣羽織《じんばおり》、弦月の兜《かぶと》を戴《いただ》いた大仰な姿が門前へと進んでゆく。

「羽柴侍従《はしばじじゅう》、伊達政宗《まさむね》にござる」

名乗りに応じて十数人の門衛が一斉に頭を下げた。斯様《かよう》な木《こ》っ端《ぱ》武者《むしゃ》でさえ、みすぼらしい姿ではない。身に着けた具足は、高価な朱漆《しゅぬり》と金箔で華美に仕立てた桶側胴《おけがわどう》である。角田城代《かくだじょうだい》を任せた右馬介ほどの者でも、この門衛たちには見劣りしそうだ。

「太閤殿下がお待ちにござる。案内《つかまつ》仕りましょう」

門衛《もんえい》の長と思《おぼ》しき男に導かれ、政宗は数人の近習《きんじゅ》と共に聚楽第の内へと消えた。

京に集結した軍兵は、三月を期して肥前名護屋《ひぜんなごや》へと向かう。彼《か》の地には城が築かれ、渡海のために湊《みなと》と船の支度も進められているそうだ。出立までの間、政宗には聚楽第の内に宿坊《しゅくぼう》が割り当てられるが、家臣には寺や大名屋敷など別途の宿陣《しゅくじん》先が決められていた。

兵の屯所《とんしょ》と定められた場に移り、陣場《じんば》の指揮を終えると、成実は岳父《がくふ》の亘理《わたり》重宗《しげむね》と共に寺の僧坊に入った。具足を解いて小袖《こそで》に着替えれば、どっと疲れが出て床板に大の字になる。重宗も同じだったようで、柱に背を預けて気の抜けた声を寄越した。

「どうだ婿殿。殿下に喧嘩《けんか》を売らんで良かったろう」

「悔しくはあれど、そのとおりにござる」

とは言いつつ、胸の内は「なぜ」の思いで一杯だった。政宗は小田原に参じ、豊臣の力を承知していたはずだ。なのに、葛西と大崎の残党に一揆を唆《そそのか》している。

（あ……。いや、されどな）

一揆の企《たくら》みを明かした折、政宗は言った。おまえの望みどおり関白と戦うのだと。しかし、己《おのれ》が忸怩《じく》たる思いをしているというだけで暴挙に及ぶだろうか。心に厄介な歪《ゆが》みを抱え、むらっ気も多い人だが――。

「今日の具足には、さすがに疲れたわい。まあ……殿も、太閤殿下のお気を引こうと必死なのだな。

何しろ派手好きなお方と聞く」

重宗が緩んだ笑い声と共に、独り言のように発した。成実は目を向けて「はい」と応じた。

いずれにせよ、太閤はまともに戦って勝てる相手ではない。一揆の顛末《てんまつ》を経て、政宗も豊臣家中に生きる覚悟を固めたのだ。己はそれを支えるのみ。思いも新たに身を起こし、体ごと重宗に向いた。

「出陣までは間があり申す。少し休んだら、大坂《おおさか》でも見物に参りませぬか」

「それはいい。互いに、妻への贈り物など選ぶとするか」

岳父の笑みは実に穏やかであった。

二月のうちに、二人は大坂に下ってあれこれを見聞した。京に比べて猥雑《わいざつ》な町だが、その分だけ活気に満ちている。特に商家に於《お》いては京を凌《しの》ぐ勢いであった。既に商いのあり様ができ上がっている京に対し、まだこれからの大坂には新興の力がある。成実と重宗は、それぞれ妻のために櫛《くし》と扇を買い求め、また大坂城の周りを歩いてつぶさに見物し、足掛け四日で京に戻った。

†

三月、いよいよ肥前に向かうべく支度を整える中、成実の元に思いも寄らぬ話が舞い込んだ。

「殿下が、俺をお召しに？」

「如何にも。伊達殿がしきりに家臣をご自慢なさるもので、ご興味を持たれたらしく」

秀吉《ひでよし》の奉行《ぶぎょう》衆、増田《ました》長盛《ながもり》なる男であった。取り立てて特徴のない顔が、幸薄そうな笑みを浮かべている。成実は「どうしたものか」と案じつつ問うた。

「我が主《あるじ》も承知のお話にござろうか」

「いやいや、それでは伊達殿もご同席を望まれて、興が醒《さ》めるとの仰《おお》せなれば」

困った。政宗に話した上で同席を拒めば、きっと臍《へそ》を曲げる。かと言って、政宗を連れて行けば太閤が臍を曲げそうだ。

「……致し方ございませぬな」

これも政宗のためと渋々承諾《しょうだく》した。二人を天秤《てんびん》に掛ければ、秀吉の機嫌を損なう方が痛い。

聚楽第に導かれ、けばけばしい輝きに気後れしながら進む。腰郭《こしぐるわ》を過ぎた次の郭には小さな御殿――とは言っても角田城の館に比べれば倍ほどは大きい――があり、縄張りから見て三十近くあるだろう部屋のひとつに案内された。

「こちらでお待ちを」

追って再び案内されるのだろうと、まずは言われるままに待っていた。が、しばらくすると素《す》っ頓《とん》狂《きょう》な声が響く。

「いやあ、呼び立ててすまんかったのう」

捻《ね》じれたような甲高《かんだか》い声、どかどかと品のない足音、のっぺりした色白の男を従えて部屋に入る小男があった。年の頃《ころ》は六十手前か。上品な絹の羽織を見る限り、相当な身分である。だがせっかくの絹に、ぼってりと金糸銀糸で鶴《つる》を縫い取り、裏地に毒々しいほどの赤を選ぶ不細工さは何とも見苦しい。

目を奪われている間に、老いた小男はどさりと主座に着いた。従える平たい顔の男とて一見して大男ではないが、その胸までしか背丈がない。己と比べたら腰までだろう。それが偉そうに座った姿は、まるで猿だ。

「太閤殿下にあらせられる」

色白の男が乏しい口髭《くちひげ》を動かす。成実は「あっ」と居住まいを正して平伏した。

「伊達藤五郎《とうごろう》、成実にござる。ご尊顔《そんがん》を拝し奉《たてまつ》り恐悦《きょうえつ》至――」

「ああ、ええて。ええて。顔見せい」

言われるままに頭を上げた。秀吉は左の傍らに控えた色白に向け、苦言を呈《てい》している。

「三成《みつなり》よう。あんまり脅かすな、ちゅうたろうが」

「とは申せ、殿下であると伝えねばなりませぬゆえ」

「秀吉じゃ、でええがね」

白い顔が、かつて名を聞いた石田《いしだ》三成らしい。小田原《おだわら》に参陣《さんじん》した二十万を四ヵ月に亘《わた》って賄った辣腕《らつわん》だ。

(如何にも切れ者……されど)

三成については得心するも、秀吉については「これがか」という思いが強い。

「藤五郎ちゅうたか。おみゃあが伊達の毛虫じゃな。まあ楽にしてちょ」

「はっ。忝《かたじけの》う存じます」

楽にしろと言われて、できるはずもない。かと言って畏《かしこ》まり過ぎては――気を遣わねばならぬ分、政宗以上に厄介だった。

秀吉は金切り声にも似た哄笑《こうしょう》を上げている。それにしても醜い。巷《ちまた》で「猿」と揶揄《やゆ》されているが、そこに鼠《ねずみ》を足して潰《つぶ》したような皺《しわ》くちゃの顔だ。

「さて毛虫。政宗の奴があんまりにも家臣を自慢するでの、ちいと顔を見てみとうなった。ええと、片倉《かたくら》……小次郎《こじろう》ちゅうたかな。あとは鬼左衛門《おにざえもん》やら……」

「片倉小十郎景綱《こじゅうろうかげつな》、並びに鬼庭左衛門綱元《おににわさえもんつなもと》にござる」

「それじゃ、それ。奴ら、政宗に断りもなく目通りする訳にはいかんて、堅っ苦しいことを申すのよ。おみゃあも来てくれんかったら、つまらん思いをしとったわい」

笑い顔の中、目の奥が据わっている。これは本当に面倒な人だ。つまらぬ思いとは、怒っていたところだ、という意味であろう。

「この田舎者が殿下のお慰みとならば、幸甚《こうじん》と存じます」

秀吉は「ひひ」と下卑《げび》た声で笑った。なるほど、田舎武士を冷やかそうという肚《はら》か。それを以《もっ》て後日、政宗をからかうつもりなのだろう。

（喧嘩はせぬ。だが安く見るなよ）

飽くまで秀吉の意に沿ったまま、伊達の力を認めさせねばならない。戦場にも似た血の騒ぎに魂が荒ぶる。

「ところで藤五郎。こっちに来てひと月近くじゃ。おみゃあ、大坂見物をしたそうじゃが、どうじゃった。え？」

早速、田舎者の驚愕《きょうがく》を嘲《あざけ》ろうとしている。だが構うまい、笑えるものなら笑ってみよ。

「さすがは太閤殿下の築かれた城と町、お見事の一語に尽きまする」

嫌らしい笑みが返される。そこに軽く水を掛けてやった。

「特に城は素晴らしい。そこいらの木っ端大名では落とせぬでしょうな」

伊達は断じて木っ端大名などではない。だからこそ秀吉も戦を避けたのだ。小田原の折も、取り潰しの好機だった奥州一揆でも。

目の前の鼠猿が、少しむっつりとした。

「木っ端でなけりゃ落とせるんかや。ほんなら、おみゃあは大坂をどう攻めるちゅうんじゃ」

三成が「殿下」と制するも、秀吉は左手を脇に伸ばして「口を出すな」と示した。成実は心中にほくそ笑み、ひとつの問いを向けた。

「それがしが大坂を攻めるとして、寄せ手の数は如何ほど頂戴《ちょうだい》できましょうや」

「おうよ。十万も率いてみせい。わしゃ一万でええ」

やはり侮っている。田舎武士の戦とやらを思い知れ、と胸を張った。

「十万もあらば楽に落とせましょう。追手口に八万を配します」

皺だらけの頬が、にたあ、と歪んだ。

「城の東は泥田、西は海で大軍を置けん。ゆえに追手口から力押しかや。甘い甘い。大櫓《おおやぐら》が二つもあるがね。どいつもこいつも鉄砲の餌食《えじき》じゃい」

「されど大坂は、城中の造りがさほど細かくはござらん。追手口を抜かば、本丸の南、桜門《さくらもん》に近うござる。城方《しろがた》も多くの兵を振り向けねばならんでしょう」

「なるほどな。隙《すき》を作らせて、玉造口《たまつくりぐち》を攻めるか」

「然《しか》り、一万五千も向けまする。追手に大軍とあらば、どうしても守りが手薄になりましょう」

玉造口は城の東南、追手口と違って一番櫓がひとつあるだけだ。その方面を竹束《たけたば》で守ってやれば、真っすぐ門に突っ込むことができる。

秀吉は上を向いて「あひゃひゃひゃ」と笑った。

「玉造は確かに弱い。じゃが毛虫よう、追手のすぐ脇じゃぞ。ちっとばかり兵を回してやりゃあ済むわい。それでも足らにゃあ、他の」

百姓《ひゃくしょう》じみた哄笑が、ぴたりと止まった。成実は確かめるように問うた。

「足らねば他の門からも兵を回す、ですな」

「おみゃあ……追手に八万の、玉造に一万五千ちゅうたな」

今度は成実がにやりと笑った。

「殿下はうっかりと、そこを聞き流された。が……それは、この場のみの話でしょうや。大き過ぎる数を、人は大まかにしか摑《つか》めぬものにござる。まして戦場、命のやり取りをしながら、総勢十万の中でたった五千の有無を見分けるのは難しい」

そして滔々《とうとう》と語った。城中の備えが玉造口に向いたところを見計らい、その五千で北西の京橋口《きようばしぐち》を破るのだと。京橋口を抜けた先は西之丸《にしのまる》、本丸のすぐ脇である。両所の間には門はあれど、行く手を阻む「枡形《ますがた》」に造られておらず、守りは弱い。

「一気に抜けますぞ。よしんば追手口の兵が西之丸を守りに向かったとて、その時には八万の兵で易々《やすやす》と追手門を破り、挟み撃ちにすればよろしい。城方は自《おの》ずと乱れましょう」

秀吉は唸《うな》り、ついに何も言わなくなった。そこに止《とど》めのひと言を加える。

「それがしに十万も与えながら、殿下ご自身は一万で十分と仰《おお》せられた。この成実がどれほどの戦をするのか、ご存知ないまま侮られましたな。その油断を衝《つ》かせていただき申した」

秀吉は傍らの三成に向け、感心したように命じた。

「聞いたかや。櫓を作るんは骨が折れるで、京橋口と玉造口に鉄砲の狭間《さま》を増やしとけや」

そして、こちらに向き直る。

「いやはや、ただの猪武者《いのししむしや》と思うとったが、どうしてどうして。そう言やあ、おみゃあ摺上原《すりあげはら》で猪苗《いなわ》代弾正《しろだんじよう》を口説き落としたそうだがね」

「如何にも調略してござる」

すると秀吉は、またも挑むように嘲笑《ちようしよう》を加えた。

「そりゃあ、相手が田舎者ゆえぞ。このわしは口説き落とせまいて」

「できまする」

即座に返す。怒りを湛《たた》えた眼差《まなざ》しを向けられたが、構わず言葉を継いだ。

猪苗代盛国《もりくに》は蘆名《あしな》家中で自分の意見が通らず、金上盛備《かながみもりはる》に従わねばならぬのが不満だった。伊達が多くの知行《ちぎょう》と重臣の立場で迎えたのは、単純な欲を満たしたのとは訳が違う。伊達家を動かしていく上で、猪苗代の言を取り上げると示したのに他ならない。

「相手の望みを叶《かな》えるこそ、調略の要《かなめ》と心得ており申す。殿下にも、お心の底から望まれるものはありでしょう。それは日の本の安寧と、豊臣《とよとみ》の栄華であるはず」

「おお、それよ、そのとおりじゃ。が、おみゃあがそれを、わしにくれるんかや」

成実は「どうでしょうな」と困り顔を作った。

「乱すなら楽ですが。衰えたりとは申せ、伊達は未だ奥羽《おうう》の強国にて、本気で戦うなら北条《ほうじょう》のようにはいき申さず。そも小田原攻めとて、兵糧《ひょうろう》には相当の苦心をなされたのでは？」

能面のような三成の色白が、わずかに気色ばんだ。成実は「やはりな」と意を強くして、眼差しに不敵なものを湛えた。

「奥州は冬の訪れ早く、厳しい寒さが長々と続く地にござる。輜重《しちょう》に苦心しながら長陣は構えられますまい。雪が積もらば退《ひ》くに退けず、しかも我らは左様《さよう》な中での戦いを心得《こころえ》ている」

秀吉の目を真正面から見据えた。分かるだろう。そういう者を追い詰めての戦が心許ないからこそ、政宗を許したのではなかったか。秀吉が欲する安寧の一端は、伊達がこの先も背かぬという証《あかし》に他なるまい。

通じたろうか。一代で位人臣《くらいじんしん》を極めた英傑《えいけつ》、分からぬはずがない。

「されど、そこはご懸念なく。それがし曲りなりにも伊達の第一席にござる。先に殿下がお与えくだされた十万の兵、決して上方に向けぬよう、主を諭すくらいはでき申す」

秀吉が「お」という顔を見せる。成実は、にこりと笑みを返した。

「此度、伊達は千五百で良いとお下知《げち》を頂戴《ちょうだい》しながら、三千を率いて参りました。家中の大身も軒並み連れ、国は留守同然にて。伊達の兵が殿下には向かぬ、唐入りのために全《すべ》ての力を使うという気概にござる。伊達は既に、殿下が最もお望みのものを差し出しております。さて、殿下は伊達にお味方いただけるや否《いな》や」

秀吉はにんまりと笑みを浮かべ、然《しか》る後《のち》、猿のように自らの膝《ひざ》を何度も叩きながら、心底楽しそうに呵《か》々《か》と笑った。

「こりゃ参ったわい。おみゃあの申すとおり、調略ちゅうのは相手の望みを叶えてやるのが肝要よ。いやあ、田舎者と侮ってすまなんだ。世に人はおるものよな。気に入ったぞい、藤五郎」

成実は秀吉から酒と肴《さかな》の膳《ぜん》を受け、その後で政宗の宿所に顔を出して仔細《しさい》を話し、聚楽第《じゅらくだい》を後にした。

既に日は落ちて空には朧月《おぼろづき》、青く頼りない光の下で京の町を歩いた。謙《へりくだ》りつつ卑屈にならず、こちらの力を認めさせる。どうにかそれを成し遂げた安堵《あんど》に、足が重く感じられた。

(度量のある人だった。が……)

そこはかとなく嫌な臭気も覚えた。そもそも舌三寸で挑んだのも、秀吉の悪意を察したがゆえである。見も知らぬ相手を頭から侮って掛かる辺りに、成り上がり者の増長と、人としての衰えを思わざるを得なかった。

十日ほどして三月十七日、伊達勢は京を発《た》って肥前名護屋に向かった。

名護屋に入ってまたも驚かされた。これまでろくに拓《ひら》かれていなかったと聞くが、それは嘘《うそ》だろうと疑うほど立派な城下町が仕上がっている。唐入りのために在陣する将兵を目当てに、あちこちから商人が訪れ、百姓衆も冬の間に作った草鞋《わらじ》や筵《むしろ》などを売りに集まっている。言わば民が自前で市と町を成したに等しい。それもこれも名護屋城あっての話だろう。秀吉が陣城《じんしろ》とするだけに、聚楽第にも劣らぬほどの豪奢《ごうしゃ》な造りである。鄙《ひな》びた地に似つかわしくない城を瞬く間に築くのも、天下人ならではであった。

（この力に加え、跡継ぎも定めている）

秀吉に感じた懸念《けねん》は、杞憂《きゆう》だったかも知れぬ。人は老いにだけは逆らえないが、たとえ「その時」が来ても、豊臣の天下は容易《たやす》く覆るまいと思えた。

†

名護屋に至って概《おおむ》ね一ヵ月、成実に喜ばしい報《しら》せが届いた。妻が身籠《みご》ったという。角田《かくだ》を発つ前、しばしの別れを惜しんで睦《むつ》み合った種が根付いたらしい。皆は「気張るところが違う」と笑いながら祝福してくれた。

同じ頃《ころ》、唐入りの先陣《せんじん》衆が海を渡り始める。以後も六番、七番、八番と、各隊が続々と大陸に向かっていったが、伊達勢は予備隊として留め置かれた。

初冬十月を迎えた頃、妻は嫡男《ちゃくなん》を生んだ。成実は大いに喜び、自らの幼名「時宗丸《ときむねまる》」を我が子に与えた。

天正二十年は十二月に文禄《ぶんろく》と改元され、明けて文禄二年（一五九三）を迎えた。三月、ついに渡海の命令が下される。伊達家中は武具兵糧を船に積み込み、数日を慌しく過ごした。いざ明日は唐土《とうど》へという晩、政宗の陣所《じんしょ》に皆が集い、ささやかな酒宴となった。

「藤五郎殿、もう一献《いっこん》」

桑折政長《こおりまさなが》が赤ら顔で勧めてきた。成実は「いやいや」と笑って頭を振った。

「俺たちは船など初めてじゃ。船酔いをしては敵《かな》わぬゆえ、そろそろやめておこう」

「先んじて酔っておれば、船酔いなど気にもなるまいに」

「明日の朝まで呑むつもりか」

笑いながら返すと、皆も、当の桑折まで釣られてげらげらと笑った。成実は座を立って廊下へ向かい、皆に背を向けて左手をひらひら動かした。

「酔い醒《ざ》ましだ。ちと夜風に当たってくる」

廊下を進み、陣屋《じんや》の門から外に出た。陸奥《むつ》の寒さに慣れているせいか、この地の陽春は初夏にさえ思える。夜風は噎《む》せ返るような潮の香を孕《はら》んで湿っぽく、空にある半月も、ぼんやりと滲《にじ》んでいるように映った。

諸将の陣所を抜け、湊を見下ろす高台に至る。成実は、ふう、と長く息をついた。

「唐入りか」

昨年から始まった遠征は、始めは連戦連勝だった。朝鮮を席巻した日本軍は彼の国の都・漢城《かんじょう》を落とし、北辺の町・平壌《へいじょう》にまで駒《こま》を進めたという。

しかし、そこからは苦戦の連続だった。何より兵糧が足りない。石田三成らの軍奉行《いくさぶぎょう》があれこれ手を回しているが、朝鮮の警固衆《けごしゅう》——水軍に海を封じられ、思うように運べないのだ。特段の策を立てず、常なる戦のように米麦を運び、足りない分は向こうで奪う形にしていたらしい。

「殿下は、耄碌《もうろく》なされたかのう」

遠路の輜重が難しいのは、小田原の陣で知ったはずだ。聚楽第に召し出された折も「奥州まで荷駄《にだ》を運んでの長陣はできまい」と話したのだが。

「其許《そこもと》、独り言でも左様なことは口にしてはならん」

背後から声をかけられ、びくりと身が震えた。誰だ、と振り向く。

「徳川《とくがわ》……様」

徳川家康《いえやす》。恰幅《かっぷく》の良い体にきょろりとした目の丸顔、愛嬌《あいきょう》のある顔立ちながら大物の威風を身に纏《まと》っている。こちらより頭ひとつ小さいくらいの身が、何とも大きく見えた。

家康は「ん？」と首を傾《かし》げた。

「どこかで会うたかな。名は？」

「伊達成実と申します。お目通りしてはおりませぬが、主から徳川様のお姿を聞いており」

家康は左の掌《てのひら》を右拳《こぶし》でぽんと叩き、得心顔を見せた。

「伊達の毛虫殿か。面白い男がおると、殿下から聞いておった」

「痛み入ります」

頭を下げると、家康は「さて」と咳払《せきばら》いした。

「先のような話、他の者にしてはならぬぞ。何しろ殿下は色々と……な。お気も短くなられ、昔のような周到さも、ついぞお見せにならなくなった」

言うなと釘を刺した傍《そば》から秀吉の耄碌を認めている。呆気《あっけ》に取られていると、人好きのする笑みが向けられた。

「人はな、まことの話を持ち出されると怒るものよ。まして、これだけの力を持つ相手じゃ」

家康は「剣呑《けんのん》、剣呑」と呟《つぶや》きながら背を向けた。成実は「もし」と呼び止める。

「この戦、もっと早うにお諫《いさ》めするお方はなかったのでしょうや」

昨年の九月には、遠征軍は苦境に立たされていた。兵糧が底を突きかけ、輜重《しちょう》の道が伸び過ぎたところへ、朝鮮の宗主《そうしゅ》・明帝国の援軍が出されたのだ。年明け早々には平壌の城も捨てたという。伊達に渡海の命令が下ったのも、それらを釜山《ふざん》まで無事に引き上げさせるためであった。

「誰でも首は惜しいものじゃ。戦で失うならまだしも……な」

家康の呟きに愕然《がくぜん》とした。秀吉は諫言《かんげん》すら聞かないようになっているのか。我儘《わがまま》は政宗で慣れっこだが、太閤の立場で同じことをすれば泣く者も多い。

「されど今は退くを良しとなされている。なぜです」

「其許《そこもと》、言って聞かぬ者はどう扱う。引っ叩《ぱた》くか、宥《なだ》めるか、煽《おだ》てるか。或《あ》いは……」

「騙《だま》すか、でしょうや」

家康は「はは」と軽く笑い、肩越しに目を向けた。

「なるほど、面白い男よ。まあ、その通りじゃ。和議よ、和議」

ぞくりとした。和議――戦に勝ったという建前で、太閤を騙そうという者がいるのか。だが家康の言うとおりに秀吉が耄碌しているなら、これは恐ろしい話である。

「戦の勝ち負けは覆りませせぬぞ」

「左様。先々、豊臣の天下は大きな火種を抱えるのう。年寄衆《としよりしゅう》のわしとしては、頭の痛いところじゃわい」

ぼやき声の響きに固唾《かたず》を呑《の》んだ。頭が痛いなどと、露ほども思っていないのでは。もしや待っているのか。豊臣の乱れを、首を長くして。だとすればその時、終わったはずの戦乱は再び国中で火を噴く。

「和議ありきで退いたとて、敵にはそれが通じぬ者共がおるぞ。其許、死ぬなよ」

言い残し、家康は意味ありげな笑みを浮かべて去って行った。

翌朝、伊達勢三千を乗せた船は名護屋の湊を発った。

成実は政宗を訪ね、共に船縁《ふなべり》に出た。海を眺めながら、思いがけず家康に会ったいきさつを話す。

家康の言う「それが通じぬ者共」とは朝鮮の義兵《ぎへい》だと明かされた。

「朝鮮の軍は警固衆《けいごしゆう》を除いて全て潰《つい》えた。義兵とは民百姓の狼藉者《ろうぜきもの》でな。伏せ勢となって日の本の退き際《ぎわ》を襲っているらしい」

「国の定めた兵でないのなら、確かに和議云々《うんぬん》など与《あずか》り知らぬ話でしょうな」

「だが、伏せ勢と分かっておれば打つ手はある。それより……和議か。その方が気懸《きが》かりだ」

「左様に……ござるな」

家康が豊臣の乱れを待っている。その見立てについては、迷った末に「自らの勘でしかない」と口を噤《つぐ》んだ。政宗は海の青を愛《め》でるように、潮風を胸に満たしている。この姿は尊い。泰平への覚悟を決めた人を、再び惑わせたくはなかった。

四月十三日、伊達勢は朝鮮の釜山に渡った。そして――。

「来たぞ。槍《やり》、構えい」

政宗の下知ひとつ、足軽衆が一斉に左を向き、長槍を掲げた。野伏《のぶ》せりがありそうなところを見極め、敢《あ》えて身を晒《さら》したのだ。朝鮮義兵の伏せ勢は「飛蛾《ひが》の火に入るが如《ごと》し」であった。

「叩け」

成実の一声、足軽槍《あしがるやり》が打ち下ろされる。待ち伏せのはずが返り討《う》ちに遭《あ》い、義兵の群れは寸時《すんじ》に壊乱した。

「鉄砲、放て」

三百挺《ちょう》が轟音《ごうおん》を立てる。弾を受けて幾人も斃《たお》れると、飛び道具のない義兵たちは一目散に逃げ出していった。

「追い討ち無用、敵に兵糧があれば奪うのみで良い」

伊達勢は梁山《りょうざん》、蔚山《いさん》、金海《きんかい》、晋州《しんしゅう》に赴き、北方から引き上げる各隊の道を安んじて回る。その甲斐《かい》あって、日本軍は無駄な損兵を防ぎ得た。

だが、飽くまで「幾らかは」でしかなかった。

敵は軍兵ばかりではない。七月を迎える頃には、遠征軍は恐るべき陥穽《かんせい》に嵌《は》まっていた。

そして、それは伊達勢にも牙《きば》を剝《む》いた。

「殿……左馬之助《さまのすけ》も、ついに」

成実が告げると、政宗は野営の陣幕《じんまく》の中、がくりとうな垂れて両手で顔を覆った。

政宗の近習《きんじゅ》として長く従った原田宗時《はらだむねとき》が死んだ。数日前には桑折政長も息を引き取っている。病、それも朝鮮の風土病が蔓延《まんえん》したのだ。持参した日本の薬は役に立たなかった。

「……あと、どれだけ死ぬのだ」

半ば上げられた政宗の顔は埃《ほこり》と垢《あか》で薄汚れ、落ち窪《くぼ》んだ目の周りに涙の跡がくっきりと浮かび上がっていた。大将でさえこれほど疲れている。足軽衆や端武者《はむしゃ》はなおのこと、身を苛《さいな》む日々のせいで病を跳ね返せず、率いた兵の七分目までが野ざらしの骸《むくろ》となり果てた。

早く戦が終わって欲しい。口には出さぬが、政宗の目がそう語る。蒲生氏郷《がもううじさと》が評した「暴れ馬」も心が折れ掛けていた。

明帝国との講和が始まると、戦はようやく終わった。伊達勢にも帰還の下知があり、九月一日に釜山を出航する。名護屋に至ると、生き残った皆は抱き合って涙を流した。

朝鮮に渡った者は、しばし名護屋に留《とど》まるよう命じられた。和議が成るまで釜山近辺を交替で守ると決められている。そのために、というのだ。もっとも、実のところは朝鮮の病を上方《かみがた》に持ち込むなという話である。離れた地で養生《ようじょう》させるための方便であった。

伊達家中も長く留め置かれたが、その間、成実には悲報が届いた。前年に生まれた時宗丸が病の床に没したという。右馬介の書状は、ところどころが滲んでいた。

「病……父が罹《かか》らずに、子が先立つとは。親不孝者め」

顔さえ見ていないのに——書状のあちこちに、新たな滲みができた。

†

文禄二年閏《うるう》九月十七日に、成実は京に帰った。半月余りの後、秀吉に召し出される。伏見の指月《しづき》、ようやく普請《ふしん》の成った隠居所の城だった。

「おう藤五郎、よう参った」

作法に則《のっと》って一礼すると、秀吉は指先で目脂《めやに》を摘《つま》み取り、改めてこちらを見た。

「ちいと痩《や》せたかや」

「はっ。朝鮮での労苦もござったゆえ。なに、このくらいの方が動きやすうござります」

「左様か。向こうの病はたちが悪いて聞いとったが、生きて帰って何よりじゃ」

うん、うん、と頷《うなず》いている。以前に目通りした時と比べて明らかに衰えている。半ばまで白かった髪は今や白の一色、皺くちゃの顔には年寄りならではの皺が上乗せされていた。瘦せたかと問うた人こそ、体がひと回り小さくなっているではないか。無常を覚えつつ、にこやかな笑みを向けた。

「ところで、如何なるご用にてお召しでしょうや。お下知なれば、主・政宗に頂戴すべしと存じますが」

「え？」

きょとんとした顔が向けられる。成実も「は？」と返した。

「如何なるご用向きかと、お尋ね申し上げたのですが」

「ええと……」

しばしの沈黙、六つ数えるほどの間が空いたろうか。秀吉は「ああ」と膝を打った。

「あれじゃ。おみゃあにな、伏見に屋敷をやるでよ」

驚いて二の句が継げない。それは大名の待遇である。いったい、どういうつもりなのか。

「何じゃ、黙りこくって。ちっとは喜べや」

「いえいえ、いえ！　なりませぬ。屋敷なら我が主が賜《たまわ》ったではござりませぬか」

「それとは別に、やる、ちゅうんじゃ」

どう断ったら良いのだ。唸《うな》っていると、秀吉から剣吞な気配が漂い始めた。

「それとも何か。わしからの施しは受けられんか。ええ？」

上機嫌かと思いきや不意に呆《ほう》け、そうかと思えば短気を発している。かつて家康が言っていたより、ずっとひどくはないか。

「ははあ……。秀次か。わしが老い先短いからとて、あいつに鞍替《くらが》えするつもりじゃな」

「お、お待ちを」

訳の分からない疑いを抱かれ、さすがに動揺を隠せなかった。粘ついた喉《のど》を唾《つば》で潤し、大きく息をして「落ち着け」と念じる。

「鞍替えも何も。義理の間柄とは申せ、太閤殿下と関白殿下は父と子にござる」

「じゃったら、何で屋敷を受け取らん」

「賜ってしまえば、主を軽《かろ》んじたも同じでしょう」

秀吉は少し黙り、一転して、けらけらと笑い始めた。

「そんなこと気にしとったんか。政宗にゃあ、わしから言うてやる。太閤に逆らうなら磔《はりつけ》にでもしてくれるわい」

「……それはご容赦《ようしゃ》を」

「とにかく、おみゃあは伏見に屋敷を構えい。ええな」

押し切られて城を辞する。伊達の伏見屋敷に戻ると自室に入り、釈然としない気持ちに頭を悩ませた。真っ先に政宗を訪ねて話さねばならぬところだが、あいにく留守である。関白・秀次に召し出され、数日を京で過ごしている最中だった。

翌日、鬼庭綱元《おににわつなもと》が訪ねてきた。これ以上ない当惑顔である。

「実は太閤殿下より、氏《うじ》を『茂庭《もにわ》』に改めよと仰せつかりましてな」

「乱暴な話だな。代々受け継いできた苗字を。左月《さげつ》殿も悲しまれようぞ」

いずれかの別家を継ぐ訳でもないのに。人取橋《ひととりばし》の戦いで壮絶な最期を遂げた左月斎《さげつさい》を偲《しの》び、成実は眉根《まゆね》を寄せた。綱元も弱りきった顔で返す。

「それがしも左様に申し上げたのですが、お聞き入れなく。屋敷を断るなら苗字は改めよと」

「いや待て。屋敷とは、お主もか。え？　断って、お認めいただけたと？」

「如何にも……然《しか》らば藤五郎殿も？」

成実は首を傾《かし》げながら頷いた。

「何が何でも受け取れと凄《すご》まれた」

どうやら秀吉の呆《ぼ》け具合は相当なものだ。年老いた姿と合わせて考えれば、先も長くはなかろう。

男二人で背を丸め、腕組みで顔を見合わせたまま、しばらく互いに無言であった。

政宗が戻ると、成実は綱元と連れ立って部屋を訪ね、秀吉の下知を包み隠さず報じた。案じていたとおり、楽しまぬ顔を向けられた。

「綱元は断って認められ、おまえが認められぬ法があるか。差配がおかしいと申し立てて、お下知を取り下げてもらえ」

政宗の機嫌を損ねたくはないし、そうしたいのはやまやまである。だが、それ以上に今の秀吉を怒らせるのは避けたかった。

「殿を軽んじる気は毛頭ござらんが、敢えて屋敷を受けようと存ずる。蒸し返しては如何なるご勘気《かんき》を頂戴するか分かり申さん」

「そういう話ではない。一方は断っても良い、もう片方はならぬ。おかしいだろう、これは。左様な差配をしておられるようでは」

「豊臣が揺らぐと、言上《ごんじょう》なさるか」

政宗が「ぐ」と口籠《くちご》もる。成実は溜息を漏らした。

「またぞろ逆らえば、伊達がどうなるか。これまでの経緯《いきさつ》を思わば、余計に素直でなければいかんでしょう」

綱元が宥めるように助け船を出した。

「豊臣家中で割を食わぬためにござる」

政宗はそっぽを向いて苛立《いらだ》ちの溜息をついた。そしてパンパンと手を叩き、大声を上げる。

「小十郎、来てくれ」

景綱が「何ごとか」と足早に参じ、対面する三人の脇に腰を下ろした。政宗の口からあらましが語られると、やや唸ってから口を開く。

「これは、藤五郎殿と綱元殿の言い分に理がありましょうな」

「……致し方あるまい」

渋々首を縦に振りつつ、政宗は「しかし」と深い懸念を示した。

「二人の話からすれば、太閤殿下は相当におかしゅうなられておるぞ。左様なお方の顔色ばかり窺《うかご》うて、伊達に先はあるのか」

これについては成実も同じ思いであった。

「太閤殿下は、俺と綱元を気に入っておられるようです。殿が如何様《いかよう》に思われておるかは、分かりませぬが」

「ひと言多い。それがどうした」

成実はひとつ失笑して続けた。

「つまり、二人が殿下の機嫌を取って隠れ蓑となるのでござる。殿はその陰で、関白殿下とご昵懇《じっこん》になされるのがよろしい」

「一理あるな」

政宗は得心顔を見せた。未だ秀吉の力は強いが、形の上では隠居の身なのだ。当世《とうせい》の関白、養子の秀次が天下を受け継ぐのは自明であろう。加えて秀次は、葛西大崎一揆の討伐《とうばつ》で、蒲生氏郷の後に総大将を務めた男である。あの折、伊達は最も多く血を流すべき立場に追い込まれていたが、今となっては怪我《けが》の功名か。秀次に対しては「伊達あってこそ総大将の任を全《まっと》うできた」と売り込める。

しかし、景綱が異を唱えた。

「それは如何《いかが》なものかと存じます」

余の三人が「まさか」という顔を向ける。政宗が慎重に問うた。

「太閤殿下に逆らえば首が寒い。されど関白殿下と疎遠にならば、先々の損ではないのか」

「太閤殿下には実のお子、拾丸《ひろいまる》様がおられます。年老いて、かつての殿下ではないのなら……ゆえにこそ、関白殿下は危ないと申せませぬか」

綱元が、詰まらせた息を抜くように笑った。

「穿《うが》ち過ぎではござらぬか」

成実も「そのとおり」と続いた。

「お拾《ひろい》様は八月に生まれたばかりの赤子にあらせられる。対して殿下は五十七じゃ」

既に老境なのだ。六十、七十を数えて矍鑠《かくしゃく》としている人もあるが、あれほど焼きの回った姿を見れば、拾丸が長じるまで生きているとは思えない。

「十年永らえたとしても、お拾様は十一じゃ。未だ国を動かすには心許《こころもと》ない。当面、関白殿下が天下を引き受けるしかなかろうよ」

しかし景綱は、しっかりとした眼差しを返した。

「天下人は何ごとも思いのままにでき申す。屋敷の一件と同じで、間違った差配でも横車《よこぐるま》を押せる。実の子に家を継がせたいのが」

そこで止まった。成実は苦い笑みで応じた。

「小十郎、黙るな。おまえの気持ちは有難いがな」

「……申し訳ござらぬ」

「実の子に家督《かとく》を取らせる望みを、俺は失くしてしもうた。ゆえに分かる。お主《ぬし》は、太閤殿下が我が子かわいさの余り、関白殿下を疎《うと》んじると申したいのだろう。だが、さすがにそれはない」

政宗も「うむ」と頷いた。

「ついこの間、太閤殿下はお拾様と関白殿下の姫を娶《めあ》わせた。まずは関白殿下が天下人、お拾様はその次と定められたのだ。それに関白殿下は、政《まつりごと》も朝廷との付き合いも手堅くこなしておられる。これをいきなり外そうものなら、国も豊臣の天下も乱れよう」

成実は初め頷きながら聞いていた。だが天下の乱れと聞いて徳川家康の顔を思い出し、どきりとした。家康が乱れを待っているという直感は、政宗に話していない。今こそ言っておくべきだろうか。

——いや。家康の肚《はら》が本当にそうだとしても、朝鮮や明との折衝《せっしょう》に目を付けていたのだ。豊臣の世継ぎの話となれば、一筋縄でいかぬのは分かるだろう。

その思いを肯《がえ》んじるかの如く、政宗の言が続いた。

「会津を覚えておるだろう。蘆名は稚児の亀王丸《かめおうまる》が家督を取って衰えた。お拾様に天下を譲ろうとなされても、大物が承知すまい。徳川家康に前田利家《まえだとしいえ》、毛利輝元《もうりてるもと》。まだまだおるぞ」

なるほど、と気が落ち着いた。それらの重鎮に加え、佐竹義宣《さたけよしのぶ》や上杉景勝《うえすぎかげかつ》などの大身もいる。奉行の石田三成にせよ、国を動かす難しさを承知しているからには、幼君を避けるべく皆を説き伏せに掛かるのではないか。家康が豊臣を乱さんとして、拾丸の家督を申し立てる目もあるが、多勢に無勢ではどうにもなるまい。

景綱は一同を見回し、少し考えて発した。

「皆が同じ見立てなれば、やはり穿《うが》ち過ぎておるのやも知れませぬな」

「では太閤殿下は俺と綱元に任せ、小十郎は殿と共に関白殿下を頼む。どちらにも気に入られておいて、損などあるまい」

成実の言に政宗と綱元が頷く。景綱は幾らか心許なさそうな顔だが、小さな笑みで「はい」と応じた。

†

「殿！　お久しゅうござる」

羽田右馬介が成実の伏見屋敷に参じ、玄関の三和土《たたき》で満面の笑みを見せた。朝鮮から帰って一年余、文禄三年（一五九四）十一月の末である。髯《ひげ》だらけの頰《ほお》に白髪が交じり始めている。秀吉の姿ほどではないが、時の流れを思わざるを得ない。

「良う参った。遠路、疲れたであろう」

成実も笑みで応じ、右馬介の後ろに隠れて立つ人影に目を遣った。

「どうした。早う上がれ。そなたの屋敷じゃ」

妻が俯《うつむ》いていた。声をかけると、よよ、と泣いてその場に平伏する。

「おまえ様の和子《わこ》を死なせて……何とお詫びすれば良いのやら」

「お方様。それは、もう。天命にござる」

右馬介が労《いた》わるも、妻は「いいえ」と涙を落とした。

「強い子を産めなんだ、わたくしの咎《とが》です。臆面《おくめん》もなくお傍に上がるなど」

成実は「阿呆《あほう》」と軽く笑った。

「そなたがおらんで次の子が作れるか」

妻は顔を上げ、さらに泣いた。

「これほど至らぬ女に、優しいお言葉を」

悲しみでも苦しみでもない。救われたという思いが、せっかくの化粧を洗い流してゆく。嗚咽《おえつ》の強さゆえか、終《しま》いには咳き込む始末であった。

右馬介の角田城代を免じて伏見に呼んだのは、やはり屋敷を構えたためだった。政宗に憚《はばか》って小ぢんまりとした造りだが、それでも自らが留守にする場合、屋敷を任せる者は必要である。それは一の家臣の役目であるべきだった。角田の城は遠藤駿河《えんどうするが》や内崎元隆《うちさきもとたか》に任せ、右馬介と入れ替わりで白根沢《しろねざわ》重綱《しげつな》を戻した。

気心の知れた家臣と愛しい妻を呼び寄せ、落ち着いた中で年は暮れ、文禄四年（一五九五）の正月を迎えた。

「お帰りなさいませ」

玄関に出迎えた妻に、成実は懸念《けねん》の目を向けた。

「風邪の具合はどうした。寝ておらんで良いのか」

「今日は、少し胸も楽にございますので」

そうは言いつつ、咳を繰り返して喉が嗄《か》れている。伏見に至って一ヵ月余、妻は大晦日《おおみそか》から風邪で臥《ふ》せっていた。角田を出たのは十月半ば、輿《こし》を使ったとは言え、女の身に冬場の長旅は応《こた》えたのだろう。ともあれと妻の身を労わりながら、共に自室に入った。

「新年の宴は楽しまれましたか」

妻の問いに、成実は肩をすくめて見せた。

「ちと居心地が悪かった。殿のお気持ちは、分からんでもないのだがな」

正月四日、政宗の屋敷で新年参賀が行なわれた。成実以下、石川昭光《いしかわあきみつ》や片倉景綱、茂庭綱元《もにわつなもと》ら、伏見にある者が参集した。参賀の後には宴がある。その席で、あれこれと政宗にやり込められていた。

成実が自らの屋敷を整え、秀吉に良い顔を見せる一方で、政宗は足しげく聚楽第に通った。茶会、歌会、鷹狩《たかが》り、能見物——秀次と過ごす機会を多く作った甲斐あって、一層の知遇《ちぐう》を得ている。だが政宗には、それゆえの苛立ちがあった。

成実は疲れた首を回し、ぼやいた。

「京の町に、また落首《らくしゅ》があったそうだ。唐入りの折、関白殿下は太閤殿下を助けもせず遊び呆けていたと囃《はや》し立てられてな」

唐入りの総大将は秀吉だが、秀次が代わって朝鮮に出陣すべしという論が根強くあった。秀吉の一の軍師《ぐんし》・黒田如水《くろだじょすい》もそう勧めていたのだが、秀次は聞き入れなかった。他ならぬ秀吉に「日の本を頼む」と任されたのだ。関白の責任を全うすべく、敢えて退けたのだろう。

しかし世の人は上辺でしかものを見ない。秀次には朝廷との結び付きを保つという役目もあるが、それは専ら遊興を通じて行なわれる。これを以《もっ》て遊び呆けていたと言われては、堪ったものではあるまい。

「それを、おまえ様が咎《とが》められるのですか」

透き通ったように細い頬が、ほんのりと朱を湛《たた》える。成実は「さにあらず」と笑みを作った。

「関白殿下と親しくなされよと、俺と綱元からお勧めしておったのだ。それが、この有様はどうだと言われてな。……実のところは太閤殿下の天下ゆえ、民もそちらばかり崇《あが》めて関白殿下を悪《あ》し様《ざま》に言う。左様なつまらぬ噂《うわさ》がお耳に入って、近頃の太閤殿下は甚《いた》くご不興《ふきょう》だとか」

「そうでしたか……」

秀吉と秀次、どちらとも親しくせねばならぬ事情は妻にも分かるらしい。心配そうな顔を見ていると、かわいそうになってきた。

「まあ、これは男の仕事だ。そなたはまず身を養うべし」

言い聞かせて寝所に戻し、成実は苦しい息を吐いた。政宗の気持ちは分かるが、だからと言って、咎《とが》められて納得しているのではなかった。

数日すると、妻の具合は幾らか良くなった。まだ咳が出たり、日によっては熱が上がったりもしたが、少しずつ食も太くなっている。

そうした安堵《あんど》を許さぬように、変事が起きた。

「御免」

茂庭綱元が訪ねてきた。右馬介の案内に礼も述べず、憤懣《ふんまん》やる方ないとばかりに鼻息を荒くしている。

「どうしたのだ。お主が左様な顔とは珍しい」

「どうもこうも！　もう、あの殿には付いてゆけぬ。それがしは伊達を出ます」

さすがに驚いた。出奔とは穏やかでない。政宗の気むらや我儘には己とて閉口するし、正月には理不尽な咎めを受けてつまらぬ思いもしたが、それだけで袂《たもと》を分かつ気にはならなかった。

綱元は父の左月斎が討ち死にした折も、迷わず「主を守って死ぬのは誉れである」と言ったほどの忠義者である。武辺者《ぶへんもの》にしては血の気の多い方でなく、誠《まこと》のある好人物だ。秀吉に氏を変えろと――先祖から続いた誇りを捨てろと言われた折も、当惑こそすれ、怒りを滾《たぎ》らせはしなかった。その男が、これほどに激昂《げきこう》している。よほどのことがあったのに違いない。

「何があった。話してみぬか。殿に非のある話なら俺からお諫めする」

「知行百石《こく》の捨扶持《すてぶち》で隠居せよと。知行の他に少しでも実入りがあれば許さぬとまで言われて、黙って従える訳がござるまい」

開いた口が塞《ふさ》がらなくなった。乱心と言える差配ではないか。

「如何に殿でも、訳もなく左様な仕打ちなど」

「太閤殿下の無理を聞いたのが、ならぬ話だと。もう何が何やら」

詳しく問い質すと、意外な話が語られた。綱元は秀吉の愛妾《あいしょう》・香《こう》の前を下げ渡されていたのだという。

「知らなんだ。殿には？」

「話せるはずもござるまい」

香の前を下賜《かし》したのは、秀吉が綱元を寵愛《ちょうあい》しているためだろう。しかし秀吉は名うての女好きで、武家《ぶけ》では当然とされる男色《なんしょく》に一切の興味を示さない。それが愛妾を与えたとなれば、世の人がどう見るかを案じたのだという。

「それがしが殿下の寵《ちょう》に驕《おご》り、無心したと思われて当然じゃ。我が名折れのみならず、伊達家にも泥を塗る話でしょう。ゆえに密《ひそ》かに国許《くにもと》へ送り、ずっと伏せておいたと申すに」

国許と聞いて、ぴんときた。一切を根掘り葉掘り調べ上げ、政宗の耳に入れる者がいる。

「……あいつか」

屋代《やしろ》勘解由《かげゆ》である。これも何らかの讒言《ざんげん》ではないのか。成実は「よし」と立ち、綱元にはしばしこの屋敷に留まるように言い聞かせる。

そして政宗の許《もと》に参じ、憤然と噛《か》み付いた。

「これは勘解由の報《しら》せにござろう。あやつを信じるのも、度を越しておられる。綱元は伊達を出るまで申しておるのですぞ」

政宗は成実以上の勢いで怒鳴り散らした。

「たわけ！　ならば聞くが、俺にひと言もなかったのは何ゆえだ。太閤殿下に諂《へつら》い、俺を軽んじておるのだ。端《はな》から話しておけば疑わずに済んだものを」

「綱元がどういう男かはご存知でしょう。申し開きを聞いた上でなお疑うなど、人の主として如何なものかとお諫めしておるのじゃ」

政宗は懐《ふところ》の扇子を取り、これでもかと床を叩いた。扇は中途で折れている。

「殿下の我儘で押し付けられたと申すなら、俺から断りを入れる道もあった。綱元への寵は主としての誉れなれど、香の前ほど評判の美女を下されては、かえって綱元が恐れ入る。左様に申せばどうだ。二度と手に入らぬ美女を、ぽんとくれてやっては勿体《もったい》ないと申せば、どうだ。殿下のご機嫌を損ねず、話を持っていくやり方はあった！　然るに伏せて国許に送ったは、つまり綱元が色香に惑わされたのだ」

成実は、ぎり、と奥歯を噛んだ。政宗の心に巣食う歪《ゆが》みの中でも、最も面倒なところが出てしまっている。母の情を疑って育ち、ついにはその母に殺されかけた人だ。強い疑いを抱いてしまえば、止まるところを知らない。

「太閤殿下と関白殿下との間で釣り合いを保つべしと、綱元も共に決めたのだぞ。自らそれを崩すとは！　伊達の足並みを乱す行ないではないか。豊臣の天下は、この国の泰平に向けて動いておる。戦なき世では、色香に惑わされるような者は足を掬《すく》われるのだ」

「関白殿下を見よ。役目に勤《いそ》しんでおるだけで、口さがない言われようだ。ほんの少しが命取りになると、なぜ分からん！　出奔だと？　上等だ。そのような者、こちらから願い下げだ」

「とは申せ、綱元は――」

激情に衝き動かされ、一気に捲《まく》し立ててくる。政宗の目は血走り、息も荒い。

会津攻めの鮮やかな手並に顕《あらわ》れるとおり、政宗は戦の大才であり、根っからの武士《ぶし》だ。それが泰平という合わぬ水に放《ほう》り込まれ、のた打ち回っている。苦しさも必死の思いも、傍《かたわら》にいれば伝わってくる。だからこそ共に歩みたいと願い、大概のことには目も瞑《つむ》ってきた。しかし今のひと言だけは、口が裂けても言ってはならない。

成実は両手の拳を床に突き、頭を低くして政宗を見上げた。

「願い下げなどと……取り消されませい。綱元ほどの忠勇の士は、またとおりませぬ」

「そう思うなら、おまえには見る目がない。太閤殿下にばかり肩入れするは、泰平での生き方を知らんからだ。談合で勝ち負けを決める世なのだぞ。人との付き合い方……誰をどう動かすかを知らず、戦場《いくさば》で暴れ回るだけでは、これからの世は渡ってゆけぬ」

勇よりも智、これから求めるのはそういう者――ぐさりと胸に突き刺さった。

己は戦に生き、燃える血潮に衝《つ》き動かされて困難を乗り越えてきた。秀吉と初めて対峙《たいじ》した時でさえ、そうだったのだ。だが新しい世で働ける者になろうと、自らの気持ちを律してきたというのに。恐れて怖じけず、できぬことにも果敢《かかん》に挑むという生き方を、父が残してくれた宝珠《ほうじゅ》を蹴飛《けと》ばされたに等しい。

「これほどお諫めしても、お聞き入れくださらぬと。……致し方なし」

成実は深々と頭を下げ、主座に背を向けた。

虚《うつ》ろな思いであった。かつては己も謀叛《むほん》を疑われた。政宗の中には、あれが未だに燻《くすぶ》っているのではないか。

（そんなことが、あって堪るか）

政宗は戦乱と泰平の間で道に迷っている。それだけのはずだ。二人の間には、切っても切れないものがある。

「成実」

声をかけられ、足を止める。続いた言葉が、背中に浴びせられた一太刀《ひとたち》に思えた。

「口惜しいぞ。おまえも太閤殿下ばかり見て、俺を分かってくれんとは。蒲生の人質になった折には助けてやったのに」

「……なあ梵天《ぼんてん》。あの時、おまえは自分を助けただけではないのか。人質の、俺のために懸命になったのでは……。だが俺はずっと、伊達の力となるために生きてきた。おまえのためにに命を張れるなら、それで満足だった」

背中のまま語り、がくりと肩を落とした。

「あの時な、蒲生殿から家臣にならぬかと誘われたよ。あの御仁《ごじん》は、おまえにも劣らぬ主君かも知れなかった。それでも俺がここにいるのは、おまえの家臣でありたかったからだ。されど……蒲生殿は病に斃《たお》れてしまわれた」

蒲生氏郷は唐入りの最中に病を得て、名護屋で生涯を閉じていた。まだ生きていたらと言外に含ませる。

「何だと。おまえ」

震え声に込められた激しい気性《きしょう》が、背に叩き付けられた。だが違う。察してくれ。それでも我が真意は未だ諫言なのだ。これほどに言われれば、俺でさえ気弱になると知ってくれ。まして綱元は、俺ほどおまえに近しい訳ではない。あのような仕打ちを受けて、心が離れない方がどうかしている。

「お望みどおり綱元は出て行くだろう。だが逆だな。おまえこそ願い下げられるのだ。……それで良いのか」

決して目を合わせず、一礼して立ち去った。

顚末《てんまつ》を報せると、茂庭綱元は香の前を政宗に献上すると言い残し、伊達家を出奔していった。

成実は以後、伊達の家臣として外せない用向きがある場合を除き、政宗の屋敷を訪れなくなった。

政宗は成実の席次をひとつ下げ、代わりに叔父の石川昭光を家中第一席と改めた。

十　己が役目は

綱元《つなもと》が出奔して二ヵ月余り、成実《しげざね》は自邸の広間に石川昭光《いしかわあきみつ》を迎えた。

「国許《くにもと》に、ですか」

「ああ。三年以上も留守にしておるゆえ、一度戻って細かく差配せよと、太閤《たいこう》殿下からお許しが出たのじゃ」

半開きの口から「ほう」と息が抜けた。唐入《からい》りのために所領《しょりょう》を離れてから、もうそんなに過ぎていたのか。文禄《ぶんろく》四年（一五九五）も既に四月の声を聞いている。

石川は踏ん切りを付けるように顎《あご》を引き、ぎこちない笑みで続けた。

「ついては其許《そこもと》も、殿にご一緒してはどうか」

「殿が左様《さよう》に仰《おお》せで？」

「いや……わしからの勧めじゃわい」

発して、俯《うつむ》き加減に頭《かぶり》を振る。何かを嚙《か》み締めるような息遣いであった。

「心苦しゅうてな。其許《そこもと》の上座を奪ってしもうた」

成実は、やる瀬ない思いで笑みを返した。

「綱元の一件で俺《おれ》が疎《うと》んじられたのみ。昭光殿が気に病まれずとも」

「当て付けで筆頭に据えられて気にせぬ奴《やつ》がおるか。それに、殿と其許が気まずいままではいかん。

綱元の出奔はな、殿も内心では悔いておられるはずじゃ。国許で共に遠乗りでもして、わだかまりを解いてくれぬか」

「省《かえり》みてくれるのは、まあ嬉《うれ》しゅうござるが……。何ゆえお心を変えられたのやら」

石川は呆《あき》れたような溜息《ためいき》と共に、自らの膝《ひざ》を軽く叩《たた》いた。

「綱元が残した香《こう》の前をお返しすると、殿から太閤殿下に言上《ごんじょう》なされた。そうしたら、いったん下げ渡したものを戻せるかと、かえってお叱《しか》りを頂戴《ちょうだい》してな。結局は綱元が言い残したように、殿の妾《めかけ》とする以外になかった」

綱元を散々に罵《ののし》りながら、自分も同じく押し切られて思い知ったということか。

「綱元が殿下に逆らえぬくらい分かりそうなものなのに。いずれ、あやつの居どころを探し当てて、帰参するよう宥《なだ》めねばなりませんな。……殿にも困ったものじゃ」

少しの笑みが漏れた。石川はこちらの顔を見て「お」と目を輝かせる。

「然《しか》らば殿と共に、な?」

だが成実は「申し訳ござらぬ」と頭を下げた。

「お気遣いは有難《ありがと》う存ずるが、実は室《しつ》が病に臥《ふ》せっておりまして」

「亘理《わたり》の御前《ごぜん》が」

たった今まで明るかった目が深い懸念を映す。成実は妻の容態《ようだい》を掻《か》い摘《つま》んで話した。

亘理御前は昨年末に風邪をひき、二月頃《ごろ》には快癒《かいゆ》したのだが、ひと月もすると再び病の床に就いた。医師を頼んで薬も与えたが一向に良くならない。昨今ではとみに食も細くなり、身を起こしていられる日も気だるそうなのが常であった。

「咳《せき》がひどうて。……そう思いとうはござらんが、或《ある》いはと」

労咳《ろうがい》を疑わざるを得ない。斯様《かよう》な時に傍《そば》を離れ、心細い思いをさせたくはなかった。

「そうであったか。致し方あるまい」

「殿には、よしなにお伝えくだされ。お手数をお掛けして申し訳ござらん」

石川は「承知《しょうち》した」と何度も頷《うなず》き、屋敷を辞していった。

四月二十三日、政宗《まさむね》は岩出山《いわでやま》城に戻った。留守《るす》政景《まさかげ》や白石宗実《しろいしむねざね》、片倉景綱《かたくらかげつな》らがこれに従う。伏見《ふしみ》の伊達屋敷は石川昭光が留守居《るすい》となった。

それから半月ほどを、成実は屋敷で過ごした。秀次《ひでつぐ》と懇意《こんい》の政宗や景綱がいない中、自身ばかり秀《ひで》吉《よし》に機嫌伺いをするのも憚《はばか》られる。何より、病床の妻を労《いた》わってやりたい。

だが人の命運の何と無情なことか。五月の頭、医師から「やはり労咳《ろうがい》」と告げられた。死の病を当人に明かせるはずもなく、努めて笑みを以《もっ》て接するしかできなかった。

「ではな。おとなしく寝ておるのだぞ」

すっかり痩《や》せてしまった妻の頰《ほお》を慈しんで撫《な》で、寝所を出た。京《きょう》や伏見は盆地ゆえ、夏五月の蒸し暑さは尋常でない。せめて風を通してやろうと、障子を開けたまま立ち去ろうとする。ところが右馬《うまの》介《すけ》が小走りに駆け付け、さっと閉めてしまった。

「おい、なぜ閉める」

咎《とが》めると、右馬介は鋭く頭を振った。目つきが厳しい。切羽詰《せっぱつ》まった様子に、成実も目元を引き締める。障子を開け直して妻に笑みを向けると、寝所に近い自室を避け、玄関に近い広間へと廊下を進んだ。二十何人か入れるだろう畳敷の中央に、二人固まって腰を下ろす。

「関白《かんぱく》殿下に、辻斬《つじぎ》りの嫌疑が懸かったと耳にしまして」

「……何?」

囁《ささや》き声に釣られ、成実も小声で驚きを示した。訳が分からない。詳しく、と耳を差し出す。語られたのは、とても信じられない話であった。

帝の御所から西、京の外れにある北野天満宮《きたのてんまんぐう》で、座頭《ざとう》――盲《めし》いた琵琶法師《びわほうし》の骸《むくろ》が見付かった。一年近く前、文禄三年（一五九四）六月十五日の話である。公《おおやけ》には行き倒れとされていたが、実は斬《き》られたのだという。

「酒をやろうとお声をかけ、手を引かせて、その右腕を斬り落とされた由《よし》にて」

成実は、ふと目を流して自らの右手を見遣った。親指を除く四指が火傷《やけど》のせいで貼り付いてしまったが、不自由な手でも失いたくはない。

右馬介は青ざめながら、なお語った。

「座頭は助けを求めて叫んだものの、関白殿下のご家中《かちゅう》が『目が見えぬでも生きたいか』と嘲笑《あざわら》いながら膾斬《なますぎ》りにしたとか」

成実は眉《まゆ》をひそめて「まさか」と返した。

「左様な乱行《らんぎょう》に及ばれたら人目に付く。一年近くも明るみに出ぬはずがない」

「関白殿下だからこそ、口を封じるのは容易《たやす》うござろう。脅して黙らせるも良し、口を滑らせる者は裏で葬れば良いのです」

「馬鹿馬鹿《ばかばか》しい」

呆《あき》れ声で応じると、右馬介はさらに悲愴《ひそう》な面持《おもも》ちになった。

「されど太閤殿下が、罰を下すと息巻いておられるとか」

「どこで聞いた」

町衆《まちしゅう》の世迷言《よまいごと》ではないのか。そのようなものに踊らされるなど――。

「前田中納言様《まえだちゅうなごん》のお屋敷から出て参った者が、ひそひそと。身なりの良い武士《ぶし》にござった」

軽く目を見開いた。前田利家《としいえ》は秀吉の旧友で、豊臣家中でも一、二を争う重鎮である。その家中が噂《うわさ》しているとなると、真偽が分からなくなる。


『天下人は何ごとも思いのままにでき申す』


景綱のひと言が耳に蘇った。太閤と関白の双方に取り入るべしと談合した折の懸念である。ぞくりと身が震えた。秀吉は相当に耄碌《もうろく》し、気難しく、気短《きみじか》になっている。いい加減な噂であれ、秀次が辻斬りに及んだなどと聞けば激昂《げきこう》し、間違った沙汰《さた》を下しかねない。

「政宗公は、関白殿下とご昵懇《じっこん》なのでしょう」

右馬介の声で、胸中に「まずい」と警鐘《けいしょう》が鳴った。天下人の力なら横車《よこぐるま》も押せる。本当に秀次が罰せられたら、伊達に飛び火する。

「とても信じられんが……確かめぬ訳にもいかん」

すくと立ち、すぐに伊達屋敷に向かった。そして留守居の石川昭光に会い、思うところを話して、聚楽第《じゅらくだい》の様子を窺《うかが》ってくれと頼む。一方で自身も秀吉に目通りを請い、三日後にその機会を得た。

「おう藤五郎。奥方の病はどうじゃ」

秀吉の様子は、取り立てて変わったようには見えなかった。だが肚《はら》の内を包み隠すくらい、この人には訳もない話だろう。そうでなければ、とてもこの立場には登り詰められまい。

「実は、良からぬ噂を耳に致しまして。殿下が、関白殿下をきつくお叱りになるのではと。豊臣《とよとみ》の土台に関わるお話なれば、それがし如何様《いかよう》に身を振るべきかと案じたのでござる」

辻斬り云々《うんぬん》は口にせず、噂に踊らされる小人輩《しょうじんはい》の仮面を被《かぶ》って、ただ「秀次を罰するつもりなのか」とだけ問うた。

笑い飛ばしてくれれば、或いは叱責《しっせき》してくれたら、どれほど良かったろう。しかし秀吉は寸時《すんじ》に血の気を失い、右手の扇子で「近《ちこ》う」と手招きした。成実が少しにじり寄ると、押し殺した声が寄越される。

「辻斬りの話、誰《だれ》に聞いた」

ぐらりと頭の揺れる思いがした。噂の真偽はさて置き、秀次への処罰が真実だったとは。

「我が……家中が、小耳に挟み」

「……大元は誰じゃ。誰が言い触らした」

秀吉の肩から阿修羅《あしゅら》の如《ごと》き気配が立ち昇る。成実は慌てて問うた。

「お待ちを。漏らす漏らさぬの前に、まことに罰を？」

「何もせん訳にいくかいや」

「されど辻斬りとは。まずは真偽を確かめねば」

「たわけ！」

囁きから一変、金切り声で怒鳴り始めた。

「脇が甘いから、つまらん噂を立てられるんじゃ。しっかりせいと、わしが叱らんで誰が叱る。伊達の臣でしかにゃあ、おみゃあでさえ、気もそぞろになっとるがね。世の乱れちゅうのは、そういうとこから始まるんじゃゃい。ああ、ああ！　秀次の阿呆《あほう》め」

「申し訳次第もござりませぬ。それがし、かえって殿下のお心を悩ませてしまうとは」

平伏するも、秀吉は何も聞いていなかった。がばと立ち、勢い余って寸時よろけると、怒った猿のようにキイキイ叫んで「三成《みつなり》、三成」と足音も荒く立ち去った。

秀次の処罰は近いと、はっきりした。関白と昵懇《じつこん》の者も、きつい咎《とが》めは避けられまい。

「小十郎《こじゆうろう》。斯様《かよう》な時に」

秀次に近付き過ぎてはと危ぶんだのは、景綱だけだった。その男が政宗と共に国許《くにもと》に帰り、伏見にいない。

成実は強く頭を振り、弱気を振り払った。これも泰平《たいへい》に生きるための試練なのだ。まずは岩出山《いわでやま》の政宗に書状を飛ばし、己《おのれ》は己で伊達を守るために手を尽くさねば。

急いで伏見城を辞すると、政宗の使者であると偽って豊臣家中の大身を訪ねて回った。だが前田利家、徳川家康《とくがわいえやす》、毛利輝元《もうりてるもと》、上杉景勝《うえすぎかげかつ》、宇喜多秀家《うきたひでいえ》らは「多忙の身ゆえ日を改めよ」と遠回しに目通りを断った。佐竹義宣《さたけよしのぶ》に至っては「伊達殿と話すことなどない」と、自身が出て来て門前払いである。さもあろう、政宗は佐竹の父・義重《よししげ》と散々に争い、同じく弟の蘆名義広《あしなよしひろ》から会津《あいづ》を奪った男なのだ。

それでも一縷《いちる》の望みを繋《つな》ごうと、幾日もかけて根気強く各所への訪問を繰り返した。しかし、やはり誰ひとりとして会ってはくれない。

綱元の出奔に際して政宗は言い放った。人との付き合い方、誰をどう動かすかを知らずに戦場で荒れ狂うだけでは、これからの世は渡ってゆけぬ。それが成実の頭に渦《うず》を巻いた。武より智が泰平の力であるなら、己こそ、その役立たずではないのか。目通りを断られるたびに胸を苛《さいな》み、ただ疲れを増して屋敷に戻るだけの日を送った。

「今帰った」

盛夏六月の初頭、夕暮れの中、玄関で気の抜けた声を出した。いつもならすぐに右馬介が出て来るのだが、今日は少し様子が違う。廊下の向こうから歩みを進めたのは妻であった。右馬介に助けられ、やっと足を動かしているという有様である。

「おい！」

ひとつ叫んだきり、声を出せなくなった。痩せて骨と皮ばかりになり、ひとりでは歩けない妻の顔が、小波《さざなみ》ひとつない水面《みなも》のように澄んでいる。

「おまえ様、お帰りなさいませ」

それこそ蚊の鳴くような声で、にこりと微笑《ほほえ》む。成実は草履《ぞうり》のまま上がり、妻の身を支えた。

「寝ておれと申したろう」

声をかけ、右馬介をじろりと睨《にら》む。おまえが付いていながら、と。

しかし妻は、弱々しく頭を振った。

「右馬介を責められますな。今日は気分が良いので、おまえ様のために夕餉《ゆうげ》をこしらえたいと、わたくしが申したのです」

消えそうな声が胸の奥底をがっちりと摑《つか》み、激しく揺さぶった。

（そなたは）

きっと自らの死すべき命を悟っている。そして、もう長くないのだ。

妻として迎えたばかりの頃に「おまえの作るものなら何でも」と言ったことがある。だから、身の辛《つら》さを押して無理をしたのか。世の荒波と戦い、悩み苦しむ夫を少しでも労わりたい。それが妻の仕事なのだと。自らの役目を果たさねばならぬと！

「さあ、お部屋へ」

妻が促《うなが》す。右馬介が静かに頷く。受け止めずにおられようか。半ば呆然《ぼうぜん》として、それでも妻の身だけは間違いなく支えながら、奥の間までゆっくりと歩いた。

土鍋《どなべ》が湯気を立てていた。白粥《しらがゆ》と柴漬《しばづ》けのみの膳《ぜん》である。

「いただきます」

心を込めて手を合わせ、右手に椀《わん》を乗せる。左手に箸《はし》を取り、ひと口の粥を流し込んだ。涙が溢《あふ》れた。その顔を、妻は菩薩《ぼさつ》の如き笑みで見つめていた。

この真心を無駄にするものか。成実は奮い立ち、なおも大物を訪ねて回った。

二日後、その気迫がようやく通じた。徳川家康である。

小姓《こしょう》と共に広間に入った家康が「待たせてすまなんだ」と声を寄越す。成実が平伏を解くと、向こうは心底疲れたような顔であった。

「太閤殿下にも、困ったものよのう」

家康はにやりと笑い、軽く顎をしゃくった。分かっておるのだろう、とでも言うように。

「関白殿下への罰、ようやく思い止《とど》まっていただけたわい。放《ほう》って置いたら、罪なき者が大勢罰せられてしまうでな」

「あ……では！」

大きな頷きが返された。

「その辺りの忙しさで、其許に会《お》うている暇もなかった。が、もう心配あるまい」

「有難《ありがた》き幸せ」

畳に額を打ち付けんばかりに平伏し、何度も、何度も謝辞を述べた。

家康の屋敷を辞すると、自らの屋敷まで馬を飛ばした。門前に至って馬を捨て置き、妻の寝所へと走る。

「おい、やったぞ。そなたの――」

折れそうな心を支え、励ましてくれた。家康に目通りできたのも、伊達家の安泰が約束されたのも、全ては妻の、そなたのお陰なのだ。そう伝えて報いてやるつもりだった。

寝所には、さめざめと涙を落とす右馬介と、もう動かない妻の身があるばかりだった。

文禄四年六月四日、成実の妻・亘理御前は若くして世を去った。

†

ひとまず伊達は安泰。岩出山の政宗には石川から顚末《てんまつ》を報じてもらい、成実は妻の葬儀を執り行なう。岳父《がくふ》の亘理重宗《しげむね》を始め、伊達屋敷に残った数人が集うだけの、ささやかな葬送だった。

半月ほど過ぎ、六月も末になった。屋敷の中には自身と右馬介、数人の小者《こもの》と下人《げにん》があるばかりで侘《わび》しい限りである。病の床に臥せっていたとて、妻が生きている間は皆の心に花があった。

「ひさかたの、光のどけき春の日に……しづごころなく花の散るらむ、か」

仏間の外、廊下に腰を下ろして小さな庭を眺め、夏の終わりに春の歌を口にする。だが、今の気持ちをこれほど言い表した歌もあるまい。花はなぜ急いで散ってしまうのだろう。

静かに、落ち着いて過ごしたい。思うほどに丸まってゆく身に気付いて背を伸ばした。どうやら今の己は、何かしていた方が良いようだ。頰には寂しい笑み、目には薄《うっす》らと涙が浮いた。

「えい」

両手で顔を挟むように、ぴしゃりとやった。妻の死を悼《いた》む気持ちは、ひとり自らの中にあれば良い。己には伊達の臣としての役目がある。気が塞《ふさ》いだままの毎日では、冥土《めいど》へと旅立った妻を迷わせてしまうだろう。

「少し出てくる」

右馬介か小者の誰かが聞き拾うだろうと、大きく声を出して廊下を進んだ。

ところが、玄関を抜けると慌しく門を叩く者がある。手ずから開けてみれば、伊達の伏見屋敷に詰めているひとり、山岡重長《やまおかしげなが》だった。

「藤五郎《とうごろう》殿！　いち、一大事じゃ」

慌てふためき、息を切らしている。只《ただ》ごとでない——成実の胸中が激しく波立った。

「誰か、水を持て」

玄関の内に向けて叫び、山岡を導く。上がり框《がまち》に座らせ、息を整えてもらおうとしたが、山岡は少しの間も惜しいとばかりに叫んだ。

「関白殿下に、嫌疑が！　謀《む》叛《ほん》、謀叛にござる」

「何……だと」

足許《あしもと》が抜け、暗い淵《ふち》の底に落ちるような気がした。先の騒ぎから、ひと月と経《た》っていないではないか。ようやく盆を持って参じた右馬介が、眉根《まゆね》を寄せて大きく目を見開いている。

山岡は荒い息を何度か繰り返し、どうにか胸の内を落ち着けようとして、結局はまた言葉を拾うように説明を加えた。

「太閤殿下の、奉行衆《ぶぎよう》。聚楽第《じゆらくだい》に向かわれ、詳しくを……。申し開きをさせるのであろうと。石川殿が申されて、様子を探っており申す」

何を言いたいのかは分かる。成実は奥歯を強く嚙《か》み締め、口を衝《つ》いて出そうになる秀吉への怒りを押し止めた。

「謀叛とは、まことにござりますか」

右馬介が声をひそめる。山岡は「分からん」と俯き、頭を抱えた。

「殿と小十郎が国許へ戻っておる時に、斯様《かよう》な……。されど聚楽第に謀叛の支度があるなら、石川殿や藤五郎殿には殿から何かしら明かされておったはず」

「ない、断じて！　謀叛など嘘《うそ》じゃ」

そう。嘘なのだ。だからこそ魂が憤怒《ふんぬ》に荒ぶる。

「今から俺が言うのは、誰を指して、ではない。……耄碌爺《もうろくじじい》め！」

如何《いか》にしても、少しは恨み言を吐かねば気が狂いそうであった。秀吉は目を曇らせたのだ。秀次に謀叛の嫌疑をかけ、関白の座を奪って、実子・拾丸《ひろいまる》に天下を譲ろうとしている。

「重長、石川殿が仔細《しさい》を探っておるのだったな。国許には？」

「もう書状を飛ばしており申す」

「よし。伊達屋敷は常と変わらぬ風を装ってくれ。関白殿下が謀叛を疑われたとて、伊達は一切関《かか》わりなしと、動じぬ姿を示すのだ」

「あい分かった」

山岡を帰すと、成実は自室に戻って着物を替えた。小奇麗《こぎれい》な小袖《こそで》に羽織の姿で屋敷を出ると、馬を曳《ひ》く間も惜しみ、自らの足で駆けた。

向かう先は徳川屋敷である。辻斬りが云々《うんぬん》された折も、家康は謂《い》われのない咎を受ける者がないようにと骨を折ってくれた。此度《こたび》も力添えを頼めるはずだ。

（糞爺《くそ》め。斯様な差配でお拾《ひろい》様の世を作ったとて……乱れるのみじゃ）

走りながら心中で秀吉に毒づく。辻斬り騒ぎで家康が奔走したのは、或いは先々の乱れまで見越してのことだったか。名護屋《なごや》で思いがけず家康と顔を合わせた時、この人は豊臣を覆す気では、と感じた。勘に過ぎぬと胸に封じていたが、どうやら当たりだ。あの時は唐入りの和議交渉で生まれる火種を待つ肚だったが、こうまで秀吉が狂態を晒《さら》すなら、黙っていても別の火種ができる。

「伊達成実、主君・伊達侍従《じじゅう》の使者として参じ候《そうろう》！」

門前で声を上げる。少し前に日参《にっさん》していたため、門衛もこちらの顔は見知っていて、面倒そうに「また来たのか」という目をしている。構うものかと口上《こうじょう》を続けた。

「徳川大納言《だいなごん》様にお目通り願いたし。お取次ぎを」

数人の門衛《もんえい》が前に出て、互いの槍《やり》を交差させて「通ってはならぬ」と示した。

「生憎《あいにく》、大納言様はお出かけじゃ。日を改められませい」

「お帰りは、いつになられる。待たせていただきとう存ずるが」

以前は黙って帰ったが、此度ばかりは引き下がれない。話はもう動き出している。秀吉は奉行衆を遣って、秀次に申し開きをさせているのだ。

互いに「ならぬ」「何とぞ」の押し問答をしていると、門の奥、玄関から初老の男が歩を進めてきた。門衛たちが、さっと退いて男の前を開けた。

「伊達の毛虫殿だな。それがし、鳥居彦右衛門《とりいひこえもん》と申す」

名に驚き、成実は深く一礼した。家康の股肱《ここう》・鳥居元忠《もとただ》である。

「初めてお目に掛かり申す。どうか大納言様にお目通りを」

「この者たちから聞かなんだかな。今はお留守じゃ。が……伊達侍従殿は、いずれ上洛《じょうらく》なされるのだろう。あの御仁《ごじん》が伏見に上がられた時に参られい。お目通りが叶《かな》うよう、言上しておく」

「では上洛の日取りが分かり次第、お伝えに上がります」

成実は丁寧に一礼し、少しばかり気を落ち着けて徳川屋敷を辞した。

帰る道すがら、伏見の町をざっと見回す。ところ狭しと城下に建ち並ぶ屋敷は、どれも浮き足立った気配に包まれていた。ざわついて、あちらの屋敷から人が出たかと思うと、今度はこちらの屋敷に誰かが入ってゆく。

（徳川様は大したお方じゃ）

耳が早いし、己が助けを求めた時には既に動いていた。いずれこうなるという先見があったとしか考えられない。慧眼《けいがん》、と思うと景綱の顔が胸に浮かぶ。

（全《すべ》て、お主《ぬし》の見立てどおりだった）

泰平の世は戦で勝ち負けを決めない。世渡りや駆け引きが全てだと政宗は言った。その才は景綱の中に豊かで、己の中には乏しいようだ。それが、追い付き、追い越そうと躍起《やっき》になっていたとは何と滑稽《こっけい》な。思いながら自邸の門をくぐった。出迎えた右馬介に腰の刀を渡し、うな垂れて廊下を進む。

「なあ右馬介。泰平の世に、俺の居場所はないかも知れん」

「は？　殿はずっと伊達を支えてきたでしょう。居場所がないなどと、何を仰せか」

咎《とが》められ、小さく「はは」と笑って肩越しに目を向けた。

「すまぬ。これほどの騒ぎを嗅《か》ぎ付けられず、ちと気弱になっておった」

右馬介は安堵《あんど》したらしい息を「はあ」と吐き出した。

「お方様の弔いを済ませたばかりにござる。世の動きを摑むのは難しゅうござろう」

「そうかも知れんな」

返しつつも、胸の内では首を横に振っていた。

以後は政宗の上洛を待ち続けるも、事態は悪化の一途を辿《たど》った。秀次は申し開きをして、決して拾丸に弓引かないと誓紙《せいし》を出したが、秀吉は追放の沙汰でそれに報いた。

高野山《こうやさん》に追い遣られた豊臣秀次は、七月十五日、切腹して果てた。潔白を叫ぶための自害であったろう。しかし秀吉は「これぞ謀叛の証、罪を認めたのだ」と唱え、秀次に借財をしていた細川忠興《ほそかわただおき》の他、足しげく聚楽第に通っていた政宗、娘を秀次の側室に入れた最上義光《もがみよしあき》などを次々と閉門に追い込んだ。その上、秀次の妻や子を全て斬首《ざんしゅ》と決めた。狂気の沙汰である。

兵によって閉ざされた伊達屋敷の門――政宗がそこを通ったのは、七月も末であった。政宗に従って国許に帰っていた者も、ひととおり戻っている。成実は評定《ひょうじょう》に召し出され、久しぶりにこの屋敷に参じた。

政宗はさすがに険しい面持ちで、開口一番、こう発した。

「此度《こたび》の一件、徳川大納言殿を頼むに如《し》かず」

我が見立てと同じである。ならばと成実は声を上げた。

「俺から大納言様に渡りを付けてござる。今日のご到着をお報せしたところ、八月早々に日を取ると」

「だろうな」

当然、という口ぶりである。怪訝《けげん》な眼差しを向けると、政宗は「ふう」と肩の力を抜いた。

「小十郎に言われて、伏見を発《た》つ前から大納言殿に頼んでおった。留守の間に何かあったら助けてくれと。まあ……秀次殿が方々で悪《あ》し様《ざま》に言われておったから、俺もその気になったのだが。ともあれ成実、先んじての手配りご苦労。手間が省けたぞ」

政宗は満足そうであった。しかし成実は「痛み入ります」と頭を下げながら、打ちひしがれていた。胸を締め上げる、この痛み。景綱の眼力は、ここでも己を凌駕《りょうが》していた。

（殿の右目は小十郎じゃと、とうに分かっておったのに）

ああ、しかし、しかし！　己はもう、政宗の役には立てないのか――。

いずれ申し開きの機会も得られよう。どう言って太閤を得心させ、家を守ってゆくべきか。皆が思うところを述べる中、成実はずっと口を噤《つぐ》んだままであった。

中秋八月を間近に控えながら、広間に秋の気配は微塵《みじん》もない。外から入る風は相変わらず蒸し暑く、門を固める兵のざわめきと、未練がましく夏にすがる蟬《せみ》の声ばかりを運んでいた。

†

「ことある毎《ごと》にご助力を頼み、面目次第《めんぼくしだい》もござりませぬ」

八月、政宗は徳川屋敷に参じた。成実も景綱や石川昭光、山岡重長らの重臣と共に随行《ずいこう》し、主君の後ろに並んで頭を下げた。

「なに、人に頼られるは男の誉れよ。お気になさるな」

家康は疲れた様子だが、どこか嬉しそうであった。しかしその面持ちも、すぐに難しい思案顔に塗り潰される。

「……とは申せ、我が力がどこまで及ぶか。必ず助けると約束はできぬ」

「構いませぬ。お力添えの上で首が繫《つな》がらずば、天命にござろう」

政宗もさすがに神妙である。家康は右手の扇子を前に出して「いやいや」と小刻みに上下させた。

「天命とは少し違う。太閤殿下が伊達殿に辛く当たるは、恐れておいでだからじゃ。其許《そこもと》ほど逆ろうた御仁もおらぬしな。御自《おんみずか》らの目の黒いうちに、あわよくば……という肚よ」

「伊達は、ひたすら忠節を保って参りましたが」
家康は呆《あき》れたように笑みを浮かべ、ちらりと成実を見た。どこか力強いものを孕《はら》んだ眼差《まなざ》しである。何を言わんとしているのかは判じかねたが、ひとつだけ分かった。やはり秀吉は恐れているのだ。伊達を、ではない。自らの命がそう長く続かぬことを、である。

こちらに向けられた目は、すぐに政宗へと戻った。

「伊達殿の所領は奥羽《おうう》の仕置《しおき》で大きく減った。が……未《いま》だ侮《あなど》れぬと思われておる。戦はまず数の勝負じゃが、それだけで決まるほど容易くはない」

成実は心中に大きく頷いた。数だけで決まるなら、かつて奥州《おうしゅう》勢と佐竹に包囲された時、伊達は潰《つい》えていただろう。

「そこで、ひとつ策がある」

家康は首を突き出し、真剣そのものの顔で続けた。

「伊達殿をあまりに追い詰めては謀叛が起きると流言《るげん》する。町衆の噂を装い、落首《らくしゅ》の高札《こうさつ》を立ててやるのよ。さすれば殿下は必ず迷う。……大坂城を落とされては敵《かな》わぬだろうしな」

政宗と家康、二人の気配がこちらに向いた。政宗は少し刺々《とげとげ》しく、家康は熱っぽい。成実はやや戸惑ったが、すぐに思い当たって心中に「あ」と叫んだ。

（まさか、あれか）

上洛してすぐの頃、初めて秀吉に目通りした日の問答を思い出した。政宗には自分から仔細を報じたが、どうやら家康にも秀吉から話されていたらしい。先に家康が見せた眼差しの意味を察した。秀吉が伊達を恐れるとは、つまり己への警戒だと言いたいのだ。

（……買い被《かぶ》りだな）

伊達の戦を支えてきた自負はある。人取橋《ひとどりばし》の戦いでは政宗の窮地を救い、伊達が包囲された折の郡《こおり》山合戦《やまかっせん》では六百の兵で窪田城《くぼたじょう》を守り抜いた。摺上原《すりあげはら》の戦いでは己こそが勝ちを決めたのだ。

だが今の伊達成実は、あの時ほど信用がない。会津攻め、それどころか、政宗に疎《うと》んじられているやも知れぬ。

そういう身が秀吉に目を付けられているなら、己こそ伊達にとっての災厄であろう。政宗の気配にある刺も、或いは――。

「左様な噂で殿下が引き下がられましょうか。かえって、いきり立つのでは」

一列に並んだ伊達家臣の左端、景綱の声が思念を遮《さえぎ》った。政宗と家康の意識がそちらに逸《そ》れ、息が楽になる。

家康は景綱の不安に「ふふ」と含み笑いを返した。

「殿下は見栄を張るお方ゆえ、間違いなく『来るなら来い』と居直るであろう。昔は、もう少し分別も……。が、本心では伊達殿を恐れておるのじゃからな。宥《なだ》める取っ掛かりにはなる」

「されど……」

不安げな景綱に、老練を思わせる不敵な笑みが向いた。

「伊達殿が謀叛なされば、まず関東《かんとう》が危ういわい。さて、徳川はどうすれば良いかのう」

伊達主従を包む重苦しい空気が一気に払われた。宥めるなど、とんでもない。家康は秀吉を脅すつもりだ。

「それなら、何とかなるやも」

期待に満ちた政宗の声。家康は相好《そうごう》を崩し、うん、うん、と頷いた。

翌日、伏見の町外れに不穏な高札が立った。秀吉の狂乱を腐《くさ》し、伊達の謀叛を噂する落首である。

初めはひとつ、二つ。日を追う毎に三つ、四つ。数日もすると、町衆は謀叛の噂で持ち切りになっていた。その上で家康が巧みに言い包《くる》めたか、或いは本当に脅したのか、策が功を奏して政宗に申し開きの機会が与えられた。

伊達屋敷の広間に詰問《きつもん》の使者が顔を並べた。中央に石田《いしだ》三成、向かって右の傍らには同じ奉行衆の富田《とみた》一白《いっぱく》、左には秀吉近習《きんじゅ》の医師《くすし》・施薬院全宗《せやくいんぜんそう》である。伊達主従は三人に主座を譲り、政宗と在京の家臣《かしん》十九人でこれを迎えた。

詰問使は三つの申し開きを求めた。
一、聚楽第に参じて秀次と謀叛の密議に及んだと聞くが、それはまことか。
一、秀次と鷹狩《たかが》りに出て、山中で決起の日取りを談合したのは怪《け》しからぬ。
一、国許に戻る際、秀次から鞍《くら》と帷子《かたびら》の餞別《せんべつ》を受けたのは、謀叛に加担した証《あかし》ではないか。
政宗は丁寧に頭を下げ、然《しか》る後《のち》に胸を張って堂々と返した。

「確かに秀次殿とは親しゅうござった。聚楽第に参じた日もあらば、共に鷹狩りを楽しんだ日もあり申す。されど謀叛や決起の談合など、一度たりとてござらなんだ」

三成が、のっぺりした顔を崩さずに問うた。

「餞別は？」

「秀次殿の臣、粟野《あわの》藤八郎《とうはちろう》を通じて贈られ申した。その後すぐに国許へ戻ったがゆえ、太閤殿下へのお報せが遅れてござる。そこについては深くお詫び申し上げる次第」

すると富田と全宗が、そわそわと落ち着かぬ様子になった。一方、三成は幾らか目を細める。

「ひとつでもまことの話があらば、死罪と仰せつかっておる。餞別については間違いないと認められるのですな」

平坦な言葉である。政宗の真後ろにあって、成実は人の老いという因業《いんごう》を呪った。秀吉は、そこまで耄碌《もうろく》しているのか。そして己が政宗と共にあるからこそ、伊達を恐れているのなら――。

「はは、はははは、はっはは！　いやはや……これはしたり」

不意に政宗が笑った。皆の目が集まる。

「太閤殿下が御自ら、秀次殿に関白を譲られたのじゃ。それがしは豊臣の家臣にて、秀次殿と昵懇《じっこん》にするのが、どうしておかしいのやら」

居直りとも取れる言葉に、主座の平らな顔がぴくりと眉《まゆ》を動かす。だが政宗は、三成に口を開く暇《いとま》を与えなかった。

「重ねて申し上げる。殿下のご意向に添うて秀次殿に礼を尽くしたのでござる。それが咎《とが》だと仰せられるなら是非《ぜひ》もなし、我が首を刎《は》ねられませい。されど秀次殿については、あれほどご発明な殿下でさえ目を誤られたのじゃ。なのに家臣が見誤ってはならぬとは、こちらの方がおかしゅうござる。しかも、この政宗には右目がない。片目で見抜けるはずがあろうかと、お伝え召されい」

詰問使の三人が言葉を詰まらせる。三成の顔は全く変わらないが、他の二人は「やられたな」とばかりに笑みを見せた。説き伏せる自信がありそうな顔である。

もしかしたら、助かるやも知れぬ。伊達主従を包む空気に熱が通った。

ただし成実だけは別であった。俯《うつむ》き加減の目が、ぼんやりと泳ぐ。

政宗の死んだ目を景綱が引き抜いた日、己は誓った。おまえの目になってやる、見えないものを全て見て教えようと。年を経て、自身にその任は務まらぬと認めるに至った。だが政宗には、はっきりとそれを告げていない。なのに。

（この政宗には右目がない……か）

その言いようが、成実の胸を深く抉《えぐ》った。秀吉を言い負かすための、言葉のあや。分かってはいる。

だが、泰平の世では俺など役に立たぬやもと、悩み続けていたのだ。図らずも今の言葉には、己自身にそれを認めさせるだけの力があった。

詰問使との席にありながら、以後の話は頭に入らなかった。伏し目がちに思いを巡らしている間に、三人の使者は用を済ませて帰って行った。

政宗は赦免された。秀吉と拾丸に決して背かぬ旨の誓紙を出すことが条件である。在京の家臣十九人も揃《そろ》って名を記した。八月二十四日、成実も伊達屋敷に上がり、家臣第二席として筆を走らせた。

「今、帰った」

自らの屋敷に戻る。気の抜けた声だが、自ら驚くには値しない。すぐに右馬介が出てきて、玄関の上がり框に跪《ひざまず》いた。

「此度《こたび》のご赦免《しやめん》、祝着至極《しゆうちやくしごく》にござりました」

何も言わずに頷いて返す。右馬介の目には労わりの気持ちが滲《にじ》み出ていた。この一件で長らく奔走し、疲れていると思ったのだろう。そうではない。疲れているのは、眠れぬ夜が続いているせいなのだ。

毎夜の苦悶《くもん》は九月になっても消えなかった。冴《さ》え冴《ざ》えとした目を無理に瞑《つぶ》り、数えきれないほど寝返りを打つ。

己には泰平を生きる才が乏しい。戦場で荒ぶることはできても、此度のような話で同じ働きはできないのだ。政宗とて承知しているだろう。何ごとも口やかましく叱咤《しつた》するくせに、正しい道を示せぬ男だと。だから小田原参陣の折には謀叛を疑われた。屋代勘解由《やしろかげゆ》の讒言《ざんげん》を信じるだけの土台が、政宗の中にはある。

暗闇《くらやみ》に目が慣れてきた。独り寝の部屋が、やけに広く感じる。

（詮《せん》なき話か。殿の疑いは、俺自身が固めてしもうたのじゃ）

上洛して秀吉に召し出され、気に入られた。おまけに大名《だいみよう》以外で唯一、伏見に屋敷を授けられた。政宗にとっては面白からざる話だったろう。秀吉には逆らえない——己はこの事実を逃げ道にしていなかったか。それによって政宗の心を逆撫でしたのだ。

秀吉は老いさらばえた。秀次を、養子にまで取った実の甥《おい》を死なせ、罪なき者にまで累《るい》を及ぼすほどに。挙句、寵を傾けたはずの男を、この成実さえも火種と看做《みな》すようになった。

薄《うつす》らと白んできた。起き上がり、床の上で肩を落とす。

（俺は殿の……梵天の傍にいて良いのか）

ならぬ、と思えた。何を助けてやれるでもないくせに、秀次にも取り入るべしと唱えて主君を迷い道に追い込んだ。その上、秀吉の恐れまで煽《あお》っている。足手纏《あしでまと》いでしかない。茂庭《もにわ》綱元の出奔騒ぎでも、己には政宗を翻意させる力がなかった。

（出奔……か）

幸いにして、政宗には景綱がある。あの男の識見こそ、これからの伊達家に必要なのだ。

成実は、ふうわりと笑みを浮かべた。昔を懐かしんで幾度も頷くたび、静かに涙が落ちる。部屋と廊下を隔てる障子は、すっかり明るくなっていた。

「殿。朝餉《あさげ》の支度が整いましたぞ」

しばらくして、右馬介が部屋の外から声をかけた。障子が開かれる。

「あの……。そのお姿は」

成実はとうに寝巻きを脱ぎ、着物を替えていた。常なる小袖と袴《はかま》ではない。旅装束《たびしようぞく》の括《くく》り袴であった。

「右馬介、入れ。……話を聞いて欲しい」

訳が分からぬという顔ながら、一の家臣は頷いて部屋に入った。互いに膝を詰めると、成実はおもむろに切り出した。

「伊達を、出ようと思う」

無言の間。右馬介は、ぽかんと口を開け、目を見開いて微動だにしない。どれほどの時が過ぎた頃か、呆けていた右馬介の顔が、瞬時に怒りと悲しみの朱色を湛《たた》えた。

「なりませぬ！　何とて出奔など」

「聞いてくれ。俺はもう、殿の役には立てそうにないのだ」

切々と語った。これまで胸を軋《きし》ませた数々を。秀次の死に前後して、伊達のために奔走しながら、何ひとつ為《な》し得なかった自らの情けなさを。話しながら、ぼたぼたと涙が落ちる。胸の内から止《と》め処《ど》なく言葉が溢れる。半月も続いた眠れぬ夜の煩悶《はんもん》を、全てぶちまけた。

「分かってくれ右馬介。俺はもう伊達家の力にはなれんのだ。ご赦免のため、誓紙に名を記したのが最後の役目だ。妻も……重宗殿の姫も死なせてしもうた。子も生まれてすぐに死んだ。俺と伊達を繋《つな》ぐものは、もう何もない。全て消えたのだ」

血を吐くように連ねた言葉に、いつしか右馬介も滂沱《ぼうだ》の涙を流していた。成実は袖《そで》で目元をぐいと拭《ぬぐ》い、深々と頭を下げた。

「俺が伊達を出れば、角田《かくだ》の城も召し上げとなろう。おまえが国許に戻り、皆の身の振り方を決めてやってくれ」

「殿がさほどに苦しんでおられたのに、察せられぬとは。わしは、いったい何をして……」

右馬介は胸を詰まらせたように、畳に額を打ち付けた。そして突っ伏したまま号泣し、しばしの後に顔を上げて涙を拭った。

「分かり申した。後の話は、わしにお任せを。角田に戻って手配りいたします。ですが……全て終わったら、わしも殿のお傍に。そうさせてくだされ」

無理を聞かせるのだ。さすがに「ならぬ」とは言えない。柔らかな笑みで「待っておるぞ」と頷いてやった。そこへ――。

「伊達安房守《あわのかみ》殿」

屋敷の外に声が上がった。誰だろうか。息を殺していると、下人が庭を横切って門に向かう。そして少しの後に戻り、庭に跪いて嬉しそうな声を寄越した。

「政宗様のお屋敷から、お遣いでした。ご赦免のお祝いに、今日は朝から一日中宴やて」

もう出奔の肚を固めているのだ。政宗の顔を見れば苦しいだけである。断りたい。

気持ちを察したか、右馬介が機転を利かせてくれた。廊下まで進み、小声で発する。

「殿は、亡きお方様のために線香を求めに出たとお伝えせい。宴に参上するのは昼過ぎじゃと」

下人は得心しかねる顔だったが、右馬介が再度「言われたとおりに」と命じると、首を傾《かし》げながら門へと戻っていった。

「殿、お急ぎを。小者の幾人かに御身を守るよう申し付けます。……しばしのお別れにござる」

平伏した右馬介の肩に右手を遣り、出せるだけの力で摑む。そして「またな」と残し、人目を忍んで裏口から出て行った。屋敷にあった小者のうち、唯木《ただき》時定《ときさだ》、常盤《ときわ》実定《さねさだ》ら五人がこれに随行した。

文禄四年九月、伊達成実は主君・政宗と袂《たもと》を分かち、高野山へと奔《はし》った。

十一　生の値打ち

出奔してからの二年半、成実《しげざね》は高野山《こうやさん》の麓《ふもと》に庵《いおり》を結び、隠れ住んだ。伏見《ふしみ》屋敷から持ち出した金子《きんす》を大事に使い、随身《ずいじん》の端武者《はむしゃ》たちが集めた木の実を売るなどして、細々と口を糊《のり》している。誰《だれ》に会うつもりもなく、また、誰が訪ねてくるはずもない。貧しいが心穏やかな日々——そのはずだった。

慶長《けいちょう》三年（一五九八）一月半ば、春は名のみの寒風が吹く中を訪れた者がある。斯様《かよう》に辺鄙《へんぴ》なところまで足を運んできたとあっては、会わぬ訳にもいかなかった。

「それがし、八股甚左衛門《やつまたじんざえもん》と申す。徳川家臣《とくがわかしん》、井伊直政《いいなおまさ》の同心衆《どうしんしゅう》にござる」

井伊直政は名実共に徳川の第一席である。その家中《かちゅう》とは、いささか驚いた。

「早速にござるが、ご用向きは？　それに俺《おれ》の隠れ家を知る者は、ごく少ないはずですが」

正面にある五十絡みの顔が、屈託《くったく》なく笑った。

「蛇《じゃ》の道は、と申しましょう。徳川内府《だいふ》様は伊賀《いが》同心衆を抱えておられます。高野山はすぐ近くなれば、その伝手《つて》にて。見知らぬ者が柿《かき》と粟《あわ》を替えに出ている、どうやら貴殿のご家中ではないかとお耳に入れたのだとか」

成実は「むう」と唸《うな》った。透破《すっぱ》、忍びの調べは恐るべきものである。八股は「おっと」と肩をすくめ、懐《ふところ》から一通の書状を取り出した。

「用向きをお伝えしそびれた。内府様からの書状を預かって参りまして」

受け取って開く。改めて花押《かおう》を見ると背筋《せすじ》が痺《しび》れる思いがした。

「貴殿を旗本《はたもと》に召し抱えたいとのご意向にござる。悪い話ではないと存ずるが」

聞きながら目を走らせる。書状には「出奔して隠れていても、いずれ行き詰まる」とあった。召し連れた家臣もあろうし、成実を慕って集う者もあるはずだ。それらの口をどう賄ってゆくのかと、丁寧な言葉が綴《つづ》られている。

「確かに、皆の行く末は気懸《きがか》り――」

発しかけて、止まった。それほどの驚きである。書状の続きには、信じ難い、しかしさもありなんという話が連ねられていた。

「また唐入《からい》りだと……」

一昨年九月に明《みん》帝国との講和交渉が決裂し、昨年初めから将兵が名護屋《なごや》へ遣られているそうだ。文禄《ぶんろく》の唐入りでは成実も海を渡った。あの時の惨状《さんじょう》は今も忘れられない。伊達《だて》の家臣も雑兵《ぞうひょう》も、疫病《えきびょう》によってずいぶんと死んだ。

（無益な戦《いくさ》じゃ）

戦は恐ろしく銭を食う。ならば戦勝の暁《あかつき》には、それを補って余りある利得が必要なのだ。しかし唐入りは、そもそも勝てる戦ではない。遠く海を渡って長陣《ながじん》を布《し》く。そのための兵糧《ひょうろう》を運び、荷駄《にだ》を行き渡らせる手管《てくだ》を、果たして秀吉《ひでよし》は整え得たのか。整えたにせよ、朝鮮義兵《ちょうせんぎへい》の狼藉《ろうぜき》や風土病《ふうどびょう》など、越えねばならぬ壁はいくつもある。

しかめ面をしていると、八股は声をひそめて真剣な面持《おもも》ちになった。

「もうひとつ。……未《いま》だ公《おおやけ》にはなっておりませぬが、太閤《たいこう》殿下が病との噂《うわさ》です。ゆえに貴殿のような勇士が欲しいと、内府様は仰《おお》せだとか」

成実は使者に顔を向け直し、じっと目を見た。噂の虚実は分からないが、少なくともこの男は嘘《うそ》を言っていない。聞かされたとおりを述べただけだ。

（つまり徳川様は）

やはり豊臣《とよとみ》の世を覆す肚《はら》であった。唐入りで無理を重ねれば、従軍した大名《だいみよう》衆は黙っていても悲鳴を上げる。そして秀吉の病が本当なら、遠からず世を去るのであろう。その時、天下は未だ六歳の豊臣秀頼《ひでより》――幼くして元服し、拾丸《ひろいまる》から名を改めた――に受け継がれる。以後の乱れは火を見るよりも明らかだ。

「ご返答や如何《いか》に」

促す八股の声には熱い力があった。この男も武辺者《ぶへんもの》かと、成実の血が沸々《ふつふつ》と滾《たぎ》り始めた。終わったかに見えた戦乱の時が再び訪れるのだ。しかし。

「……すぐには返答できませぬ」

「気乗りがせぬと？」

「さにあらず。お誘いは嬉《うれ》しゅうござるが、少し時を頂戴《ちようだい》したいのです。追って、これへ参る者がござりましてな。その男の思いも聞いてやらねば」

槍働《やりばたら》きしかできぬ身に生きる値打ちが与えられる。伊達の役に立てないと諦念《ていねん》を抱いて出奔した以上、できれば、その値打ちは政宗《まさむね》のために使いたいのだ。右馬介《うまのすけ》は、この思いをどう捉《とら》えるだろう。女々《めめ》しいと言うだろうか。

「はっきりとお答えできず、申し訳ござらぬ」

「いえいえ。脈はあると思うて良いのでしょう。まずは上々、いずれ再びお伺いいたす」

八股は嬉《うれ》しそうに一礼して帰っていった。

成実は国許の右馬介に書状を送った。角田城《かくだじょう》を明け渡す支度を命じ、それを忠実にこなしているだろうと思えば、相談もなしに話は進められない。それに、もうひとつの懸念《けねん》もある。

一ヵ月ほどして返書があった。伊達への帰参《きさん》について、右馬介は多分に慎重であった。

「怒っているのでは……か」

図らずも、こちらと同じことを憂えていた。如何なる理由であれ出奔は造反《ぞうはん》である。帰参を願っても、向こうが認めなければ叶《かな》わぬ話だ。政宗の思惑を見極めるのが先決と、書状には記されていた。

それからさらに十日余り。三月初めになると八股甚左衛門が再び訪れ、いきなり平伏して詫びた。

「仕官のお話、なかったことに。申し訳ござらぬが、伊達侍従《じじゅう》様から奉公構《ほうこうかまい》が出されまして」

何らかの咎《とが》あって、或《あ》るいは主君の不興《ふきょう》を買って追い払われた者を、他家が召し抱えぬよう警告する回状である。成実は「何と」と発したきり言葉を失った。

「従わずとも良いものにござるが、内府様は伊達様ともご昵懇《じっこん》ゆえ、礼儀としては……。後は、この書状をご覧あれ」

前回の和やかな風とは一変、八股はそそくさと帰っていった。

成実はしばし呆然《ぼうぜん》としていた。奉公構を出されるとは、野垂れ死にでもするが良いと言われたも同然である。この身はそれほど疎《うと》まれたか。否、無理もあるまい。胸が締め付けられる思いにうな垂れ、左手で目元を覆った。

そして、ぴたりと動きを止めた。

「……どこから漏れた」

仕官の一件は、この庵にいる者と徳川家中、そして右馬介しか知らない。それらの誰《だれ》かが口を滑らせたとは思えなかった。なのに政宗は嗅《か》ぎ付け、奉公構まで出している。

膝の前には八股が残した書状、成実は勢い良く開いて隅から隅まで目を通した。

家康《いえやす》は「政宗の追っ手があるやも」と案じ、自らの領国・相模《さがみ》に隠れるが良いと勧めていた。政宗は元来の気性《きしょう》が激しく、そこに歪《ゆが》みと気難しさを積み上げている。奉公構を出すほどなら、この懸念を笑い飛ばす気にもなれない。その上で、何ゆえ政宗に知れたのかは家康も「分からない」と嘆いていた。本当だろうかと疑念が浮かぶ。

「いや……。匿《かくま》うと仰せくだされたのだ。疑うまい」

近いうちに高野山を出なければ。胸中の痛みを堪《こら》え、すくと立って廊下を進んだ。麗《うら》らかになり始めた日差しがだいぶ傾き、左手から庵の中へと橙色《だいだいいろ》が入り込んでいる。この時分なら唯木時定《ただきときさだ》が薪《まき》割りをしているはずだ。

と、その唯木と玄関で鉢合《はちあ》わせになった。

「これは殿。国許《くにもと》の羽田《はねだ》様から書状ですぞ」

喜ぶと思ったのだろう、満面の笑みである。だが成実は面持《おも》ちを曇らせて応じた。

「時定。ここを引き払う支度をせい。訳は後で話すゆえ、皆にも左様《さよう》伝えよ」

唯木の笑みが消え、怪訝《けげん》な顔になる。それでも「承知《しょうち》」と返し、小さく一礼して玄関を出て行った。

成実は大きく息をして重苦しい胸中を落ち着け、受け取った書状を開く。右馬介から何か報じる必要があったのだろうか。

「……勘解由《かげゆ》だと」

怒りに目元が歪んだ。かつて成実の謀叛《むほん》を讒言《ざんげん》し、その後も身辺を嗅《か》ぎ回っていた屋代《やしろ》勘解由が角田城に参じたという。まだ次の奉公先が決まらぬ者とているというのに、早々に城を明け渡せと難癖を付けに来たのだ。

「さては、あいつが」

右馬介は徳川からの誘いを明かしてはいないだろう。だが、相手はあの屋代だ。わずかでも異なものを察すれば、そこを足掛かりに掘り出しかねない。成実は強く歯軋《はぎし》りし、玄関の三和土《たたき》を強く踏み付けた。

二日後、高野山に別れを告げた。紀《き》ノ川沿いを東へ遡《さかのぼ》り、峠道《とうげみち》を取って伊勢《いせ》へと向かう。さらに船で東へ、三河《みかわ》の渥美《あつみ》半島に渡ると、以後は東海道《とうかいどう》を取って一路相模を目指した。

家康に勧められた隠遁《いんとん》先は鎌倉《かまくら》の東南、逗子《ずし》の阿部倉《あべくら》山であった。支度されていた庵《いおり》は実に粗末で、東屋《あずまや》と言って差し支《つか》えなかったが、成実にはこれが「目立たぬように」という家康の心遣いと思えた。

半年余りが過ぎて十月を迎える。相模は冬の訪れが遅く、未《いま》だ寒さを感じない。夏が辛《つら》い京《きょう》や伏見《ふしみ》とて、冬には逆に冷え込みは厳しいものなのに。奥州《おうしゅう》に生まれ育った身には、斯様《かよう》な地があるのかと感心するばかりだった。

そういう心地《ここち》好《よ》い驚きを覚えた頃《ころ》、秀吉の死が報じられた。二ヵ月ほど前、慶長三年八月十八日の話だという。成実は庵の外に出て、日の沈む先へと合掌《がっしょう》した。政宗に輪をかけた難物《なんぶつ》ではあったが、偉大な人には違いなかった。

（殿下が、あと十年もご存命であれば）

妻の病と死に際しても思ったが、人の命運とは無情なものだ。これから豊臣の天下は乱れに乱れ、世の中は戦乱に戻る。

しかし、と自嘲《じちょう》するように乾いた笑いを漏らした。血が騒ぎ、魂が荒ぶる戦場——己《おのれ》の生きるべき道には、どうやら戻れそうにない。この上は家康の庇護《ひご》の下で静かに生きてゆこう。

そして一年ほどが過ぎた。

庭で雄鶏がけたたましい声を上げ、成実は床を出て障子代わりの筵《むしろ》を上げた。霧の濃い朝で、二十間向こうが真っ白である。その霞の中、荒れ放題の生垣の向こうから、ふらふらと歩いて来る者があった。おや、と目を凝らせば、どうやら若い男だ。

若者はこちらの姿を認めると、力を振り絞るように走り、途中で転び、また起き上がって駆け寄った。見覚えのある顔だ。

「おい。もしや実景《さねかげ》か」

羽田右馬介の子である。最後に見たのは七年も前だった。己の上洛《じょうらく》に際し、その前にと烏帽子親《えぼしおや》を頼まれたのだ。右馬介の子ならと快諾《かいだく》し、諱《いみな》にも「実」の一字を与えている。

実景は「殿」と叫び、生垣の切れ目を無理に通って庭に跪く。顔は悲痛の一色で、只《ただ》ならぬ気配を撒《ま》き散らしていた。

「父が……右馬介が、死に申した」

何を聞いたのか分からなかった。返事もできずにいると、実景は無念の涙を落としながら声を振り絞った。

「討《う》ち死にでござる。角田の城で」

「嘘だろう……」

呆然と発し、体を小さく丸めた若者に歩み寄る。霧のせいか、雲を踏むような思いがした。

実景は嗚咽《おえつ》の中、途切れ途切れに言葉を繋《つな》いだ。

「殿の仰せに従い、父は……城を明け渡そうと。そこを、屋代勘解由と白根沢重綱《しらねざわしげつな》に攻められ」

「重綱が」

昔は小姓《こしょう》として己に従い、以後は馬上衆《ばじょうしゅう》に取り立てて、目を掛けた男である。白根沢は先んじて城を退去し、政宗に仕え直したのだという。それ自体は構わない。出奔した男に、いつまでも義理立てする必要もないのだ。しかし、どうしてだ。なぜ白根沢が右馬介を攻め殺す。

「父は……ようやく皆の落ち着き先を決めて。城にあった荷を、まとめており申した。殿の、亡き奥方様の着物です」

屋代と白根沢は政宗の下知《げち》を受け、城の明け渡しを迫った。右馬介は、荷を運び出すまで待てと応じた。すると「羽田ひとりが抗《あらが》っている」として、攻め込まれたという。元より退去するつもりだったのだ。足軽《あしがる》のひとりすら抱えていなかった。そこに雪崩《なだ》れ込まれては、如何に右馬介が剛《ごう》の者でも太刀《たち》打ちできようか。それは戦ではない。ただの人殺しだ。討ち死にではない、嬲《なぶ》り殺しだ。

「おのれ……おのれ勘解由、おのれ重綱！」

叫びを上げ、地に突っ伏して、成実は狂おしいばかりに涙した。

「右馬介！　なぜ死んだ。ああ……あああああッ！　来ると申したろうに。全《すべ》て済んだら、俺の許《もと》に！」

庵の小者《こもの》たちが、何ごとかと血相を変えて庭に参じる。だが成実は構わず、右馬介の死を悼《いた》んで泣き崩れた。

妻も先立った。政宗には見限られ、今また右馬介まで失うとは。寂しい。辛い、痛い。この痛みを抱えて、どうして俺ばかり生き残っている。

声が嗄《か》れて出なくなっても、成実はなお、荒い息と共に涙を流し続けた。食い縛った歯が、庭の土をごそりと嚙《か》んだ。

†

成実の心は空蟬《うつせみ》の如《ごと》しであった。朝起きて促されるままに飯を食い、溜息《ためいき》と涙ばかりの日々を暮らす。何をするのも億劫《おっくう》で、明り取りの窓すら開けぬ日もあった。真冬の隙間《すきま》風《かぜ》にも何も感じない。自らの心の方が寒々しいのだ。呆《ほう》けたまま年は明け、慶長五年（一六〇〇）を迎えた。

相模にいると、聞きたくもないのに家康の動きが耳に入る。近隣の百姓《ひゃくしょう》衆が「戦だ、戦だ」と噂している。ついに豊臣の世を掠《かす》め取りに動くらしい。蒲生氏郷《がもううじさと》の後釜《あとがま》として会津《あいづ》に入った男、上杉景《うえすぎかげ》勝《かつ》の謀叛を挫《くじ》くという名目であった。

秀吉を失った豊臣家中は、家康を始め、宇喜多秀家《うきたひでいえ》、毛利輝元《もうりてるもと》、前田利家《まえだとしいえ》、上杉景勝らの老臣と、石田《いしだ》三成《みつなり》らの奉行《ぶぎょう》衆が治める形を取った。だが昨年の閏《うるう》三月に前田利家が逝去《せいきょ》し、嫡子《ちゃくし》・利長《としなが》に代替わりすると、家康は利長の謀叛を言い立てて討伐《とうばつ》を叫んだ。もっとも前田の側が屈したため、戦にはならなかった。宇喜多や毛利も徳川の顔色を窺《うかが》っており、あとは上杉を叩《たた》いてしまえば豊臣家中で家康に逆らえる者はなくなる。会津征伐《せいばつ》軍は半月も前に大坂《おおさか》を発し、このところ東海道は連日の行軍だそうだ。

それでも成実の毎日は判で押したように同じ、朝起きて飯を食わされ、嘆き悲しむばかりの抜け殻だった。何のために生きているのか分からない。今日も虚《うつ》ろな心を持て余し、ぼんやりと柱に背を預けている。

「殿、殿！」

羽田実景が筵を持ち上げ、中に入ったと思いきや、口と鼻を手で押さえて「う」と呻《うめ》いた。そう言えば、行水《ぎょうずい》をしろと勧められていた。いや、それは三日前だったかも知れぬ。

「……行水か？」

呟《つぶや》くように問うと、実景は何か思い出したように「いいえ」と勢い良く頭を振り、頬《ほお》に熱っぽい赤さを浮かべた。

「お客人にござる」

実景は少し悲しそうであった。おかしな面持ちだ。無念と期待が同居している。

「聞こえなんだか。お帰り願え。誰にも……会いとうない」

ぼんやりと、再び呟く。実景は目を伏せて静かな息を繰り返し、小さく頷《うなず》いた。が――。

「ひどい暮らしぶりにござるな」

若者の背後から渡った声に、成実は顔を強張《こわば》らせた。

「小《こ》……十郎《じゅうろう》」

片倉景綱《かたくらかげつな》であった。粗末な庵ゆえ、庭も廊下も玄関から丸見えである。実景の動きを目で追うのみで良し、案内も必要なかったのだろう。

景綱が実景の肩をぽんと叩き、軽く頷く。若者はすっと脇に退《ひ》き、何かを頼む目つきで会釈《えしゃく》して立ち去った。

「帰ってくれ」

囁《ささや》いて促すも、景綱は「聞こえない」とばかりに中に入り、互いの膝《ひざ》が触れそうなほどに間合いを詰めて座った。

「出奔から五年が経《た》とうとしておりますな」

だから何だ、と半開きの目を遣る。向こうは昔日《せきじつ》と変わらず、どこまでも冷静沈着という風であった。

「此度《こたび》の戦、徳川様は石田治部《じぶ》の決起を誘っており申す」

会津征伐のあらましが語られた。

一年と四ヵ月前、前田利家が死去した日の晩、石田三成の屋敷が襲われた。その折、家康は三成を救ったものの、大坂を騒がせた一方の責任を問うて奉行職を免じ、国許の近江佐和山《おうみさわやま》に蟄居《ちっきょ》させたという。ところが昨今、上方に不穏な噂が飛び交うようになった。家康が大坂を空ければ三成が挙兵するというのである。

「会津中納言《ちゅうなごん》と石田治部を叩いてしまえば、徳川様に逆らえる者はなし。一石二鳥を狙《ねら》って会津に謀叛の嫌疑をかけたのでござる」

上杉を謀叛人に仕立て上げると、家康は豊臣秀頼の命を受ける形を作って軍を発した。その背を三成が襲えば、これも謀叛と言い立てられる。どちらを叩くのも「豊臣の戦」なのだ。戦勝の暁には、太閤・秀吉が我が子のために残した蔵入地《くらいりち》を削り、諸大名に新恩《しんおん》を発する肚だという。

「理に沿って秀頼公の力を殺《そ》ぐ。徳川様は豊臣の家臣なれど、実のところは天下人となりましょう。大名衆に恩を売り、危ない橋を渡らずに国を奪い取ろうとしておられる」

「俺には関《かか》わりのない話だ」

成実は部屋の外を遠く眺め、軽く鼻で笑った。しかし景綱は、いささかも変わらぬ口調で「さにあらず」と即座に返した。

「徳川様からの新恩、実は殿……政宗公も『切り取り次第で百万石』のお墨付きを頂戴しておられる。それを成すにはお手前のお力が要るのです」

この成実は政宗に疎《うと》んじられている。そう思うと、ほんの少し肚の据わった声が出た。

「嫌なことだ」

「奉公構にござるか」

探るような問いかけに、真正面を向いて背筋を伸ばした。

「右馬介も殺された。勘解由と重綱にだ。あれも殿の差《さ》し金《がね》であろう」

「屋代が如何様《いかよう》な男かは、藤五郎《とうごろう》殿もご承知のはず。右馬介が抗ったのだと訴え出られたら、その場に居合わせなんだ殿には確かめる術《すべ》がない」

食い入るような眼差《まなざ》しが向けられた。そう、あたかも挑むような。

「……それを申し立てれば、梵天《ぼんてん》が二人を咎《とが》めると？　あいつに目通りするために、戦に手を貸せと申すか」

「いいえ。まことの話がどうであれ、殿は二人を罰しますまい。この戦、どちらが勝とうと、やはり世は泰平に向かい申す。屋代と白根沢、二人の働きには未だ頼むべきところが大きい。手を貸していただくのとは別の話にござる」

景綱はいったん口を噤《つぐ》み、大きく息をして、思いきったように頭を下げた。

「殿のお心を、救っていただきたい」

成実の心に怒気が生まれた。ずいぶん長く忘れていた情の動きである。

「ふざけるな。俺には奉公構で死ねと言い、大事な家臣まで奪った挙句《あげく》、勘解由も重綱も罰を受けぬ。それで、どうして俺があいつを救ってやらねばならん。第一、お主《ぬし》が付いておるではないか。梵天に必要なのは俺ではない。片倉小十郎こそ、あいつの右目だ」

やれやれ、という溜息が返された。

「お手前は殿に良う似ておられる。つまらぬ意地を張るところなぞ、特に」

そして眉《まゆ》を吊《つ》り上げ「喝《かつ》」と叫んだ。不意を衝《つ》かれ、成実は思わず身を揺すった。景綱はそこへ、立て板に水の如く捲《まく》し立ててきた。

「殿が奉公構を出された訳を、藤五郎殿は察しておられぬ。余の者にお手前を渡しとうない、その一心にござる。殿はそもそもが、稚児《ちご》のまま長じたようなお方。目を失うた時で、お心が立ち止まっておられる。お手前が出奔なされてから、それが目に余るようになられた」

政宗にとって家康は恩人である。何度窮地《きゅうち》を助けられたか分からない。その相手に「切り取り次第で百万石」と無心《むしん》するなど、まともな心持ちでない何よりの証《あかし》だ。この戦に至る前も、人に借りた茶杓《ちゃしゃく》をわざわざ折り、より値打ちのある茶杓を添えて返すという奇行に及んだという。景綱はなお「あれも」「これも」と並べ立てた。政宗の行ないはどれも正気を疑うものばかりで、さすがに成実も頭を抱えたくなった。

「待て、少し待て！　それが全て俺のせいだと申すのか」

「藤五郎殿が、殿のお傍《そば》におられぬからです」

大真面目《おおまじめ》に返され、失笑が漏れた。

「俺に左様な力はない。此度の戦で世が泰平《たいへい》に向かうと申すなら、戦が終わった後の俺は、またも無力な木偶《でく》の坊《ぼう》だ。……分かったのだ。俺には、泰平を生きる才がないのだと」

発する言葉が次第に弱く、小さくなる。景綱は寂しげな面持ちで、顎《あご》を引くくらいに俯《うつむ》いた。

「才なきことが、さほどにお嫌か」

大した悩みではないと言われた気がして、最前とは違う怒りが頭をもたげた。眼差しに力が籠《こ》もり、じろりと睨《にら》んで口を開く。

「お主のような、才ある者に――」

「未だに、右手と向き合《お》うておらなんだとは」

嘆くような口ぶりに、発しかけた言葉を呑《の》み込んでしまった。

あれは確か、二本松城を攻めあぐねていた時である。政宗の父・輝宗《てるむね》を死なせる契機を作った二本《にほん》松義継《まつよしつぐ》、その遺臣の抵抗に遭《あ》った。己と景綱は相馬義胤《そうまよしたね》に仲立ちを頼み、和議で決着しようとした。そして報仇《ほうきゅう》に固執《こしつ》する政宗を叱責《しっせき》したら、景綱から思いも寄らぬひと言を向けられたのだ。右手と向き合え、と。

景綱は顔を上げ、真っすぐに見据えてきた。

「殿とて、二本松とは和議の方が良いとご承知であった。ゆえに、終《しま》いには我らの諫《いさ》めをお聞き入れあったのです。そこに至るまで、ひどく駄々《だだ》を捏《こ》ねたのは何ゆえか。……父の仇《かたき》を許せぬという思いだけは、藤五郎殿に汲《く》んで欲しかったのです」

そして「御免《ごめん》」と頭を下げ、まともに動かぬこちらの右手を摑《つか》んだ。

「殿は疱瘡《ほうそう》で目を失われた。藤五郎殿はこの手です。火傷《やけど》のせいでこうなった時、如何《いか》なる思いをなされたか、覚えておいでか」

渋川城《しぶかわじょう》の大火を思い出せば背筋が寒く、心細さも蘇る。面持ちから察したか、景綱は手を放して、しみじみと頷いた。

「お互いに、思うに任せぬものを抱えた身。ゆえに殿は、お手前にだけは分かってもらいたいと……。心細い思いに胸を苛《さいな》まれた中、それでも輝宗公は殿を嫡男《ちゃくなん》として大切に扱われた。頭では二本松との和議を思うておられても、気持ちでは許せぬ。藤五郎殿がそこに寄り添っておれば、もっと素直に談合を是《ぜ》となされたでしょう。お手前への度重なる我儘《わがまま》も同じ理由にござる」

ぎくりとした。確かに己は常に政宗を叱咤《しった》してきた。当主なら、もっとしっかりしろと。政宗の心が歪《ゆが》んでいると知りながら、その根源を労《いた》わってやろうとは、ついぞしなかった。

「だが……なぜあの場でそれを言わなんだ。お主の謎《なぞ》掛けが俺に分かるものか」

「あの場で全てを話し、殿の心の奥底を晒《さら》さば、余計に意固地《いこじ》になられたでしょう。和議など決して認めなんだはず」

ぐうの音も出ない。過ぎるほどに分かる。政宗は間違いなく、そういう男だ。

「その後、俺は二本松城主、お主は大森城主《おおもりじょうしゅ》か。会うも話すも、ないに等しかった。たまに会えば戦、戦で暇《いとま》もなく……」

景綱は咎《とが》めるように続けた。

「されど小田原参陣《おだわらさんじん》の是非を決めた時は、さすがに細かく話そうと思い申した。あの折も殿は、藤五郎殿に分かって欲しかったのです。泰平に生きる、即ち天下への夢を捨てるという決断の辛さを。されどお手前は、殿のお気持ちを汲もうとはなされなんだ」

「待ってくれ。お主は結局、詳しく話さなかったではないか」

「この話はやめだと、そちらから打ち切ったのでしょう」

む、と唸《うな》って眼差しを外した。ばつが悪い。

「……ならば、葛西《かさい》と大崎《おおさき》に一揆《いっき》を嗾《けしか》けたのも俺のせいか」

「然《しか》り。されどあの時、お手前は殿に『もう十分だ』と申された。それがしは、ようやく藤五郎殿に分かってもらえたと喜んだのですが、実のところは……」

覚えている。あの時、政宗は少しだけ嬉しそうにしていた。

蒲生氏郷への人質となるに当たり、己は言った。俺が死んで殿が生きる世はあっても、その逆はあってはならないと。政宗はその励ましに応《こた》え、辛うじて生き残ってくれたのだ。

(……だとすれば。俺は、ひどいことを)

茂庭綱元《もにわつなもと》の出奔騒ぎで、己は政宗を罵《ののし》った。あの時おまえが力を尽くしたのは、人質たる己のためではない、自分を助けるためだったと。あの時とて、分かっていたのに。政宗が泰平の水に慣れないでいると、分かっていたというのに。

幼い頃《ころ》から、父に「伊達の力になれ」と教えられてきた。それを是として、さらに自ら「政宗のために働く」と胸に定めた。強すぎるその思いがあったからこそ、己は、自らの求めるものを押し付けるのみだった。

悔恨《かいこん》の情に顔が歪む。景綱が、薄《うつす》らと笑みを浮かべた。

「小田原参陣を云々《うんぬん》した折、お手前は申されましたな。俺はお主が好きだ、言い合いをして仲違《なかたが》いしとうない……嬉しいお言葉でした。それがしも伊達成実という御仁《ごじん》が好きですからな。ゆえに今こそ全てを話そうと、ここを訪ねたのでござる。探り当てるのも苦労しましたぞ」

そして切々と語った。策を示して道理を説くだけなら、才さえあれば誰でもできる。だが本当の意味で人を支えようとするなら、相手に寄り添わねばならない。これればかりは、限られた者にしかできないのだと。

「殿にとっては、身の不自由を分かり合えるお手前こそが、その人なのです」

「とは申せ梵天は、お主の言うことなら聞く。俺には見抜けなかったあいつの気持ちも、お主はずっと正しく察してきたではないか。俺ではない、お主が支えてやった方が」

景綱は侘《わび》しげに、ゆっくりと首を横に振った。

「それがしは支えになれませぬ。殿の……梵天丸様の死んだ右目を引き抜いたあの日、片倉景綱は恐れそのものだと、あのお方の中で決まってしまった。あれほどの偏屈《へんくつ》が伊達を背負ってこられたのは、天下への大望《たいもう》ゆえでも、それがしが言い聞かせたからでもない。藤五郎殿が右目になってやると……

俺が傍にいるぞと申されたからなのです。どうか今一度、自らの生の値打ちをお考えくだされ」

景綱は胸のつかえが下りたように大きく息を吐き出し、丁寧に一礼して立ち去った。

ひとり部屋に佇み、成実は呆然と、今日の話を噛み砕いた。

人を支えるとは、相手に寄り添い、気持ちを支えること。景綱はそう言った。人とは愚かな生き物だ。同じ立場に至らねば、決して相手の気持ちなど分からない。頭ばかりで「その人のために」と考え、結果、追い詰めているという非にも気付かないのだ。

政宗の俺に対する不満は、詰まるところ、その一点ではなかったか。潰《つぶ》れた右手を抱え、心の揺らぎと捻《ね》じれを知り、同じ立場で分かってやれるはずだったのに。

景綱は、政宗の無法ぶりが度を越しているとも話していた。それとて、今の己と同じではないのか。妻や右馬介は草葉の陰で泣いていよう。これほど支えてきたというのに、おまえにはまだ何も分からないのかと。

「内府殿と石田治部の……決戦か」

声に出して自らの耳に届けた。俺はその場にいなくて良いのか。戦場でこそ働ける身だから、ではない。この先も政宗を歪んだまま放《ほう》り出し、それで本当に良いのか。

「……仕方のない奴《やつ》だ。梵天も、俺も」

自嘲の笑みが零《こぼ》れた。政宗は目を失った時で心が止まっている——景綱の言は、己にも向けられていたのだろう。

景綱は己より十一歳も年上である。しかし二人の間にはそれ以上の差があった。景綱は穏やかに、しかし痛烈に教えてくれた。右目になってやるという誓い、その願いが強くなり過ぎて、己も時を止めていたのだと。ゆえに、人というものを何ひとつ解さぬまま悩み、自らを能なしと責め、苦しむに至った。

「分かったよ。……ようやく」

だが、それでも我が生にはきちんと意味があった。泰平を生きる才など、なくて構わない。傍にいる、ただそれだけに値打ちのある者が他にいようか。

成実の胸に力が湧き起こる。目に力が籠もる。そして、がばと立ち上がった。

「実景、実景！」

力の籠もった声を聞き、羽田実景が驚嘆の面持ちで駆け付けた。

「ご用でしょうや」

「行水の支度を頼む」

実景の面持ちに、喜悦の赤みが重なった。

「……はっ！」

若々しい、快然たる返答であった。

†

高台から南西の野を見渡した。遠く向こうの紅葉した連山を背に、天守の白い壁がくっきりと映える。懐かしい景色だ。かつて白石宗実《しらいしむねざね》が居城とした、白石城《しろいしじょう》である。葛西大崎一揆の後に召し上げとなり、今は豊臣方――石田三成に与《くみ》した上杉勢の陣城《じんしろ》であった。城から北へ概ね一里、白石川が西から東へと緩く流れる。その北の高台には幾つも野陣《のじん》があり、中央後ろの本陣《ほんじん》には「竹に雀《すずめ》」の大旗、伊達家当主の紋が翻っていた。これを囲って「紺地《こんじ》に金の丸」の旗が三十旒《りゅう》も踊る。

石田三成が上方《かみがた》で挙兵すると、家康の会津征伐軍は大半が西へと取って返した。伊達政宗、最上義《もがみよし》光《あき》らは、家康の背を襲わせぬよう、上杉勢を釘付けにしておくのが役目である。政宗による白石城攻めはそのためであった。

朝一番で法螺貝《ほらがい》ひとつ、今日も伊達勢の先手《さきて》が突っ掛ける。城下を焼き払って煤《すす》けた土の上、果敢《かかん》に前へ前へと押していった。

だが城方の守りは堅く、門に近寄らせもしない。鉄砲の音が遠く鳴り響くたび、寄せ手の足が鈍って及び腰になる。そこへ矢の雨、怯《ひる》まず突っ込む者には石や煮え湯が降らされた。

攻めあぐねている。勝手を知った城に、戦の大才がこれほど苦戦しているとは。政宗の気持ちの乱れが、手に取るように分かった。

ふと見れば城の東側、伊達勢から見て陰になった辺りから二百ほどと思《おぼ》しき一団が打って出ていた。伊達勢は正面の飛び道具にばかり気を取られている。このままでは横腹を抉《えぐ》られ、先手衆は蹴散《けち》らされてしまうだろう。

猶予《ゆうよ》はない。

気を落ち着けるべく、目を閉じた。様々な思いが去来する。

わだかまりが全て消えたとは言えない。だが、ずっと己を支えてくれた妻や右馬介は、真っ暗な中で嬉しそうに頷いていた。これで良い。これで良いのだ。どこまでもこの身を支えてくれた二人に応えるべく、同じ道を歩もう。

ゆっくりと瞼《まぶた》を上げる。ひとりでに眉が吊り上がる。己が顔はきっと、戦場に荒ぶる闘士へと変わっている。沸々と滾《たぎ》る血潮に任せ、右手に括《くく》り付けられた槍《やり》を高々と掲げた。

ひゅっ、と風を斬《き》る音。振り下ろした槍で南西三里、目の前を流れる斎川の対岸を突くように示した。背後の者たちが、ぴんと気を張る。引き締まった空気が心地好い。いざ、と馬の腹を蹴《け》った。

さっと駆け出した黒鹿毛馬《くろかげうま》は、首を押してやるたびに猛然と足を速めた。初秋七月の風が通り抜け、熱く火照《ほて》った身を冷ます。冷めた以上に熱が増す。我が身は今や火の玉か。

戦場の人影は小筆の先くらいにしか見えない。それでも分かる。案の定、正面の敵に手を拱《こまね》いていた先手は、横合いからの不意打ちにうろたえ始めていた。誰も気を澱《よど》ませ、逃げることを第一に考えているのだろう。あたふたした人波は、しかも動きが鈍い。督《とく》する将の指示が後手《ごて》に回っている証だ。これとて、全ては大将の迷いから生まれている。

変えてやる。この俺が、それを。

魂の叫びに衝き動かされ、斎川へと斜めに馬を飛び込ませた。然《さ》して深くはないが、馬の脚は八分目まで潜っている。しかし主《あるじ》の心が乗り移ったか、跨《また》がる黒鹿毛は「だからどうした」とばかりに飛沫《しぶき》を上げ、力強く一歩、また一歩と跳んだ。

馬の足が水を蹴散らし、二歩、三歩。伊達の先手にある足軽がこちらに気付き、顔を向け始めた。足軽たちの面持ちは見えない。しかし気配で分かる。あれは誰か、敵の新手では、と恐れ戦《おのの》いている。馬の身が流れを断ち割り、六歩、七歩。案ずるな雑兵《ぞうひょう》共よ。おまえらを、伊達を、必ず勝ち戦に導いてやる。

八歩め、ざば、と波を蹴立てて河原に上がる。伊達の先手は既に白石川の川辺まで押し返されていた。そこを目掛け、一気に馬を走らせる。兵の目鼻が、次第に見えるようになってきた。

今こそ流れを押し返さん。揺れる馬上で槍を振り上げ、頭上で轟々《ごうごう》と回す。胸が張り裂けそうなほど息を吸い込み、腹に力を込める。

さあ見よ、この姿を。黒糸縅《くろいとおどし》の仏胴具足《ほとけどうぐそく》、進むを知って退《ひ》くを知らぬ毛虫の前立《まえだて》、右手に縛った馬《ば》上槍《じょうそう》。黒鹿毛の鬣《たてがみ》なびかせて、帰ってきたぞ、この場へと。

「伊達藤五郎成実、加勢に参った。者共、怯むな！」

激しく声を叩き出す。殺し合いの喧騒《けんそう》が止み、風の音だけが恐ろしいほどに冴える。敵も味方も、皆が信じられぬような目をこちらに向けた。

「毛虫様のお帰りじゃ」

羽田実景が吼《ほ》え、戦場を包んだ異様な静寂が終わった。敵兵が我に返り、追い討ちの槍を伸ばしている。しかし伊達勢は、もう烏合《うごう》の衆ではない。俺がここにいるのだ。

「皆の者、突っ込むぞ」

成実の下知《げち》に応じ、背後の六人が「おう」と灼熱《しゃくねつ》の気勢を飛ばした。羽田右馬介の子・実景、出奔に際して随身した常盤実定《ときわさねさだ》、唯木時昌《ただきときまさ》・時定父子、遊佐常高《ゆさつねたか》、杉山九左衛門《すぎやまきゅうざえもん》——苦楽を共にした家臣と共に、敵の群れへと割って入る。

「雑兵如きが」

身を反らさんばかりに槍を振り上げた。穂先が初秋の日差しを跳ね返し、敵兵の目を晦《くら》ます。

「俺に敵《かな》うか！」

叩き下ろした槍が唸りひとつを残し、上杉の端武者を捕らえた。硬い音と共に鉢金《はちがね》ごと両断、脳天から右頬《みぎほほ》に血の一文字を描く。ふらりと倒れた武者を見て、伊達勢が熱狂の渦《うず》に呑まれた。

「成実様じゃあ！」

「た、助か……ったあ」

「勝てるぞ、わしら」

「毛虫様じゃあっ」

たった今まで敵に背を見せていた兵たちが、寸時《すんじ》に気を大きくした。やられ通しでなるものかと、くるりと振り向いて槍を掲げる。

「当たれい！」

煤けた野に成実の咆哮《ほうこう》が飛ぶ。兵たちが殺意の狂乱を束ね、一気に敵へと叩き付けた。あちらで敵がひとり、腕を折られて悶絶《もんぜつ》する。こちらで二人、頭を割られてくずおれる。

「そう、らあっ」

轟、と横薙《よこな》ぎに槍一閃《いっせん》。成実がひとりの首を刎《は》ね飛ばすと、彼我《ひが》の士気が反転した。頭を失った兵の血煙に、上杉勢が震え上がって背を見せる。

「逃すか！」

実景が、常盤が、遊佐が、馬を励まして追い立てる。敵の先手が、押し寄せる後続と揉み合いに陥った。

「今ぞ、進めい」

唯木父子が、杉山が焚《た》き付ける。前へ、前へ。兵たちは成実と六人の武者に従い、毛虫の群れとなって敵の背に襲い掛かった。

伊達勢は鬱憤を晴らすように猛追を加えた。叩き、突き、斬り、追い立て、苛《さい》み、蹴散らす。遠かった白石城の天守《てんしゅ》が、じわり、じわりと大きくなってきた。

「は、放て」

裏返った声が遠く渡る。城の追手口、櫓《やぐら》から鉄砲が斉射された。逃げ帰る兵がいるのに、構わず撃つとは。城を固める者も慌てているらしい。

「あ、やあ！　何で」

「殺さんでくれえ」

「味方、味方じゃ。撃つな！」

城を頼りにしていた敵兵は、味方に射られて錯乱し、戦場を捨てて蜘蛛《くも》の子を散らしたように逃げていった。

「よし！　深追いは無用じゃ」

まずは戦の流れを変えただけで上々である。成実は先手衆の将と共に兵をまとめ、伊達勢の陣へと馬を戻した。

白石川の向こう、本陣に翻る大旗を見遣った。あの下に政宗がいる。胸の内を弱く引っ掻《か》くような、落ち着かぬ思いだ。不安――ここまで来たは良いが、果たして政宗の気持ちは、景綱が言ったとおりなのだろうか。

ゆっくりと馬を進めて川を渡る。と、兵を掻き分けて出てくる老将があった。伊達の第一席、石川《いしかわ》昭光《あきみつ》である。

「藤五郎殿！　良くぞ戻られた。嬉しいぞ……其許《そこもと》がおらねば、どうなっておったか」

目を潤ませながらの出迎えに、成実はいささか恐縮して馬を下りた。

「勝手に出て行った男にござる。昭光殿にお迎えいただくなど」

しかし石川は涙を湛《たた》えた目で「いやいや」と顔を綻《ほころ》ばせた。

「小十郎から頼まれたのよ。其許《そこもと》が駄々を捏《す》ねてはならぬゆえ、迎えてやってくれと」

「何です、それは」

「きっと殿へのお目通りを嫌がるはずと、聞かされてな」

口がへの字になる。景綱め、言うにこと欠いて「駄々を捏ねる」とは。相模で会った日に「お手前は殿に良く似ている」と言っていたが、俺は断じてああいう難物ではない。

「誰が嫌がるものですか」

胸を張って応じるも、即座に「あ」と思って口を閉じた。

（……しもうた。小十郎の奴）

政宗がどういう男かは己が一番良く知っている。確かに危惧《きぐ》していたのだ。臍《へそ》を曲げ、帰参など認めぬと言い出すのではないか、もっとひどい仕打ちを受けるやも知れぬ、と。

だが、すっかり乗せられた。駄々を捏ねるなどと言われて負けん気を起こすとは。やはり己と政宗は似ているのかも知れない。

「殿にお引き合わせを」

そう言うしかなくなっていた。石川は顔をくしゃくしゃにして喜び、本陣へと案内に立った。

陣幕《じんまく》前の床机《しょうぎ》には弦月《げんげつ》の兜《かぶと》が鎮座していた。庇《ひさし》の陰になって、目つきは見えない。

「殿、お喜びを。藤五郎殿がお戻――」

政宗は右手を前に出し、石川の声を遮《さえぎ》った。そのまま脇へ手を払って「下がれ」と示す。老将が一礼して控えると、成実の胸に重苦しいものが圧《の》し掛かった。

「成実」

政宗の呼びかけが厳しい。ごくりと固唾《かたず》を呑みつつ「はっ」と返す。だが、次に向けられたのは、溜息交じりのひと言であった。

「ずいぶん長《なご》うかかったな。どこまで買いに出ておった」

「は？」

何を問われているのか分からず、目を白黒させる。政宗が、くす、と笑った。

「亡くなられた奥方のために、線香を求めに出たと聞いておる。手に入ったか」

じんと胸に沁《し》みた。出奔の日、召致《しょうち》を有耶無耶《うやむや》にしようとした言い訳を持ち出すとは。出奔など初めからなかった、政宗はそう言ってくれたのだ。涙が湧き上がり、昼下がりの光が滲《にじ》んだ。

「線香は……どこも彼処《かしこ》も売り切れておりまして。申し訳ござらんが、輝宗公のためにお持ちのものを、少し分けてはくだされませぬか」

「おう」

返された主君の声は朗らかで、成実の胸をこの上なく詰まらせた。

伊達随一の猛将が帰参した。これが知れ渡ると、敵方から成実の勇名を慕って寝返る者が出始めた。こうなると、迷い乱れるのは城方《しろがた》である。元来が戦上手の政宗にとって、そういう敵を蹴散らすなど訳のない話だった。翌日、白石城は落城した。

一方、家康と三成は九月十五日に美濃関ヶ原《みのせきはら》で激突した。徳川方七万三千、石田方八万余、未曽有《みぞう》の大戦である。ところが、この戦いはわずか一日で徳川家康の大勝に終わった。誰もが予想だにしなかった結末だった。それは政宗も同じである。あまりに早く決着してしまったがゆえ、切り取れたのは二万石《ごく》のみ、所領《しょりょう》は六十万石にしかならなかった。

天下の実権を握った家康は、征夷大将軍《せいいたいしょうぐん》に任じられ、三年後の慶長八年（一六〇三）に江戸幕府《えどばくふ》を開いた。そして豊臣の家臣という立場を崩さぬまま、次第に主家を圧迫し、慶長十九年冬と同二十年夏、二度の戦を経て豊臣秀頼を滅ぼした。

政宗は江戸幕府の下、仙台藩主《せんだいはんしゅ》として徳川に仕える身となった。

豊臣家中に於《お》ける政宗は、泰平の水に慣れなかった。或いは、もうひと波乱あると敏《びん》に察していたのかも知れない。だが徳川の世となってからは藩政《はんせい》に重きを置き、所領を潤わせるべく、多くの田畑を拓いた。六十万石だった石高《こくだか》は、五代藩主・吉村《よしむら》の頃には百万石を超えた。切り取れなかったのなら、自ら作れば良い。政宗はその土台を築き、泰平の名君へと見事に身を転じた。

一方、成実は藩の第二席・亘理《わたり》伊達家の当主として主君を支えた。

重臣《じゅうしん》として家系を保たねばならぬため、成実は後に継室・岩城御前《いわきごぜん》を娶《めと》った。しかしこの後添《のちぞ》えにも姫がひとり生まれたのみで、その姫さえ早逝《そうせい》している。実の子を諦《あきら》めた成実は、政宗の九男を養子にもらい受け、宗実《むねざね》の名を与えて家督《かとく》を譲った。

時は流れ、人は去る。寛永《かんえい》十三年（一六三六）五月二十四日、伊達政宗は齢七十の生涯を閉じた。

成実はやや長生し、その十年後、七十九歳まで世に留まった。

晩年、成実は二代藩主・忠宗《ただむね》の諮問《しもん》を受けた。仙台藩の兵を任せる部将が急死したため、後を任せられる者を推挙して欲しいという。そこで薦めたのは、何と白根沢重綱であった。小姓から馬上衆に取り立てられた恩を忘れ、角田城接収に際して屋代勘解由と結託、何の備えもない羽田右馬介を攻め殺した男である。

これを聞いた白根沢はさすがに自らを恥じ、旧悪を詫びようと、亘理伊達家の屋敷を訪ねた。

成実は自ら出迎えた。ただし、薙刀《なぎなた》を引っ提《さ》げて。

「うぬを推したは、藩と主君を思うてのこと。わしが、ひとりの人として許したのではない。二度とその顔を見せるな！」

猛然と一喝《いっかつ》を加えると、白根沢は打ち震え、ほうほうの体《てい》で逃げ帰った。戦場に血を滾らせた荒ぶる魂、伊達成実の気骨は老いてなお健在であった。


〈了〉

伊達家年表		
1567	永禄十年	梵天丸(後の伊達政宗)生まれる。
1568	永禄十一年	時宗丸(後の伊達成実)生まれる。
1581	天正九年	政宗の初陣。
1582	天正十年	本能寺の変。織田信長が明智光秀に討たれる。
1583	天正十一年	成実、家督を継ぎ、大森城主となる。
1584	天正十二年	政宗、輝宗より伊達の家督を継ぐ。
1585	天正十三年	二本松義継が輝宗を拉致。政宗、もろとも義継を討つ。
		人取橋の戦い。成実、孤立していた政宗を救う。
		渋川城が焼失。成実も右手に大火傷を負う。
1586	天正十四年	政宗、二本松を攻略。
		成実、加増され、二本松城と三十三郷の主となる。
		蘆名氏の跡継ぎ、亀王丸が三歳で死去。
1587	天正十五年	佐竹義広が蘆名の後継となる。
		豊臣秀吉、九州を平定。
1589	天正十七年	摺上原の戦いで伊達が勝利。蘆名を降し、会津を手中にする。
1590	天正十八年	秀吉の小田原攻め。政宗、参陣して秀吉に謁見する。
		大崎葛西一揆を策するが、結局、翌年にこれを鎮定。
1592	天正二十年/文禄元年	文禄の役。成実、秀吉に拝謁。
1593	文禄二年	政宗と成実、朝鮮へ出兵。
1595	文禄四年	茂庭(鬼庭)綱元、伊達家を出奔。
		豊臣秀次、謀反の疑いにより切腹。
		成実、伊達家を出奔。高野山へと向かう。
1597	慶長二年	慶長の役。再度、朝鮮に出兵。
1598	慶長三年	秀吉没。
1599	慶長四年	成実の家臣・羽田右馬介が
		屋代勘解由と白根沢重綱に討たれる。
1600	慶長五年	関が原の戦い。政宗、徳川家康と結んで上杉景勝と戦う。
		成実、伊達家へ帰参。白石城を落とす。
1603	慶長八年	家康、江戸幕府を開府。
1636	寛永十三年	政宗没(享年七十)。
1646	正保三年	成実没(享年七十九)。

主要参考文献

成実記（仙台叢書　第三巻収録）　伊達成実／宝文堂出版販売
人物叢書　伊達政宗　小林清治／吉川弘文館
陸奥　伊達一族　高橋富雄／新人物往来社
史伝　伊達政宗　小和田哲男／学研
歴史新書　伊達政宗の戦闘部隊　戦う百姓たちの合戦史　中田正光／洋泉社
伊達政宗とその部将たち　飯田勝彦／新人物往来社
会津　芦名四代　林哲／歴史春秋社
佐竹氏物語　渡部景一／無明舎出版
文禄・慶長の役　空虚なる御陣　上垣外憲一／講談社
全国国衆ガイド　戦国の〝地元の殿様〟たち　大石泰史／星海社

本書は書き下ろしです。

著者略歴

吉川永青（よしかわ・ながはる）
1968年東京都出身。横浜国立大学経営学部卒業。2010年に『戯史三國志　我が糸は誰を操る』で第5回小説現代長編新人賞奨励賞を受賞してデビュー。2012年『戯史三國志　我が土は何を育む』で第33回吉川英治文学新人賞候補。2015年『誉れの赤』で再び第36回吉川英治文学新人賞候補となる。2016年『闘鬼 斎藤一』では第4回野村胡堂文学賞を受賞。

Kadokawa Haruki Corporation

吉川永青《よしかわながはる》

龍《りゅう》の右《みぎ》目《め》
伊達《だて》成実《しげざね》伝《でん》

*

2017年11月18日第一刷発行

発行者 角川春樹
発行所 株式会社 角川春樹事務所
〒102-0074 東京都千代田区九段南2-1-30 イタリア文化会館ビル
電話03-3263-5881（営業） 03-3263-5247（編集）
印刷・製本 中央精版印刷株式会社

ISBN978-4-7584-1315-2 C0093
http://www.kadokawaharuki.co.jp/